LÉVIATHAN

DU MÊME AUTEUR
CHEZ LE MÊME ÉDITEUR

Azazel
Le Gambit turc

Boris Akounine

LÉVIATHAN

Traduction d'Odette Chevalot

Roman

PRESSES DE LA CITÉ

Titre original : *Levjafan*

ISBN 2-258-05465-6

Eléments provenant du dossier secret du commissaire Gauche

Procès-verbal de la visite effectuée sur les lieux du crime commis le soir du 15 mars 1878 en l'hôtel particulier de lord Littleby, rue de Grenelle (7e arrondissement de Paris)

[Fragment]

... Pour une raison non élucidée, l'ensemble des serviteurs se trouvaient à l'office situé au rez-de-chaussée de l'hôtel particulier, à gauche du vestibule (point 3 du croquis 1). L'emplacement précis des corps est indiqué sur le croquis 4, comme suit :

n° 1 – corps du majordome, Etienne Delarue, 48 ans ;

n° 2 – corps de l'économe, Laura Bernard, 54 ans ;

n° 3 – corps du valet de chambre du maître de maison, Marcel Prou, 28 ans ;

n° 4 – corps du fils du majordome, Luc Delarue, 11 ans ;

n° 5 – corps de la femme de chambre, Arlette Foch, 19 ans ;

n° 6 – corps de la petite-fille de l'économe, Anne-Marie Bernard, 6 ans ;

n° 7 – corps du gardien Jean Lesage, 42 ans, décédé à l'hôpital Saint-Lazare le 16 mars au matin, sans avoir repris connaissance ;

n° 8 – corps du gardien Patrick Trouabra, 29 ans ;

n° 9 – corps du portier, Jean Carpentier, 40 ans.

Les corps n°s 1-6 se trouvaient en position assise, autour de la grande table de la cuisine. Parmi eux, les n°s 1-3 avaient la tête pendante et les bras croisés, le n° 4 avait la joue posée sur ses mains jointes, le n° 5 était renversé contre le dossier de sa chaise, tandis que le n° 6 était assis sur les genoux du n° 2. Les visages des n°s 1-6 étaient calmes, sans le moindre signe de peur ou de souffrance. Par ailleurs, les n°s 7-9, ainsi qu'on peut le voir sur le plan, gisaient à terre, à l'écart de la table. Le n° 7 tenait un sifflet dans la main, alors qu'aucun des voisins n'a entendu de coup de sifflet la veille au soir. Les visages des n°s 8 et 9 étaient figés dans une expression d'effroi ou, en tout cas, d'extrême étonnement (les photographies seront présentées demain dans la matinée). Aucune trace de lutte n'a été relevée. De même, l'examen superficiel des corps n'a permis de déceler aucune lésion. La cause du décès est impossible à déterminer sans autopsie. D'après les indices de rigidité cadavérique, le médecin légiste, maître Bernheim, a établi que la mort était survenue à des moments différents, entre 10 heures du soir (n° 6) et 6 heures du matin, le n° 7, ainsi qu'indiqué plus haut, étant décédé plus tard, à l'hôpital. Sans attendre les résultats de l'expertise médicale, je hasarderai l'hypothèse que les victimes ont toutes subi les effets d'un poison violent à action soporifique rapide. Quant au moment où s'est produit l'arrêt cardiaque, il a été fonction soit de la dose de poison reçue, soit de la résistance physique de chacune des victimes.

La porte d'entrée de l'hôtel particulier était fermée mais pas verrouillée. Cependant, la fenêtre de l'orangerie (point 8 du croquis 1) porte des traces évidentes d'effraction : la vitre a été brisée ; sous la fenêtre, sur une étroite bande de terre ameublie, on a relevé une vague empreinte de chaussure d'homme ayant une semelle de 26 centimètres, un bout pointu et un talon ferré (des photographies seront présentées). Selon toute probabilité, le criminel a pénétré dans la maison en passant par le jardin, cela après que les serviteurs, empoisonnés, eurent sombré dans l'inconscience – sinon ils auraient immanquablement entendu les bruits de verre cassé. En même temps, on ne comprend pas, alors que les serviteurs étaient déjà neutralisés, pourquoi le criminel s'est senti obligé de s'introduire par le jardin, alors qu'il pouvait tranquillement pénétrer à l'intérieur de la maison depuis l'office. Quoi qu'il en soit, depuis l'orangerie le criminel est monté au premier étage, où se trouvent les appartements privés de lord Littleby (cf. croquis 2). Ainsi qu'on peut le voir sur le croquis, la partie gauche du premier étage ne comprend que deux pièces : la salle où est exposée la collection de raretés indiennes et, contiguë à la salle, la chambre à coucher du maître de maison. Le corps de lord Littleby est désigné sous le n° 10 du croquis 3 (voir également le silhouettage au sol). Lord Littleby était revêtu d'une veste d'intérieur et d'un pantalon de drap, sa cheville droite était entourée d'une grosse épaisseur de bande. D'après l'examen préliminaire du corps, la mort a été causée par un coup d'une force inhabituelle porté dans la région pariétale au moyen d'un objet de forme oblongue. Le coup a été assené de face. Autour, sur plusieurs mètres, le tapis était maculé de sang et de substance cérébrale. De même, des éclaboussures ont été relevées sur la vitrine fracassée, dans laquelle, à en juger par un petit écriteau, se trouvait précédemment la statuette du dieu Shiva (inscription portée sur l'écriteau : « Bangalore, 2e moitié XVIIe s., or »). Servant de toile de fond à la statuette disparue, se trouvaient des foulards indiens entièrement peints, dont l'un manque également.

Extrait du rapport du docteur Bernheim, concernant les résultats de l'étude d'anatomopathologie des cadavres ramenés de la rue de Grenelle

... Cependant, si la cause de la mort de lord Littleby (cadavre n° 10) est claire, seule la puissance du coup qui a fracassé la boîte crânienne en sept morceaux pouvant être ici considérée comme exceptionnelle, en revanche, pour les corps nos 1-9, le tableau était moins évident et a nécessité non seulement une autopsie mais également des analyses de laboratoire. Dans une certaine mesure cette tâche a été facilitée par le fait que J. Lesage (n° 7) était encore en vie lors de l'examen initial et que certains signes caractéristiques (pupilles rétractées, respiration ralentie, peau froide et visqueuse, rubéfaction des lèvres et des lobes auriculaires) pouvaient laisser supposer un empoisonnement à la morphine. Malheureusement, lors de ce premier examen sur les lieux, nous sommes partis de l'idée apparemment évidente d'un poison administré par voie orale, raison pour laquelle nous n'avons examiné avec soin que la cavité buccale et le pharynx des victimes. Aucun signe pathologique n'ayant été décelé, l'expertise s'est retrouvée dans l'impasse. C'est seulement lors de l'examen effectué à la morgue qu'a été découverte, chez chacune des neuf victimes, la trace à peine perceptible

d'une injection à la saignée du bras gauche. Bien que cela sorte de ma sphère de compétences, je me permettrai d'avancer, non sans une bonne dose de certitude, que les piqûres ont été faites par un individu possédant une expérience indéniable en la matière. Deux faits m'ont conduit à cette conclusion : 1) les injections ont été réalisées avec une précision exceptionnelle, aucune des victimes examinées ne présentant la moindre trace visible d'hématome ; 2) avec la morphine, le délai normal de perte de connaissance est de trois minutes, ce qui signifie que les neuf injections ont été effectuées dans ce strict intervalle de temps. Soit il y avait plusieurs opérateurs (ce qui est peu vraisemblable), soit il y en avait un seul et, dans ce cas, il s'agit d'un individu d'une habileté véritablement stupéfiante – même à supposer qu'il ait préparé à l'avance autant de seringues que de victimes. En effet, on imagine mal un individu en pleine possession de ses facultés tendant son bras pour qu'on lui fasse une piqûre alors que, sous ses yeux, quelqu'un vient de perdre connaissance à la suite d'une injection semblable. Mon assistant, maître Joly, considère, il est vrai, que tous ces gens pouvaient se trouver en état de transe hypnotique. Toutefois, au cours de ma longue carrière, je n'ai jamais été confronté à rien de semblable. J'attire également l'attention de monsieur le commissaire sur le fait que les n°s 7-9 étaient étendus à terre dans des attitudes traduisant un trouble manifeste. Je suppose que ces trois personnes sont les dernières à avoir reçu l'injection (ou bien encore possédaient-elles une capacité de résistance particulièrement forte) et qu'avant de perdre connaissance elles ont compris que quelque chose de suspect arrivait à leurs *compagnons. L'analyse de laboratoire a montré que chacune des victimes avait reçu une dose de morphine environ trois fois supérieure à la dose fatale. A en juger par l'état du corps de la fillette (n° 6), sans nul doute la première à décéder, les injections ont été effectuées le 15 mars entre 9 et 10 heures du soir.*

Dix vies pour une idole en or !

Crime cauchemardesque dans un quartier huppé

Aujourd'hui, 16 mars, tout Paris ne parle que du crime effroyable qui est venu troubler le calme et la tranquillité de l'aristocratique rue de Grenelle. Le correspondant de La Revue parisienne *est accouru sur les lieux de la tragédie, afin de satisfaire la légitime curiosité de nos lecteurs.*

Ce matin vers huit heures, comme à l'accoutumée, le postier Jacques Lechien a sonné à la porte de l'élégant hôtel particulier appartenant au célèbre collectionneur britannique lord Littleby. Constatant que le portier Carpentier, chargé personnellement de prendre le courrier pour Son Excellence, ne venait pas lui ouvrir, M. Lechien s'est étonné et, remarquant que la porte d'entrée était entrebâillée, il a pénétré dans le vestibule. Une minute plus tard, ce vétéran des services postaux âgé de soixante-dix ans ressortait à toute vitesse dans la rue en poussant un hurlement sauvage. Appelée sur les lieux, la police a découvert dans la maison un vrai champ de bataille : sept serviteurs et deux enfants (le fils du majordome, âgé de onze ans, et la petite-fille de l'économe, âgée de six ans) dormaient du sommeil éternel. Montés au premier étage, les policiers y ont découvert le maître de maison, lord Littleby. Il baignait dans une mare de sang, assassiné dans le sanctuaire où il conservait sa célèbre collection de raretés orientales. Agé de cinquante-cinq ans, l'Anglais était une figure bien connue de la haute société de notre capitale. Il passait pour un homme excentrique et misanthrope, mais les archéologues et les orientalistes tenaient lord Littleby pour un authentique connaisseur de l'histoire indienne. Les tentatives répétées de la direction du Louvre pour acheter à lord Littleby certaines pièces de sa collection extrêmement variée se sont toujours vu opposer un refus indigné. Le défunt chérissait tout particulièrement une statuette en or de Shiva, une pièce unique estimée par les connaisseurs à un demi-million de francs au bas mot. Homme anxieux et méfiant, lord Littleby craignait énormément les voleurs, au point que son sanctuaire était gardé de jour comme de nuit par deux hommes armés.

On ne comprend pas la raison qui a poussé les gardes à quitter leur poste pour descendre au rez-de-chaussée. De même, on se demande à quelle force mystérieuse a recouru le criminel pour que tous les occupants de la maison se soumettent à sa volonté sans la moindre résistance (la police soupçonne l'utilisation d'un poison à effet rapide). Toutefois, il est évident que le malfaiteur ne s'attendait pas à trouver chez lui le maître des lieux – son plan diabolique a manifestement été bouleversé. C'est probablement ce qui explique la sauvagerie avec laquelle l'honorable collectionneur a été mis à mort. Tout porte à croire que, pris de panique, l'assassin s'est enfui précipitamment. En tout cas, il s'est uniquement emparé de la statuette ainsi que d'un des foulards peints exposés dans la même vitrine et dont il a dû se servir pour envelopper le Shiva d'or – faute de quoi l'éclat de la statuette risquait fort d'attirer l'attention de quelque passant attardé. Aucun des autres objets de valeur (et la collection en compte plus d'un) n'a été touché. Votre correspondant a pu établir que lord Littleby s'était trouvé chez lui par hasard, à la suite d'un fatal concours de circonstances. Le collectionneur serait en effet parti pour les eaux dans la soirée d'hier si une subite crise de goutte ne l'avait retenu chez lui, pour son plus grand malheur.

Par son ampleur, son caractère sacrilège et son cynisme, l'assassinat collectif commis rue de Grenelle défie l'imagination. Quel mépris à l'égard de la vie humaine ! Quelle monstrueuse cruauté ! Et pour quoi ? Pour une statuette d'or désormais impossible à revendre ! Une fois fondu, ce même Shiva sera transformé en un vulgaire lingot d'or de deux kilogrammes. Deux cents grammes de métal jaune, tel est le prix accordé par l'assassin à chacun des dix êtres humains dont il a pris la vie. *O tempora, o mores !* nous exclamerons-nous à l'instar de Cicéron.

Toutefois, nous sommes fondés à croire que ce forfait inqualifiable ne restera pas impuni. Gustave Gauche, le limier le plus expérimenté de la préfecture de Paris, chargé de l'enquête, a confié à votre correspondant que la police disposait d'un indice sérieux. Le commissaire est absolument convaincu que le châtiment ne se fera pas longtemps attendre.

Lorsque nous lui avons demandé si, selon lui, le crime était le fait de cambrioleurs professionnels, M. Gauche a souri malicieusement à travers ses moustaches grises et a donné cette réponse énigmatique : « Non, mon petit, c'est du côté de la bonne société qu'il faut chercher. » Votre humble serviteur a été incapable de soutirer un mot de plus au vieux policier.

Jean Duroy

Pêche miraculeuse dans la Seine !

On a retrouvé le Shiva d'or !
Le « crime du siècle » commis rue de Grenelle est-il le fait d'un déséquilibré ?

Hier 17 mars, vers cinq heures de l'après-midi, un garçon de treize ans, Pierre B., qui pêchait près du pont des Invalides, a accroché son hameçon. Incapable de le détacher, il s'est vu obligé de plonger dans l'eau froide. « Je ne suis tout de même pas assez bête pour aller perdre un vrai hameçon anglais », a déclaré le jeune pêcheur à notre reporter. La hardiesse de Pierre a été récompensée : l'hameçon ne s'était pas pris à une vulgaire souche mais à un objet pesant à demi enfoui dans la vase. Une fois sorti de l'eau, l'objet s'est mis à briller d'un éclat aveuglant et irréel sous les yeux du jeune pêcheur médusé. Le père de Pierre, un sergent à la retraite, vétéran de Sedan, devinant qu'il s'agissait du

Shiva d'or pour lequel, la veille, on avait assassiné dix personnes, a aussitôt rapporté la trouvaille à la préfecture.

Que signifie tout cela ? Le criminel, qui pourtant n'a pas hésité à tuer dix personnes de sang-froid et de façon particulièrement sophistiquée, semble, pour une obscure raison, n'avoir pas voulu tirer profit du butin de sa monstrueuse entreprise. Les enquêteurs sont aussi désemparés que l'opinion publique. La population a tendance à croire à un sursaut de conscience de la part de l'assassin qui, horrifié par son acte, aurait jeté la statuette d'or dans le fleuve. Beaucoup supposent même que le malfaiteur s'est jeté à l'eau et s'est noyé quelque part à proximité. Moins romantique, la police voit dans le comportement incohérent du criminel des signes évidents de démence.

Connaîtrons-nous un jour les tenants et les aboutissants de cette ténébreuse et cauchemardesque affaire ?

Première partie

PORT-SAÏD – ADEN

Commissaire Gauche

A Port-Saïd, quand un nouveau passager était monté à bord du *Léviathan* et s'était installé dans la cabine nº 18, la dernière de première classe restée vacante, l'humeur de Gustave Gauche s'était aussitôt améliorée. Le nouveau paraissait prometteur : gestes lents et attitude réservée, beau visage à l'expression impénétrable. Au premier regard on l'eût dit très jeune mais, ôtant son chapeau melon, l'homme avait découvert des tempes grises tout à fait inattendues. Curieux spécimen, avait conclu le commissaire. On reconnaissait immédiatement en lui un homme de caractère, quelqu'un qui *a vécu*, comme on dit. Bref, un incontestable client pour le père Gauche.

Le passager avait longé la passerelle en balançant un fourre-tout au bout de son bras tandis que deux porteurs charriaient ses nombreux bagages : coûteuses valises de cuir grinçant, robustes sacs de voyage en peau de porc, volumineux paquets de livres, sans oublier le vélo pliant (une grande roue, deux petites et tout un faisceau de tubes métalliques étincelants). Enfin, fermant la marche, deux pauvres diables traînaient d'imposants haltères.

Saisi par la frénésie du chasseur, le cœur de Gauche, ce vieux limier (comme il aimait lui-même à se qualifier), s'était mis à battre quand il était apparu que le nouveau ne portait pas son insigne, que ce soit au revers de soie de son élégant manteau d'été, sur sa veste ou à sa chaîne de montre. Tu brûles, s'était dit Gauche en jetant au dandy des regards inquisiteurs de sous ses épais sourcils et en tirant sur sa pipe d'argile préférée. Et, d'ailleurs, où le vieux crétin qu'il était avait-il pêché que le scélérat prendrait forcément le bateau à Southampton ? Le crime avait été commis le 15 mars et on était le 1er avril. Le temps que le *Léviathan* contourne le sud de l'Europe, rien n'était plus facile que de gagner Port-Saïd. Et maintenant il n'avait plus qu'à cueillir son homme. Tout concordait : son genre en faisait un client de choix, il possédait un billet de première classe et, plus important que tout, il n'avait pas la baleine d'or.

Le maudit insigne portant l'abréviation de la compagnie de navigation *Jasper-Artaud partnership* hantait depuis quelque temps les rêves de Gauche, rêves plus horribles les uns que les autres. Le dernier, par exemple.

Le commissaire faisait de la barque sur le lac du bois de Boulogne en compagnie de madame. Un doux soleil brillait, les petits oiseaux chantaient. Brusquement, au-dessus des arbres, surgit une gigantesque tête dorée aux yeux ronds et au regard vide. Elle ouvrit une gueule assez grande pour contenir l'arc de triomphe et commença à aspirer l'eau du lac. Inondé de sueur, Gauche se mit à tirer sur les avirons. Entre-temps, il était apparu que l'action ne se déroulait pas du tout dans un parc mais au beau milieu de l'océan sans bornes. Les avirons ployaient tels des fétus de paille, madame Gauche lui enfonçait son ombrelle dans le dos, tandis que l'énorme bête étincelante recouvrait l'horizon tout entier. Lorsqu'elle projeta un jet d'eau dans ce qui restait du ciel, le commissaire se réveilla et tâtonna sur sa table de nuit : où diable étaient sa pipe et ses allumettes ?

C'était rue de Grenelle que Gauche avait vu la petite baleine d'or pour la première fois, alors qu'il examinait la dépouille mortelle de lord Littleby. L'Anglais était étendu, la bouche grande ouverte en un cri muet. Son dentier sortait à moitié et au-dessus de son front béait une plaie sanglante. Ayant cru apercevoir un éclat doré entre les doigts du mort, Gauche s'était accroupi et, y regardant de plus près, avait émis un grognement de satisfaction. Une chance rare, proprement extraordinaire s'offrait à lui, une chance telle qu'il n'en existe que dans les romans policiers. Malin, le défunt venait d'apporter un indice de taille à l'enquête – sinon sur un plateau du moins dans le creux de sa main. Tiens, Gustave, c'est pour toi. Et ne va pas laisser échapper celui qui m'a défoncé la caboche, ou tu en crèveras de honte, vieille ganache.

L'emblème d'or (il est vrai qu'au début Gauche ignorait qu'il s'agissait d'un emblème, pensant plutôt à une breloque ou une épingle de cravate ornée du monogramme de son propriétaire) ne pouvait appartenir qu'à l'assassin. Pour la bonne forme, le commissaire avait bien sûr montré la baleine à un jeune laquais de lord Littleby (en voilà un qui avait eu de la chance : le 15 mars, le garçon était de congé, ce qui lui avait sauvé la vie), mais ce dernier n'avait jamais vu cette babiole en possession de son maître. Dieu en soit loué.

Puis tous les rouages de l'énorme machine policière s'étaient mis en branle : le ministre et le préfet avaient lancé leurs meilleures forces dans l'enquête destinée à élucider le « crime du siècle ». Dès le lendemain soir, Gauche savait que les trois lettres figurant sur la baleine d'or n'étaient pas les initiales d'un quelconque débauché criblé de dettes mais désignaient le consortium de navigation franco-britannique tout récemment constitué. La baleine se trouvait être l'emblème du paquebot de rêve le *Léviathan*, depuis peu sorti des cales sèches de Bristol et sur le point d'entreprendre son premier voyage, à destination de l'Inde.

Depuis déjà plusieurs mois, les journaux chantaient les louanges du vapeur géant. Et l'on savait maintenant qu'à la veille de la première navigation du *Léviathan*, la Monnaie de Londres avait frappé des insignes commémoratifs en or et en argent : en or pour les passagers de première classe et les officiers supérieurs du navire, en argent pour les passagers de seconde classe et les subalternes. Quant à la troisième classe, sur ce luxueux paquebot alliant les dernières innovations techniques à un confort sans précédent, elle n'était pas prévue du tout. La compagnie garantissait aux passagers un ensemble de services si complet qu'il n'était nullement nécessaire de se faire accompagner de serviteurs durant le voyage. « Des laquais attentifs et des femmes de chambre pleines de tact feront en sorte que vous vous sentiez comme chez vous à bord du *Léviathan* ! » affirmait la réclame publiée dans les journaux de l'Europe entière. Les heureux mortels ayant réservé une cabine pour le voyage inaugural Southampton-Calcutta s'étaient vu remettre, en même temps que leur billet, une baleine d'or ou d'argent selon la classe. Et il était possible de prendre son billet dans n'importe quel grand port européen entre Londres et Constantinople.

Bon, d'accord, l'emblème du *Léviathan*, c'est quand même moins bien que les initiales du propriétaire de l'insigne, mais cela ne complique pas beaucoup la tâche pour autant, jugea le commissaire. Tous les insignes d'or étaient comptés. Il suffisait simplement d'attendre le 19 mars – jour prévu du départ en grande pompe –, de rejoindre Southampton, de monter sur le paquebot et de repérer, parmi les passagers de première classe, qui ne portait pas la baleine en or. Ou bien (ce qui était le plus probable), parmi les gens ayant acheté un billet à prix d'or, qui ne se présentait pas au départ. Celui-là serait le client du père Gauche. Simple comme bonjour.

Gauche avait beau détester voyager, cette fois il n'avait pu s'empêcher de partir. Il avait trop envie d'élucider lui-même le « crime du siècle ». Enfin, on allait le nommer divisionnaire. Il ne lui restait que trois ans avant la retraite. Une chose était de recevoir une pension de troisième rang, une toute autre d'en toucher une de deuxième rang. La différence représentait quinze cents francs par an, or une somme pareille ne se trouvait pas sous le pied d'un cheval.

Bref, personne ne l'avait forcé. Il s'était dit qu'il lui suffirait de faire un saut à Southampton et qu'au pire il irait jusqu'au Havre où avait lieu la première escale. Là, sur le quai, l'attendraient gendarmes et reporters. Gros titre de *La Revue pari-*

sienne : « Le crime du siècle élucidé : notre police se distingue. » Ou mieux encore : « Ce vieux limier de Gauche à la hauteur de sa réputation. »

A l'office maritime, une première surprise désagréable attendait le commissaire. Le maudit rafiot ne comptait pas moins de cent cabines de première classe et dix officiers supérieurs. Tous les billets avaient été vendus. Cent trente-deux au total. Et chacun assorti d'un insigne en or. En tout, cela faisait cent quarante-deux suspects, ce qui n'était pas rien. Il est vrai, toutefois, qu'il ne manquera qu'à une seule personne, se dit Gauche pour se rassurer.

Recroquevillé sur lui-même à cause du vent et de l'humidité, enveloppé dans un chaud cache-nez, le commissaire se tenait au pied de la passerelle aux côtés du capitaine, mister Joshua Cliff, et du second, monsieur Charles Reynier. On accueillait les passagers. Un orchestre à vent jouait alternativement des marches anglaises et françaises, sur le quai la foule surexcitée piaillait, tandis que Gauche fumait comme une vraie locomotive en rongeant sa malheureuse pipe qui pourtant n'y était pour rien. Hélas, du fait de la froidure, les passagers étaient tous affublés de manteaux, pardessus, pèlerines et autres capotes. Dans ces conditions, allez savoir qui avait ou n'avait pas d'insigne. C'était le deuxième cadeau du sort.

Toutes les personnes censées monter à Southampton se présentèrent à l'embarquement, ce qui signifiait que, nonobstant la perte de l'insigne, le criminel était tout de même venu. Visiblement, il prenait les policiers pour de complets idiots. A moins qu'il n'espérât se perdre dans la foule. Ou encore qu'il n'eût pas d'autre solution.

En tout cas, une chose était évidente : il faudrait poursuivre la balade jusqu'au Havre. On attribua à Gauche une cabine de réserve, destinée aux invités de marque de la compagnie de navigation.

Dès qu'ils eurent pris la mer, dans le salon d'honneur des premières classes eut lieu un banquet dans lequel le commissaire avait fondé les plus grands espoirs dans la mesure où les invitations mentionnaient : « Entrée sur présentation de l'emblème en or ou du billet de première classe. » Qui aurait l'idée de se présenter un billet à la main quand il était tellement plus facile d'accrocher quelque part un joli petit Léviathan en or ?

Au cours du banquet, Gauche s'en donna à cœur joie, scrutant chacun, allant même jusqu'à plonger carrément son nez dans le décolleté de certaines dames. Là, dans le petit creux, quelque chose pendait au bout d'une chaîne en or : la petite baleine ou tout simplement un pendentif ? Comment ne pas vérifier ?

Pendant que tous buvaient du champagne, se régalaient de toutes sortes de mets délicieux présentés sur des plateaux d'argent ou bien encore dansaient, Gauche, lui, travaillait : il rayait de sa liste ceux qui avaient leur insigne. Avec les hommes, la tâche était plus ardue. Beaucoup – les canailles ! – avaient accroché la petite baleine à leur chaîne de montre et l'avaient glissée dans la poche de leur gilet. Ainsi le commissaire avait-il dû demander l'heure pas moins de onze fois.

Surprise numéro trois : si tous les officiers portaient leur insigne, celui-ci, en revanche, manquait chez quatre passagers, dont deux de sexe féminin ! Le coup qui avait fracassé le crâne de lord Littleby comme une coquille de noix avait été d'une telle puissance que seul un homme avait pu le porter, et encore, pas n'importe lequel mais un individu d'une force herculéenne. D'un autre côté, homme d'expérience, spécialiste des affaires criminelles, le commissaire savait parfaitement qu'en proie à une émotion particulière, voire à une crise d'hystérie, la plus faible des femmes était capable d'accomplir de véritables prodiges. Et il n'y avait pas à aller bien loin pour trouver un exemple. L'année passée, une modiste de Neuilly, un petit bout de femme de rien du tout, avait flanqué par la fenêtre, depuis le quatrième étage, son amant infidèle, un corpulent rentier deux fois plus gros qu'elle et une fois et demie plus grand. Si bien que les femmes sans insigne ne devaient pas être exclues du nombre des suspects. Bien qu'on n'eût encore jamais vu une femme, a fortiori une dame du monde, faire des piqûres avec une telle dextérité...

Quoi qu'il en soit, l'enquête à bord du *Léviathan* promettait de se prolonger, et le commissaire fit preuve une fois de plus de son légendaire esprit d'à-propos. Le capitaine Joshua Cliff, seul officier à bord à avoir été mis dans le secret de l'enquête, avait reçu pour instruction de la part de la direction de la compagnie d'accorder toute assistance au représentant français de la loi. Gauche n'hésita pas à user de ce privilège de la façon la plus cavalière : il exigea que toutes les personnes qui l'intéressaient fussent affectées à un seul et même salon.

A ce point une explication s'impose : par souci d'intimité et de confort (la réclame pour le paquebot précisait : « Vous retrouverez l'atmosphère d'une bonne vieille demeure anglaise »), les personnes voyageant en première classe devaient prendre leurs repas non pas dans l'immense salle à manger, aux côtés des six cents porteurs de très démocratiques baleines en argent, mais dans de confortables « salons », dont chacun portait un nom particulier et avait tout d'un salon privé de la haute société : luminaires de cristal, chêne fumé, acajou, chaises tapissées de velours, argenterie étincelante, serveurs poudrés, stewards empressés. Pour ses objectifs, le commissaire Gauche avait jeté son dévolu sur le salon « Windsor », situé sur le pont supérieur, à l'extrême proue du navire : baies vitrées sur trois côtés, superbe panorama, même par temps couvert on pouvait se passer d'éclairage. Ici le velours était d'une belle teinte mordorée, et les serviettes de lin étaient ornées du blason des Windsor.

Autour de la table ovale, dont les pieds étaient fixés au sol (pour les cas de fort tangage), étaient disposées dix chaises à haut dossier sculpté et décoré de toutes sortes de fioritures gothiques. L'idée que tous seraient assis à la même table avait séduit le commissaire, qui avait demandé au steward de ne pas placer n'importe comment les cartons portant le nom des convives, mais selon un ordre stratégique mûrement réfléchi : il fit installer les quatre passagers sans emblème juste en face de lui, afin, ces chers petits, de les garder à l'œil. Contrairement à ce qu'il avait prévu, Gauche ne put obtenir que le capitaine en personne préside la table. Mister Joshua Cliff refusa (selon ses propres termes) « de participer à cette farce » et opta pour le prestigieux salon « York », auquel avaient été affectés le nouveau vice-roi des Indes et son épouse, ainsi que deux généraux de l'armée des Indes. Le « York » était situé en poupe du paquebot, le plus loin possible du « Windsor » maudit où, à sa place, trônerait le second, Charles Reynier. Ce dernier déplut d'emblée au commissaire : visage hâlé, buriné par les vents, voix suave, cheveux noirs luisants de brillantine, petites moustaches en croc et teintes. Un vrai bouffon, pas un marin.

Les douze jours qui s'étaient écoulés depuis le départ avaient laissé tout loisir au commissaire d'observer attentivement ses compagnons de table, d'apprendre les bonnes manières (à savoir ne pas fumer pendant le repas et ne pas saucer son assiette avec une croûte de pain), d'assimiler plus ou moins la complexe géographie de la ville flottante et de s'amariner. En revanche, pour ce qui était de son but, il en était toujours aussi loin.

Pour l'heure la situation était la suivante.

Au départ le commissaire avait considéré sir Milford-Stoakes comme son suspect numéro un. Efflanqué, roux, favoris en bataille. On lui donnait vingt-huit, trente ans. Il se conduisait étrangement : tantôt il fixait le lointain de ses yeux verts écarquillés sans répondre aux questions qu'on lui posait, tantôt il s'animait subitement et, sans rime ni raison, se lançait dans la description des îles de Tahiti, des récifs de corail, des lagunes émeraude ou des cabanes à toit de palmes. Un évident psychopathe. Qu'est-ce qu'un baronet, rejeton d'une famille fortunée, pouvait bien avoir à faire à l'autre bout du monde, en « Océanie », comme il disait ? A la question – posée à deux reprises – concernant l'absence de son insigne, le maudit aristocrate était resté de marbre. Il ignorait superbement le commissaire, et si son regard tombait sur lui par hasard, Gauche se faisait l'impression d'être une vulgaire mouche. Un snob infect. Au Havre, où ils avaient fait une escale de quatre heures, Gauche s'était précipité au télégraphe et avait envoyé une demande d'information à Scotland Yard : qui était ce Milford-Stoakes ? s'était-il déjà rendu coupable de voies de fait ? ne s'amusait-il pas par hasard à étudier la médecine ? La réponse était arrivée juste avant qu'ils reprennent la mer. Il n'en ressortait rien d'intéressant. Quant aux excentricités du personnage, elles s'expliquaient. Il n'en restait pas moins que le rouquin n'avait pas la baleine d'or et qu'il était donc encore trop tôt pour le rayer de la liste des suspects.

Le deuxième était monsieur Gintaro Aono, « noble japonais » (ainsi qu'il figurait dans le registre des passagers). Un Asiate comme tous les Asiates : petit, sec, âge indéfinissable, moustache clairsemée, yeux réduits à une fente, regard perfide. A table, il se taisait l'essentiel du temps. A la question concernant ses activités, il avait balbutié d'un air gêné : « officier de l'armée impériale ». Interrogé à propos de l'insigne, il s'était troublé encore plus, avait fusillé le commissaire d'un regard haineux puis, s'excusant, s'était élancé vers la sortie. Sans même terminer son potage. Suspect ? Et comment ! Un vrai sauvage ! Au salon, il passe son temps à agiter devant lui un éventail en papier de couleur criarde, comme un pédéraste tout droit sorti d'un joyeux bouge du quartier Rivoli. Il se promène sur le pont juché sur des mules à semelles de bois, enveloppé dans une robe de chambre en coton et sans pantalon du tout. Gustave Gauche était bien sûr pour le principe de liberté, égalité, fraternité, mais, tout de même, jamais on n'aurait dû accepter un tel macaque en première classe.

Maintenant, les femmes.

Madame Renata Kléber. Une jeunette. La vingtaine tout au plus. Epouse d'un banquier suisse. Elle va rejoindre son mari à Calcutta. On ne peut pas dire que ce soit une beauté. Elle a un petit nez pointu, ne cesse de s'agiter et de bavarder. Dès les présentations, elle a fait savoir qu'elle était enceinte. Ses pensées et ses sentiments sont entièrement subordonnés à cet état. Mignonne, spontanée, mais parfaitement insupportable. En l'espace de douze jours, elle est parvenue à exaspérer définitivement le commissaire avec ses bavardages sur sa précieuse santé, la confection des bonnets en tricot et autres balivernes du même tonneau. Un véritable ventre sur pieds, bien que sa grossesse ne date que de peu et que le ventre en question pointe à peine. Bien entendu, saisissant un moment propice, Gauche lui avait demandé où était son emblème. La Suissesse avait cligné des yeux d'un air sincèrement étonné et s'était lamentée sur sa manie de toujours tout perdre. Ce qui, à vrai dire, paraissait tout à fait vraisemblable. A l'égard de Renata Kléber, le commissaire observait une attitude protectrice mêlée d'exaspération ; il ne la tenait pas pour une cliente sérieuse.

O combien plus intéressante pour le vieux limier était l'autre dame, miss Clarice Stamp. Celle-là avait quelque chose de pas net. Une Anglaise typique, sans rien de particulier : cheveux tristes d'un blond filasse, âge déjà avancé, manières réservées et convenables. Cependant, un éclair diabolique passait parfois dans ses yeux ternes. Des yeux que le commissaire connaissait bien et qui lui rappelaient qu'il n'est pire eau que l'eau qui dort. Et puis il y avait d'autres petits détails insignifiants qui, s'ils laissaient indifférent le commun des mortels, ne pouvaient en revanche échapper au regard acéré du vieux mâtin. Les robes et autres tenues de miss Stamp étaient toutes de grand prix, neuves, à la dernière mode de Paris, de même que son sac à main en écaille de tortue (le commissaire avait vu le même dans une vitrine des Champs-Elysées, au prix de trois cent cinquante francs). Par ailleurs, pourtant, elle prenait des notes sur un vieux calepin bon marché, tel qu'on en trouve dans les papeteries les plus ordinaires. Une fois, le commissaire l'avait vue sur le pont, allongée sur un transat, enveloppée dans un châle (il ventait) exactement semblable à celui de madame Gauche, en poil de chien. Chaud mais indigne d'une lady anglaise. Curieusement, parmi les objets que possédait Clarice, les neufs étaient tous sans exception de grand prix, alors que les vieux étaient plutôt moches et de qualité inférieure. Incohérent. Un après-midi, avant le *five o'clock*, Gauche lui avait demandé : « Pourquoi donc, madame, ne portez-vous jamais la petite baleine en or ? Elle ne vous plaît pas ? Je trouve personnellement cette babiole du plus grand chic. » Comment a-t-elle réagi, selon vous ? Elle a piqué un fard pis encore que le « noble japonais » et a répondu qu'elle l'avait déjà mise mais que le commissaire ne l'avait pas vue. Elle mentait. Gauche l'aurait évidemment remarquée. Le commissaire avait sa petite idée derrière la tête mais il devrait attendre le moment psychologiquement adéquat. On verrait alors comment elle réagirait, cette Clarice.

Comme il y avait dix places à table et seulement quatre passagers sans emblème, Gauche décida de compléter sa collection avec d'autres spécimens qui, bien qu'ayant leur insigne, étaient chacun à sa manière digne d'intérêt. Cela afin d'élargir son champ d'investigation. Et puisqu'il restait des places, autant en profiter.

En premier lieu il avait demandé au capitaine d'affecter au « Windsor » le médecin-chef du navire, monsieur Truffo. Joshua Cliff avait grogné, mais accepté. La raison pour laquelle Gauche requérait la présence de Truffo était facile à comprendre : unique médecin du *Léviathan*, expert en matière de piqûres, il avait, de par son statut, droit à l'insigne en or. Le docteur était un petit Italien grassouillet au teint olivâtre et au crâne chauve couronné de cheveux épars. Il fallait vraiment beaucoup d'imagination pour se figurer ce personnage comique dans le rôle du tueur implacable. En plus du médecin, il convint d'allouer une place à son épouse. Le docteur s'était marié deux semaines plus tôt et avait décidé de joindre l'utile à l'agréable, à savoir travail et lune de miel. La chaise occupée par la toute nouvelle madame Truffo était donc une place perdue. Anglaise à la mine contrite et revêche, l'élue du cœur de l'Esculape de bord paraissait deux fois ses vingt-cinq ans et provoquait chez Gauche un ennui mortel comme d'ailleurs la majorité de ses compatriotes de sexe féminin. Il la gratifia immédiatement du surnom de « brebis », eu égard à ses cils blancs et à sa voix bêlante. En fait, elle ouvrait rarement la bouche, dans la mesure où elle ne connaissait pas le français et où les propos, dans le salon Windsor, étaient pour l'essentiel échangés dans ce noble idiome. Madame Truffo n'avait pas d'insigne, mais cela était normal, vu qu'elle ne faisait partie ni des officiers ni des passagers.

Dans le registre, le commissaire avait par ailleurs repéré un certain Anthony F. Sweetchild, archéologue et indianiste, et s'était dit que c'était exactement l'homme qui lui convenait. Feu Littleby n'était-il pas quelque chose dans ce genre-là ? Mister Sweetchild, un grand escogriffe à lunettes rondes et à barbiche de chèvre, avait spontanément lancé la conversation sur l'Inde dès le premier dîner. Après le repas, Gauche avait pris le professeur à part et avait habilement fait dévier la discussion sur la collection de lord Littleby. L'indianiste-archéologue avait dédaigneusement qualifié le défunt de dilettante et sa collection de magasin de curiosités, accumulées au mépris de toute démarche scientifique. Selon lui, le seul véritable objet de valeur était le Shiva d'or. C'était une bonne chose que la statuette eût d'elle-même refait surface, car il était bien connu que la police française était tout juste bonne à prendre des pots-de-vin. A l'écoute de cette remarque d'une injustice criante, Gauche, furieux, était parti d'une quinte de toux, mais Sweetchild s'était contenté de lui conseiller de moins fumer. Puis le savant avait consenti à admettre qu'en effet Littleby avait sans doute réussi à se constituer une assez bonne collection de foulards et de tissus peints, parmi lesquels figuraient quelques pièces dignes d'intérêt, mais qu'on était là plutôt dans le domaine de l'artisanat local et de l'art décoratif. Pas mal non plus était le coffre en bois de santal du XVIe siècle provenant de Lahore et dont les sculptures représentaient des scènes du Mahabharata – et là avaient commencé une telle suite d'histoires à dormir debout que, très vite, le commissaire avait piqué du nez.

Quant au dernier compagnon de table, Gauche l'avait choisi sur sa mine. Au sens littéral. Le fait est que, peu auparavant, le commissaire avait eu l'occasion de lire un intéressant opuscule traduit de l'italien. Un certain Cesare Lombroso, professeur de médecine légale à Turin, avait élaboré toute une théorie selon laquelle les « criminels-nés » n'étaient pas responsables de leurs comportements antisociaux. D'après la théorie de l'évolution du docteur Darwin, écrivait-il, au cours de son développement l'humanité franchit différentes étapes dont chacune la rapproche de la perfection. Le criminel, lui, est une anomalie dans le processus d'évolution, un retour accidentel à un niveau antérieur du développement. C'est pourquoi il est extrêmement facile de repérer un tueur et cambrioleur potentiel : il ressemble au singe, dont nous sommes tous issus. Le commissaire avait longuement réfléchi à ce qu'il avait lu. D'un côté, parmi l'éventail hétéroclite d'assassins et de cambrioleurs auxquels il avait eu affaire en trente-cinq ans de carrière dans la police, tous ne ressemblaient pas à des gorilles, loin de là. Certains avaient même des têtes d'anges, au point que leur seule vue vous tirait des larmes d'attendrissement. D'un autre côté, les faciès simiesques ne manquaient pas non plus. Anticlérical farouche, le vieux Gauche ne croyait pas en Adam et Eve. La théorie darwinienne lui paraissait tout de même plus fondée. Or, parmi les passagers de première classe, un drôle de phénomène lui était tombé sous les yeux – le « type caractéristique du criminel », une véritable image d'Epinal : front bas, arcades sourcilières proéminentes, yeux minuscules, nez épaté, menton fuyant. Le commissaire avait aussitôt demandé que cet Etienne Boileau, négociant en thé, soit affecté au « Windsor ». L'homme s'était révélé des plus charmants – joyeux drille, père de onze enfants et philanthrope convaincu.

Bref, il était devenu clair que le voyage du père Gauche ne s'arrêterait pas non plus à Port-Saïd, prochaine escale après le Havre. L'enquête s'éternisait. En outre, son flair légendaire suggérait au commissaire qu'il brassait de l'air, que dans tout ce public ne figurait pas un seul candidat sérieux. Se dessinait l'atroce perspective de devoir accomplir ce fichu voyage jusqu'au bout : Port-Saïd, Aden, Bombay, Calcutta. Et là, à Calcutta, il ne lui resterait plus qu'à se pendre au premier palmier. Il n'allait tout de même pas rentrer à Paris la tête basse et la queue entre les jambes ! Ses collègues le tourneraient en ridicule, la direction lui renverrait en pleine figure son petit voyage en première classe aux frais de l'Etat. Et encore bien beau si on ne le flanquait pas à la retraite anticipée...

A Port-Saïd, puisque le voyage allait durer, Gauche, bien à contrecœur, se ruina en chemises supplémentaires. Il fit des réserves de tabac égyptien et, pour tuer le temps, s'offrit pour deux francs une promenade en calèche le long du célèbre port. Rien d'extraordinaire. Phare énorme, deux môles longs à n'en plus finir, bon et après ? La ville elle-même produisait une drôle d'impression – ni tout à fait l'Asie ni vraiment l'Europe. A regarder la résidence du gouverneur général du canal de Suez, on se serait cru en Europe. Dans les rues du centre, on ne voyait que des visages européens, des dames flânaient en s'abritant sous des ombrelles blanches, de riches messieurs en panamas ou canotiers poussaient leur bedaine en avant. Mais dès que la calèche s'engagea dans un quartier indigène, ce ne furent plus qu'odeurs nauséabondes, mouches, tas d'ordures putrides, gamins arabes quémandant une aumône. Qu'avaient donc tous ces riches désœuvrés à vouloir parcourir le monde ? C'était partout la même chose : les uns engraissaient en s'empiffrant, les autres crevaient de faim.

Eprouvé à la fois par ses observations pessimistes et par la chaleur, le commissaire regagna le navire, l'humeur morose. Mais là, la chance lui sourit : un nouveau client. Et, semblait-il, un client prometteur.

Le commissaire alla chez le capitaine, où il pêcha un certain nombre de renseignements. Ainsi l'homme s'appelait Eraste P. Fandorine et était citoyen russe. Pour une raison quelconque, ledit citoyen russe n'avait pas indiqué son âge. Profession : diplomate. Il était arrivé de Constantinople et se rendait à Calcutta puis, de là, au Japon, où il devait prendre ses fonctions. De Constantinople ? Bien sûr, il avait dû participer aux pourparlers de paix qui avaient mis fin à la récente guerre russo-turque[1]. Gauche recopia soigneusement toutes les

1. Cf., du même auteur, *Le Gambit turc*, Presses de la Cité, 2001.

informations sur une feuille, qu'il rangea dans la précieuse chemise de carton entoilé où il conservait tous les éléments de l'affaire. Il ne se séparait jamais de son dossier ; il le feuilletait régulièrement, relisait les rapports et les coupures de journaux et, dans ses moments de rêverie, il dessinait en marge des poissons et des maisons. Désirs secrets qui surgissaient du fond de son cœur. Il allait devenir commissaire divisionnaire, s'assurer une confortable pension, et comme ça madame Gauche et lui s'achèteraient une jolie petite maison quelque part en Normandie. Le flic parisien à la retraite irait pêcher à la ligne et ferait son propre cidre. Pas mal, non ? Ah, si seulement il pouvait s'assurer un petit capital pour sa retraite, ne serait-ce qu'une vingtaine de milliers de francs...

Le bateau devant attendre son tour pour l'entrée dans le canal de Suez, le commissaire se rendit de nouveau au port et envoya un télégramme à la préfecture : le diplomate russe E. P. Fandorine était-il connu de Paris ? Avait-il, dans la période récente, franchi la frontière de la République française ?

La réponse arriva rapidement, à peine deux heures et demie plus tard. Il s'avérait que ce cher petit avait en effet passé la frontière, et même par deux fois. La première au cours de l'été 1876 [1] (bon, d'accord), la seconde en décembre 1877, c'est-à-dire trois mois plus tôt. Arrivant de Londres, il avait été enregistré par les services de police et de douane du Pas-de-Calais. On ignorait combien de temps il avait séjourné en France. Il était parfaitement possible qu'il ait encore été là le 15 mars. Et il pouvait tout

---

1. Cf., du même auteur, *Azazel*, Presses de la Cité, 2001.

aussi bien avoir fait un saut rue de Grenelle, une seringue à la main – on ne devait préjuger de rien.

Conclusion, il fallait absolument libérer une place à table. Le mieux, bien sûr, eût été de se débarrasser de la femme du docteur, mais pas question de porter atteinte à l'institution sacrée du mariage. Au terme d'une courte réflexion, Gauche décida d'expédier dans un autre salon le négociant en thé, lequel ne justifiait pas les espoirs – tout théoriques – mis en lui et apparaissait finalement le moins prometteur. Que le steward se charge de le faire déménager. Qu'il lui dise qu'il lui avait trouvé une bonne petite place dans un autre salon avec des messieurs plus importants et des dames plus pimpantes. Après tout, c'était pour régler ce genre de problèmes que les stewards étaient payés.

L'apparition dans le salon d'un nouveau personnage fit sensation. Alors que chacun avait eu tout le temps de copieusement se lasser de ses voisins, voilà qu'arrivait un homme tout frais et sacrément imposant, en plus. Quant au malheureux monsieur Boileau, représentant du degré intermédiaire de l'évolution humaine, nul ne posa la moindre question à son sujet. Le commissaire remarqua que, de tous, la plus émoustillée était miss Clarice Stamp, la vieille fille, qui se mit à pérorer sur les peintres, le théâtre, la littérature. Gauche lui-même aimait à l'occasion rester assis dans un fauteuil avec un bon livre. De tous les écrivains, son préféré était Victor Hugo : c'était vivant, élevé, émouvant aux larmes. Et pour s'endormir il n'y avait rien de mieux. Mais, évidemment, il n'avait jamais entendu parler de ces écrivains russes aux noms barbares, si bien qu'il ne put prendre part à la discussion. Cela étant, cette Anglaise défraîchie se donnait du mal pour rien, monsieur Fandorine était bien trop jeune pour elle.

Renata Kléber non plus ne restait pas inactive. Elle tenta d'inscrire le nouveau au nombre des chevaliers servants qu'impitoyablement elle envoyait chercher tantôt son châle, tantôt son ombrelle, tantôt un verre d'eau. Cinq minutes après le début du dîner, madame Kléber avait déjà confié au Russe toutes les vicissitudes de son délicat état et, se plaignant de migraine, elle lui demanda d'aller quérir le docteur Truffo qui, pour l'heure, semblait retenu quelque part. Toutefois, ayant manifestement saisi d'emblée à qui il avait affaire, le diplomate objecta poliment qu'il ne connaissait pas le docteur de visu. Ce fut donc le serviable lieutenant Reynier, la plus dévouée des nounous de la gravide femme de banquier, qui s'empressa d'accomplir la mission.

La première impression produite par Eraste Fandorine était la suivante : taciturne, réservé, courtois. Mais trop précieux au goût du commissaire. Petit col empesé, aussi raide que s'il avait été en albâtre, perle fine piquée à sa cravate de soie et, à sa boutonnière (voyez-moi ça), un œillet rouge. Raie impeccable, sans un seul cheveu qui dépassait, ongles soignés, moustaches noires et fines, comme dessinées au fusain.

Les moustaches en disaient long sur la personnalité d'un homme. Celles de Gauche – des moustaches de phoque, retombant de chaque côté de la bouche – dénotaient un homme posé, conscient de sa valeur, qui ne se laissait pas éblouir par le clinquant, tout sauf un écervelé. Des moustaches en croc, surtout avec les pointes effilées, trahissaient un coureur de jupons et un bon vivant. Associées à des favoris, elles désignaient un homme ambitieux, rêvant de devenir général, sénateur ou banquier. Quant à monsieur Fandorine, ses moustaches étaient celles d'un homme ayant une vision romantique de sa propre personne.

Que dire d'autre du Russe ? Il parlait convenablement le français. Détail caractéristique : un léger bégaiement. Et toujours pas trace de l'insigne. Le diplomate s'intéressa surtout au Japonais ; il lui posa toutes sortes de questions assommantes sur son pays, mais le samouraï répondait avec parcimonie, comme s'il craignait quelque piège. Il faut dire que le petit nouveau n'avait expliqué à l'assemblée ni où il se rendait ni ce qu'il allait y faire. Il s'était limité à dire son nom et à préciser qu'il était russe. Seul le commissaire comprenait sa curiosité : l'homme était appelé à vivre au Japon. Gauche se figurait un pays où tous les gens sans exception étaient semblables à monsieur Aono, où tous habitaient des maisons de poupées au toit recourbé et où, pour un oui pour un non, on s'ouvrait le ventre. Vraiment, le sort de ce Russe n'avait rien d'enviable.

Après le dîner, quand Fandorine alla s'asseoir à l'écart pour fumer un cigare, le commissaire s'installa dans le fauteuil voisin et alluma sa pipe. Un peu plus tôt il s'était présenté à sa nouvelle connaissance comme un rentier parisien curieux de découvrir l'Orient (telle était la couverture qu'il s'était inventée). L'heure était maintenant venue pour lui d'amener la conversation sur l'affaire, mais comme ça, de manière habile et détournée. Il porta la main à son revers et tripota sa baleine en or (celle récupérée rue de Grenelle), et dit, l'air de rien, comme pour engager la conversation :

— Jolie petite bricole, vous ne trouvez pas ?

Le Russe regarda le revers du coin de l'œil mais ne dit rien.

— De l'or pur ! Chic ! fit Gauche, admiratif.

Nouveau silence circonspect, mais parfaitement courtois. L'homme attendait simplement ce qui allait suivre. Ses yeux bleus avaient un regard attentif. Le diplomate avait une très belle peau – une vraie pêche. Avec des joues roses comme celles d'une demoiselle. Pourtant ce n'était pas une femmelette, ça se voyait tout de suite.

Le commissaire opta pour une autre tactique.

— Vous voyagez beaucoup ?

Haussement d'épaules indéterminé.

— Si j'ai bien compris, vous êtes dans la diplomatie, n'est-ce pas ?

Fandorine inclina poliment la tête, sortit un long cigare de sa poche et en coupa l'extrémité avec un canif d'argent.

— Et vous avez déjà eu l'occasion d'aller en France ?

Nouveau hochement de tête affirmatif. Ce monsieur fait un bien piètre interlocuteur, pensa Gauche, néanmoins résolu à ne pas céder.

— J'aime surtout Paris au tout début du printemps, en mars, prononça le policier. C'est le meilleur moment de l'année !

Il lança un regard inquisiteur à son vis-à-vis et se mit intérieurement en position d'attaque. Qu'allait-il répondre ?

Fandorine hocha deux fois la tête. Avait-il simplement pris acte de l'information ou bien était-il d'accord ? Impossible à dire. Commençant à s'énerver, Gauche fronça les sourcils avec animosité.

— Cet insigne ne vous plaît donc pas ?

Sa pipe se mit à grésiller puis s'éteignit.

Le Russe poussa un petit soupir, glissa deux doigts dans la poche de son gilet, en sortit la petite baleine d'or et daigna enfin desserrer les lèvres :

— Je vois, monsieur, que mon insigne vous intéresse p-particulièrement. Je ne le porte pas parce que je n'ai nul désir de ressembler à un portier, fût-il pourvu d'une p-plaque en or. Et d'un. Vous n'avez rien d'un rentier, monsieur Gauche, votre regard est trop fureteur pour cela. En outre, en quoi un rentier parisien aurait-il besoin de traîner en permanence avec lui un dossier officiel ? Et de deux. Vous connaissez ma profession, ce qui veut dire que vous avez accès aux documents de bord. Je suppose que vous êtes détective. Et de trois. Maintenant quatre. Si vous cherchez à obtenir un éclaircissement quelconque de ma part, cessez de tourner autour du pot et posez carrément vos questions.

Allez discuter avec un type pareil !

Il fallait sortir de ce mauvais pas. Parlant à voix basse, Gauche confia au très perspicace diplomate qu'il était le détective en titre du paquebot, qu'il avait pour mission de veiller à la sécurité des passagers, mais qu'il devait agir secrètement et avec la plus extrême délicatesse, afin de ne pas froisser ce public choisi. Difficile de savoir si Fandorine le crut. Quoi qu'il en soit, le Russe s'abstint de toute question.

A quelque chose malheur est bon Le commissaire venait de trouver sinon un complice, du moins un interlocuteur qui, entre autres, se distinguait par un étonnant sens de l'observation et par des connaissances exceptionnelles en matière de criminologie.

Souvent ils restaient assis tous les deux sur le pont à regarder la rive en pente douce du canal, à fumer (Gauche la pipe, le Russe le cigare) et à deviser de sujets aussi divers que passionnants. Par exemple, des méthodes les plus modernes permettant d'identifier et de confondre les criminels.

— Dans son travail, la police parisienne s'appuie sur les dernières découvertes de la science, fit un jour valoir Gauche non sans fierté. A la préfecture, nous avons un service spécial d'identification dirigé par un jeune génie, Alphonse Bertillon. Il a élaboré tout un système de classification des caractéristiques des criminels.

— J'ai rencontré Alphonse Bertillon au cours de ma dernière visite à P-Paris, dit Fandorine de la façon la plus inattendue. Il m'a longuement parlé de sa méthode anthropométrique. Le bertillonnage est une théorie ingénieuse, très ingénieuse. Vous avez déjà commencé à la mettre en p-pratique ? Quels sont les résultats ?

— Pour le moment, nuls, répondit le commissaire en haussant les épaules. Il faut tout d'abord soumettre au bertillonnage l'ensemble des récidivistes, ce qui demandera des années. Le service d'Alphonse est un vrai bazar : on y amène des prévenus menottés, on les mesure sous toutes les coutures comme des chevaux à la foire, on note les données sur des fiches. Cela dit, le travail de la police deviendra bientôt un jeu d'enfant. Supposons que, sur les lieux d'un vol avec effraction, on trouve une empreinte de main gauche. On la mesure et on va au fichier. Le majeur a une longueur de 89 millimètres, on cherche dans la section n° 3. Là sont enregistrés dix-sept cambrioleurs dont le majeur est de la taille correspondante. Le reste n'est plus que du détail : parmi les dix-sept on vérifie qui était où le jour du vol et on arrête celui qui n'a pas d'alibi.

— Autrement dit, les criminels sont répartis en différentes sections suivant la longueur de leur majeur, c'est bien cela ? demanda le Russe avec le plus vif intérêt.

Gauche ricana dans ses moustaches et dit sur un ton condescendant :

— Oh, mais c'est tout un système, mon jeune ami. Bertillon divise tous les hommes en trois groupes, en fonction de la longueur de la tête. Chacun des trois groupes se subdivise en trois sous-groupes, selon, cette fois, la largeur de la tête. Ce qui nous donne neuf sous-groupes. A son tour, chaque sous-groupe est divisé en trois sections, en fonction de la longueur du médius de la main gauche. Vingt-sept sections au total. Mais ce n'est pas encore tout. Dans chaque section on distingue trois sous-sections, suivant les dimensions de l'oreille droite. Ce qui nous donne combien de sous-sections ? Exact, quatre-vingt-une. La classification suivante prend en compte la taille, la longueur des mains, la hauteur en position assise, la dimension du pied, la longueur de l'avant-bras. En tout 19 683 catégories ! Le criminel soumis à un bertillonnage complet et se trouvant dans notre fichier n'a aucune chance d'échapper à la justice. Alors qu'auparavant il pouvait n'en faire qu'à sa tête : il s'inventait un faux nom lors de son arrestation et on était incapable de savoir ce qu'il avait fabriqué avant.

— C'est remarquable, prononça pensivement le diplomate. Toutefois le bertillonnage n'est pas d'une grande aide pour l'élucidation d'un crime concret, en p-particulier si l'auteur du délit n'a jamais été arrêté auparavant.

Gauche écarta les mains :

— Il est clair que ce problème n'est pas du ressort de la science. On peut faire tout ce qu'on veut, tant qu'il existera des criminels on ne pourra pas se passer de nous, les enquêteurs professionnels.

— Avez-vous déjà eu l'occasion d'entendre parler des empreintes digitales ? demanda Fandorine en montrant au commissaire ses doigts fins mais néanmoins puissants, aux ongles polis et dont l'un était orné d'un solitaire.

Regardant la bague avec envie (une année de salaire du commissaire, sinon plus), Gauche sourit malicieusement :

— Un truc de Bohémiens pour lire dans les lignes de la main ?

— Pas du tout. On sait depuis l'Antiquité que le relief des lignes p-papillaires se trouvant sur les coussinets des doigts est unique chez chaque individu. En Chine, les coolies signent leur contrat de location en appliquant leur pouce imprégné d'encre au bas du d-document.

— Evidemment, si chaque assassin était assez aimable pour prendre soin de tremper son pouce dans l'encre de Chine afin de laisser son empreinte sur les lieux du crime... fit le commissaire avec un éclat de rire bon enfant.

Pour sa part, le diplomate ne semblait guère d'humeur à plaisanter.

— Monsieur le d-détective du navire, vous saurez que la science moderne a formellement établi qu'il suffisait d'effleurer du doigt n'importe quelle surface sèche et dure pour laisser une empreinte. Dès qu'un assassin, même fugitivement, touche une porte, l'arme du crime, une vitre, il laisse une empreinte grâce à laquelle il sera p-possible de le confondre.

Gauche était sur le point d'ironiser en expliquant que la France comptait vingt mille criminels représentant deux cent mille doigts et qu'à vouloir les examiner tous à la loupe on risquait fort d'y perdre la vue, mais il s'en abstint. L'image de la vitrine brisée de la rue de Grenelle lui était brusquement revenue en mémoire. Les éclats de verre portaient d'innombrables empreintes de doigts. Cependant il n'était venu à l'idée de personne de les prélever, et tous les morceaux avaient été mis à la poubelle.

C'était fou de voir jusqu'où allait le progrès ! Et quand on pensait aux conséquences ! Tous les crimes s'accomplissaient avec les mains, pas vrai ? Or ces mains pouvaient trahir un coupable aussi bien que n'importe quel indicateur appointé ! Et si on prenait systématiquement leurs empreintes digitales aux assassins et cambrioleurs, aucun d'entre eux n'oserait plus se livrer à un quelconque méfait avec ses pattes sales. C'était la fin de la criminalité.

De telles perspectives donnaient tout bonnement le tournis.

Reginald Milford-Stoakes

2 avril 1878
18 heures, 34 minutes et 30 secondes, heure de Greenwich

Ma très chère Emily,

Aujourd'hui nous sommes entrés dans le canal de Suez. Dans ma lettre d'hier je vous ai parlé en détail de l'histoire et de la topographie de Port-Saïd, et je ne peux maintenant m'empêcher de vous donner quelques informations aussi curieuses qu'instructives sur le Grand Canal, création humaine parmi les plus grandioses, qui fêtera l'année prochaine son dixième anniversaire. Savez-vous, ma petite femme adorée, que l'actuel canal est le quatrième en date et que le premier fut creusé au XIV*e siècle avant Jésus-Christ, sous le règne du grand pharaon Ramsès ? A l'époque du déclin de l'Egypte, les vents du désert remplirent de sable le lit du canal, mais sous le roi de Perse Darius, en 500 avant Jésus-Christ, des esclaves creusèrent un nouveau canal, qui coûta pas moins de 120 000 vies humaines. Hérodote écrit que la navigation le long du canal prenait quatre jours et que deux trirèmes pouvaient s'y croiser sans que leurs rames ne se touchent. Plusieurs navires de la flotte défaite de Cléopâtre purent gagner la mer Rouge par cette voie et ainsi échapper au courroux du redoutable Octave.*

Après la chute de l'Empire romain, le temps et le sable séparèrent de nouveau l'Atlantique de l'océan

Indien par un mur mouvant long de cent milles. Mais ce fut sur ces terres arides que dut se constituer le puissant royaume des successeurs du prophète Mahomet, si bien que les gens reprirent les pics et les pioches. Je vogue le long de ces terres salifères mortes et de ces dunes de sable infinies, sans cesser de m'émerveiller devant le courage obstiné et l'acharnement dont est capable la race humaine, devant sa capacité à mener contre le tout-puissant Chronos une lutte infailliblement vouée à l'échec. Pendant deux cents ans, des navires chargés de grains naviguèrent le long du canal arabe, puis la terre effaça de son front cette misérable ride, et le désert se plongea dans un sommeil de mille ans.

L'histoire, hélas, ne voulut pas que le père du nouveau canal de Suez fût un Britannique mais le Français Lesseps, représentant de cette nation pour laquelle, chère Emily, j'éprouve un très profond mépris, au demeurant entièrement justifié. Ce diplomate retors convainquit le khédive d'édicter un firman autorisant la création de la « Compagnie universelle du canal de Suez ». La compagnie obtint une concession de 99 ans pour la future route maritime, tandis que le gouvernement égyptien se voyait attribuer, en tout et pour tout, 15 % des bénéfices prévus ! Quand on pense que ces infâmes Français osent nous accuser de piller les pays arriérés ! Nous, au moins, nous conquérons nos privilèges par l'épée et non en concluant de sordides marchés avec de cupides bureaucrates locaux.

Chaque jour, 1 600 chameaux apportaient de l'eau potable aux ouvriers qui creusaient le Grand Canal, ce qui n'empêchait pas les malheureux de mourir par milliers, de soif, d'épuisement et de maladies infectieuses. Notre Léviathan *vogue sur les cadavres et, sous le sable, je vois des crânes nus au regard vide et aux dents jaunes. Il fallut dix ans et quinze millions de livres sterling pour réaliser cet ouvrage grandiose. Moyennant quoi, désormais, le voyage en bateau depuis l'Angleterre jusqu'en Inde est deux fois plus court qu'auparavant. Environ vingt-cinq jours pour gagner Bombay. Incroyable ! Et quelle envergure ! La profondeur du canal dépasse les 100 pieds, de sorte que même notre arche gigantesque peut naviguer en toute sécurité, sans risque de s'échouer sur un bas-fond.*

Aujourd'hui, au cours du déjeuner, j'ai été pris d'un fou rire irrépressible. Je me suis étranglé avec une croûte de pain, j'ai eu une quinte de toux, mais cela ne m'a pas calmé pour autant. Quand ce pitoyable fat de Reynier (je vous ai déjà parlé de lui, c'est le premier lieutenant du Léviathan*) m'a demandé avec une fausse sollicitude quelle était la cause de mon hilarité, je me suis mis à rire de plus belle. Je ne pouvais tout de même pas lui avouer la pensée qui me mettait dans cet état. Alors que ce sont les Français qui ont construit ce canal, c'est nous, les Anglais, qui en récoltons les fruits. Il y a trois ans, le gouvernement de Sa Majesté a racheté au khédive le paquet d'actions qui le rendait majoritaire, si bien que maintenant, c'est nous, les Britanniques, qui sommes les patrons. Sans compter que l'action du canal, qui autrefois se négociait à 15 livres, en vaut aujourd'hui 3 000. Pas mal, non ? Comment ne pas en rire ?*

Mais je dois vous ennuyer avec tous ces détails assommants. Ne m'en veuillez pas, ma chère Emily, mais je n'ai rien d'autre à faire que d'écrire de longues lettres. Quand ma plume grince sur le papier blanc, il me semble que vous êtes près de moi et que nous conversons paisiblement. Vous savez, grâce au climat chaud, je commence à me sentir beaucoup mieux. J'oublie les cauchemars qui habitent mes nuits. Pourtant ils n'ont pas disparu : le matin, quand je me réveille, ma taie d'oreiller est mouillée de larmes et il arrive même parfois qu'elle porte des traces de morsures.

Mais tout cela n'est rien. Chaque nouveau jour, chaque mille parcouru me rapproche d'une vie nouvelle. Là-bas, sous le doux soleil de l'équateur, cette terrible séparation qui me chavire l'âme sera enfin terminée. Vivement que cela arrive ! Il me tarde tant de revoir votre lumineux et doux regard, ma tendre amie.

Que dire d'autre pour vous distraire ? Je pourrais au moins vous décrire notre Léviathan, *car ce sujet mérite grandement d'être évoqué. Dans mes précédentes lettres, j'ai beaucoup trop parlé de mes sentiments et de mes rêves, alors que je ne vous ai pas encore décrit dans toute sa splendeur ce triomphe du génie maritime britannique.*

Le Léviathan *est le plus grand navire de passagers de toute l'histoire, l'unique exception étant le colossal* Great Eastern *qui, depuis vingt ans déjà, sillonne les eaux de l'Atlantique. Jules Verne, en décrivant le* Great Eastern *dans son livre* La Ville flottante, *n'avait pas vu notre* Léviathan, *sinon il aurait rebaptisé le vieux G. E. « Village flottant ». Si ce dernier sert exclusivement à poser des câbles télégraphiques au fond de l'océan, le* Léviathan, *lui, peut transporter un millier d'hommes, plus 10 000 tonnes de fret. La longueur de ce monstre cracheur de feu dépasse les 600 pieds et sa largeur atteint les 80. Savez-vous, chère Emily, comment se construit un navire ? Tout d'abord on le « met à plat », c'est-à-dire qu'on dessine le plan du bateau en grandeur nature directement sur le sol parfaitement égalisé d'un bâtiment choisi à cet effet. Le plan du* Léviathan *était de dimensions telles qu'il a fallu construire un hangar de la taille du palais de Buckingham !*

Ce bateau de rêve possède deux machines à vapeur, deux puissantes roues – une à chaque bord – plus une gigantesque hélice à l'arrière. Les six mâts, lancés à l'assaut du ciel, sont pourvus d'une voilure complète, si bien qu'à plein régime et sous vent porteur le bâtiment développe une vitesse de 16 nœuds ! Ce paquebot a bénéficié de toutes les plus récentes innovations de l'industrie navale, parmi lesquelles : une double coque métallique qui protège le navire, y compris en cas de choc contre un rocher; des quilles latérales conçues pour réduire le roulis ; un éclairage entièrement électrique ; des compartiments étanches ; d'énormes condenseurs pour la vapeur d'échappement... impossible de tout citer. C'est tout le savoir accumulé au cours des siècles par l'inlassable esprit d'invention de l'homme qui se trouve concentré dans ce fier bâtiment fendant les flots sans crainte. Hier, fidèle à ma vieille habitude, j'ai ouvert la Sainte Bible à une page au hasard, et quelle ne fut pas ma stupéfaction de tomber sur des lignes où il était question du Léviathan, *le terrible monstre marin du livre de Job. J'ai frémi en comprenant subitement qu'il ne s'agissait là ni d'un serpent marin comme le pensaient les anciens ni d'un cachalot comme l'affirment les rationalistes d'aujourd'hui. Non, la Bible évoque clairement ce* Léviathan *chargé de me sortir des ténèbres et de la peur pour me conduire vers la lumière et le bonheur. Mais jugez vous-même : « Il fait bouillonner le gouffre comme une chaudière, il transforme la mer en brûle-onguents. Il allume derrière lui un sentier lumineux, l'abîme semble une tête chenue. Sur terre, il n'a point son pareil, il a été fait intrépide. Il regarde en face les plus hautains, il est roi sur tous les fils de l'orgueil. » La chaudière à vapeur, le brûle-onguents – c'est-à-dire le mazout –, le sentier lumineux – c'est-à-dire le sillage du bateau. Tout cela saute aux yeux !*

Et j'ai pris peur, chère Emily. Ces lignes contiennent une mise en garde menaçante, sans que je sache si elle s'adresse à moi personnellement, aux passagers du Léviathan *ou bien à l'humanité tout entière. Du point de vue de la Bible, en effet, l'orgueil n'est-il pas répréhensible ? Et si l'Homme, avec ses joujoux techniques, « regarde en face les plus hautains », cela n'est-il pas lourd de funestes conséquences ? Ne nous sommes-nous pas trop enorgueillis de la vivacité de notre esprit et de l'habileté de nos mains ? Où nous mène tous le roi de l'orgueil ? Que nous réserve l'avenir ?*

Alors, j'ai ouvert mon bréviaire pour prier, pour la première fois depuis des lustres. Soudain, je lis : « Ils pensent que leurs maisons sont éternelles, que leur logis se transmet de génération en génération, et ils donnent à leurs terres leur propre nom. Mais l'homme ne vivra pas dans l'honneur. Il sera semblable aux animaux qui périssent. Cette voie est leur folie, même si ceux qui les suivront les approuvent. »

Mais lorsque, saisi par un sentiment mystique, d'une main tremblante j'ai ouvert le Livre pour la troisième fois, mon regard enflammé est tombé sur ce fastidieux passage des Nombres où, avec une précision de comptable, sont énumérés les sacrifices des différentes tribus d'Israël. Là, je me suis calmé, j'ai agité la sonnette d'argent et demandé au steward de m'apporter du chocolat chaud.

Le confort qui règne dans cette partie du navire réservée aux gens comme il faut dépasse l'imagination. A cet égard, le Léviathan *n'a véritablement pas son pareil. L'époque où les voyageurs se rendant en Chine ou en Inde devaient s'entasser les uns sur les autres dans des cellules exiguës et sombres appartient définitivement au passé. Vous savez, ma petite femme chérie, combien la claustrophobie est développée chez moi, eh bien, sur le* Léviathan, *je me sens aussi à l'aise que sur les bords de la Tamise. Ici il y a tout ce qu'il faut pour combattre l'ennui : salle de bal, salon de musique pour les concerts classiques, bibliothèque plus que convenable. Par son agencement, la cabine de première classe ne le cède en rien à une chambre du meilleur hôtel de Londres. Ces cabines sont au nombre de cent. A cela il faut ajouter 250 cabines de seconde classe pouvant accueillir 600 personnes (je n'y ai même pas jeté un coup d'œil – je ne supporte pas la médiocrité) et, d'après ce qu'on dit, il y a également de vastes cales pour les marchandises. A lui seul, le personnel de service (hors matelots et officiers) comprend 200 personnes : stewards, cuisiniers, laquais, musiciens, femmes de chambre. Imaginez-vous que je ne regrette pas un seul instant de ne pas avoir pris Jeremy avec moi. Ce vaurien passait son temps à mettre son nez dans les affaires des autres alors qu'ici, à onze heures précises, la femme de chambre arrive, fait le ménage et remplit toutes les missions que je lui confie. C'est pratique et judicieux. Si on le souhaite, on peut appeler le laquais afin qu'il vous aide à vous habiller, mais je juge cela inutile – je m'habille et me déshabille seul. En mon absence, il est strictement interdit aux domestiques de rentrer dans ma cabine, ce qui ne m'empêche pas, en sortant, de fixer un cheveu à ma porte. Je crains les espions. Croyez-moi, chère Emily, ce n'est pas un navire, mais une véritable ville avec son lot de gredins de tout acabit.*

Pour l'essentiel j'ai puisé mes informations sur le paquebot dans les explications du lieutenant Reynier, ardent défenseur de son navire. Pour le reste, l'homme n'est guère sympathique et m'inspire la plus vive méfiance. Il fait beaucoup d'efforts pour jouer les gentlemen, mais on ne m'y prend pas, j'ai du flair pour repérer la basse extraction. Désireux de produire une bonne impression, l'individu m'a invité dans sa cabine. J'ai accepté d'y faire un saut, moins par curiosité que par souci de mesurer le degré de menace que pourrait représenter ce souillon (sur son aspect extérieur voir ma lettre du 20 mars). Son cadre de vie est minable, et son manque de goût saute d'autant plus aux yeux qu'il prétend au bon ton (vases chinois, fumeuses indiennes, affreuse marine accrochée au mur, etc.). Sur la table, au milieu des cartes et des instruments de navigation, trône une grande photogra-

phie représentant une femme en noir et portant cette inscription en français : « Bon vent, mon chéri ! Françoise B. » Je lui ai demandé s'il s'agissait de sa femme. En fait, c'est sa mère. C'est touchant, mais cela ne retire rien à mes soupçons. Je n'ai pas renoncé à vérifier notre cap toutes les trois heures, même si cela m'oblige à me lever deux fois pendant la nuit. Bien sûr, pendant que nous longeons le canal de Suez, cela peut paraître superflu, mais je ne veux pas perdre l'habitude de manier le sextant.

J'ai plus de temps qu'il n'en faut, et, quand je n'écris pas des lettres, j'ai tout loisir d'observer la foire aux vanités qui m'entoure de toutes parts. Dans cette galerie de types humains, se trouvent çà et là de drôles de personnages. Je vous ai déjà parlé de certains d'entre eux, mais, hier, une nouvelle tête a fait son apparition dans notre salon. Imaginez-vous qu'il est russe. Son nom : Eraste Fandorine. Vous n'ignorez pas, Emily, mon opinion sur la Russie, cette monstrueuse excroissance qui couvre la moitié de l'Europe et un tiers de l'Asie. La Russie cherche à répandre sa parodie de religion chrétienne et ses mœurs barbares dans le monde entier, et Albion est l'unique rempart dressé sur la route de ces Huns des temps modernes. Sans la position déterminée du gouvernement de Sa Majesté dans l'actuelle crise orientale, le tsar Alexandre aurait mis ses grosses pattes d'ours à la fois sur les Balkans et sur...

Mais je vous ai déjà parlé de tout cela et je ne veux pas me répéter. Sans compter que les considérations politiques ont un effet déplorable sur mes nerfs. Il est exactement huit heures moins quatre minutes. Comme je vous l'ai écrit, jusqu'à Aden le Léviathan *continuera à vivre à l'heure britannique, raison pour laquelle, à huit heures, ici, c'est déjà la nuit. Je vais aller mesurer la longitude et la latitude, ensuite je dînerai et je continuerai ma lettre.*

Dix heures, seize minutes.

*Je vois que je n'en avais pas terminé avec mister Fandorine. En fait, il me plaît bien, nonobstant sa nationalité. Bonnes manières, calme, attentif. Sans doute appartient-il à cette catégorie de la population qu'en Russie on désigne par le mot italien d'*intelligenzia, *sans doute en référence à la classe des Européens cultivés. Reconnaissez, chère Emily, qu'on peut difficilement considérer comme appartenant au monde civilisé une société dans laquelle les gens cultivés forment une couche à part, de surcroît désignée par un mot étranger. J'imagine le gouffre qui sépare cet homme policé qu'est mister Fandorine de ces* kossacks *barbus ou de ces* muzhiks *qui constituent 90 % de la population de l'empire tataro-byzantin. D'un autre côté, une telle distance doit singulièrement élever et ennoblir l'homme cultivé et réfléchi. C'est une idée qu'il faudra méditer.*

J'ai bien aimé la manière élégante dont mister Fandorine (à propos, il est diplomate, ce qui explique pas mal de choses) a remis à sa place cet insupportable goujat de Gauche, qui se prétend rentier alors que l'œil le moins expérimenté voit tout de suite que ce type s'occupe de trafics douteux. Je ne serais pas étonné qu'il se rende en Orient pour acheter de l'opium ou des danseuses exotiques pour les bouges parisiens. [Dernière phrase biffée.] *Je sais, tendre Emily, que vous êtes une vraie lady et que vous n'essaierez pas de lire ce qui est raturé. Je me suis un peu laissé emporter et j'ai écrit des mots indignes de votre chaste regard.*

Mais venons-en au dîner de ce soir. Le bourgeois français, qui ces derniers temps a pris du poil de la bête, en devenant même horriblement bavard, s'est lancé d'un air suffisant dans des considérations sur les avantages de la vieillesse par rapport à la jeunesse. « Tenez, je suis plus vieux que tous les présents, commence-t-il à dire avec condescendance, tel Socrate. J'ai les cheveux gris, je suis bedonnant et moche, mais n'allez surtout pas penser, mesdames et messieurs, que le père Gauche accepterait de changer sa place contre la vôtre. Quand je vois un jeune plein de morgue se vanter de sa beauté, de sa force et de sa santé, je n'éprouve aucune jalousie. Bah, me dis-je, ce n'est pas bien méchant, j'étais pareil à son âge. Seulement toi, mon petit, tu ne sais pas encore si tu atteindras un jours mes soixante-deux ans. Je suis déjà deux fois plus heureux que toi avec tes trente ans puisque j'ai eu la chance de passer sur cette belle terre deux fois plus longtemps. » Sur quoi il avale une gorgée de vin, très fier de l'originalité de sa pensée et de sa logique apparemment implacable. C'est alors que mister Fandorine, qui jusque-là n'avait pas ouvert la bouche, déclare le plus sérieusement du monde : « Il en est incontestablement ainsi, monsieur Gauche, si l'on considère la vie dans son acception orientale, à savoir comme une présence en un point donné et un éternel "maintenant". Mais il existe une autre conception qui considère la vie de l'homme comme une œuvre globale et complète, qu'il est impossible de juger tant qu'on n'en a pas achevé la dernière page. L'œuvre peut alors être aussi longue qu'une tétralogie ou aussi courte qu'une nouvelle. Mais qui osera affirmer qu'un roman gros et vulgaire a nécessairement plus de valeur qu'un poème court mais sublime ? » Le plus drôle est que notre rentier, qui est effectivement gros et vulgaire, n'a même pas compris qu'il s'agissait de lui. Même quand miss Stamp (une personne pas sotte mais bizarre) a ricané et que moi-même j'ai pouffé sans vraiment me gêner, le Français n'a pas saisi l'allusion. Il est resté ferme sur ses positions, avec une obstination qui inspire le respect. Il est vrai que dans la suite de la discussion, alors qu'on en était déjà au dessert, monsieur Gauche a fait preuve d'un bon sens qui m'a surpris. L'absence d'éducation a tout de même ses avantages : un esprit non influencé par les grands penseurs peut être parfois capable de remarques justes et intéressantes.

Jugez vous-même. Cette espèce d'amibe de Mrs Truffo, la femme de notre imbécile de docteur, a recommencé à bêtifier à propos du « cher petit » ou encore de l'« angelot » grâce auquel madame Kléber fera bientôt le bonheur de son banquier. Mrs Truffo ne parlant pas français, c'est son malheureux époux qui se vit obligé de traduire ses mièvreries sur le bonheur familial, inconcevable « sans le gazouillement d'un poupon ». Gauche, qui tirait sans discontinuer sur sa pipe, intervint brusquement : « Je ne peux pas être d'accord avec vous, madame. Un couple vraiment heureux n'a absolument pas besoin d'enfant, car, dans ce cas, le mari et la femme se suffisent amplement à eux-mêmes. Un homme et une femme sont comme deux surfaces inégales, chacune avec des creux et des bosses. Si les deux surfaces n'adhèrent pas parfaitement, il faut de la colle, sans laquelle la construction, c'est-à-dire la famille, ne tiendra pas. Et cette colle, ce sont précisément les enfants. Mais si les surfaces s'emboîtent bien, chaque bosse s'adaptant à un creux, la colle est inutile. Prenez, par exemple, moi et ma Blanche. Trente-trois ans de vie commune en parfaite communion, tel un bouton dans sa boutonnière. A quoi nous serviraient des enfants puisque sans eux tout est parfait ? » Vous imaginez, Emily, la vague d'indignation outragée qui s'est abattue sur la tête de l'iconoclaste. La plus zélée fut madame Kléber, au nom du futur petit Suisse qu'elle porte en son sein. La seule vue de ce ventre plat qu'elle essaie par tous les moyens de faire ressortir me hérisse. Je vois immédiatement, à l'intérieur, un mini-banquier en chien de fusil avec des petites oreilles rabougries et des joues gonflées. On peut parier qu'avec le temps la progéniture du couple Kléber sera assez nombreuse pour former un bataillon de la garde suisse.

Je dois vous avouer, mon Emily adorée, que le spectacle des femmes enceintes me donne des haut-le-cœur. Elles sont répugnantes ! Cet absurde sourire animal, cette mine immonde, cette façon d'être en permanence à l'écoute de ses entrailles ! Je me tiens le plus loin possible de madame Kléber. Jurez-moi, ma chérie, que nous n'aurons jamais d'enfants. Le gros bourgeois a mille fois raison ! A quoi bon des enfants ? Ne sommes-nous pas infiniment heureux ainsi ? Il nous faut simplement endurer cette insupportable séparation.

Je vois qu'il est déjà onze heures moins deux. Il est temps que j'aille faire mes relevés.

Malédiction ! J'ai retourné toute ma cabine. Mon sextant a disparu. Je ne suis pas fou ! Il était posé sur le coffre avec mon chronomètre et mon compas, et il n'y est plus ! J'ai peur, Emily ! Oh, je le pressentais ! Mes pires soupçons étaient justifiés !

Pourquoi ? Dans quel but ? Ils sont prêts à toutes les bassesses, pourvu qu'ils empêchent nos retrouvailles ! Comment vais-je maintenant pouvoir vérifier que le paquebot tient le bon cap ? C'est Reynier, je le sais ! J'ai bien vu les yeux avec lesquels il me regardait quand, la nuit dernière, il m'a surpris sur le pont en train de manipuler le sextant ! L'infâme !

Il faut aller chez le capitaine et exiger un châtiment. Et s'ils étaient de mèche ? Mon Dieu, mon Dieu, ayez pitié de moi.

J'ai dû m'interrompre. J'ai été tellement contrarié qu'il a fallu que je prenne les gouttes prescrites par le docteur Jenkins. Et, ainsi qu'il me l'a conseillé, j'ai pensé à quelque chose d'agréable. Je nous ai imaginés dans l'avenir. Nous étions assis dans une véranda blanche à scruter le lointain en essayant de deviner où s'arrêtait la mer et où commençait le ciel. Vous souriiez et disiez : « Cher Reggie, nous voilà enfin réunis. » Puis nous montions dans un cabriolet et allions faire une promenade sur le bord de...

Seigneur, qu'est-ce que je raconte ? Quel cabriolet ?

Je suis un monstre, et pour moi il n'y a pas de pardon.

Renata Kléber

Elle se réveilla d'excellente humeur. Elle accueillit par un sourire le rayon de soleil qui grimpait sur sa joue ronde, froissée par l'oreiller, et prêta attention à son ventre. Le fœtus se tenait tranquille, mais elle mourait de faim. Il restait cinquante bonnes minutes jusqu'au petit déjeuner, mais Renata avait de la patience à revendre et ne savait pas s'ennuyer. Le matin, le sommeil la quittait aussi brusquement qu'il la terrassait le soir. Il lui suffisait de poser la tête sur ses deux mains jointes pour, dans la seconde suivante, se trouver transportée dans quelque rêve enchanteur.

Fredonnant la chanson de la pauvre Georgette amoureuse du ramoneur, Renata fit sa toilette matinale, se passa de l'eau de lavande sur le visage puis, rapidement et habilement, se coiffa : elle fit bouffer sa frange sur son front, tira ses épais cheveux châtains en un chignon impeccable et laissa pendre deux petites boucles à ses tempes. Le résultat était exactement celui recherché : donner l'impression d'une jeune femme charmante et discrète. Elle regarda par le hublot. Le spectacle était toujours le même : rive uniforme du canal, sable jaune, misérables petits villages avec leurs masures de terre battue. Il allait faire chaud. Elle mettrait donc sa robe de dentelle blanche et son chapeau de paille à ruban rouge. Et il ne fallait pas qu'elle oublie son ombrelle car, après le petit déjeuner, elle ne manquerait pas de faire sa promenade de santé. Non, tout compte fait, elle n'allait pas s'embarrasser de son ombrelle. Tant pis, quelqu'un irait la lui chercher.

Avec une évidente satisfaction, Renata tourna devant le miroir, s'immobilisa de profil et tendit sa robe sur son ventre. A vrai dire, il n'y avait rien à voir de particulier pour l'instant.

Considérant que sa qualité de femme enceinte l'y autorisait, elle arriva au petit déjeuner bien avant l'heure : les serveurs n'avaient pas encore dressé la table. Renata ordonna immédiatement qu'on lui serve un jus d'orange, du thé, des croissants au beurre et tout ce qui s'ensuit. Quand apparut le premier de ses compagnons de table – le gros monsieur Gauche, un lève-tôt lui aussi –, la future mère venait de régler son sort à un troisième croissant et attaquait l'omelette aux champignons. Sur le *Léviathan* on ne servait pas un vulgaire petit déjeuner continental mais un authentique breakfast anglais, avec rosbif, œufs sous les formes les plus recherchées, pudding, céréales. Seuls les croissants représentaient la branche française du consortium. En revanche, au déjeuner et au dîner, la cuisine française régnait sans partage. On n'allait tout de même pas servir des rognons aux fèves au salon Windsor !

Comme toujours, le premier lieutenant du capitaine fit son apparition à neuf heures tapantes. Il s'enquit avec sollicitude de la santé de madame Kléber. Renata mentit en prétendant qu'elle avait mal dormi et se sentait complètement vannée, tout cela parce que son hublot ne s'ouvrait pas bien et qu'il faisait une chaleur étouffante dans sa cabine. Le lieutenant Reynier s'en alarma et promit d'aller personnellement voir de quoi il retournait et de remédier à ce déplorable état de choses. Il ne toucha ni au rosbif ni aux œufs : il suivait un curieux régime et se nourrissait pour l'essentiel de légumes. Renata en avait de la peine pour lui.

Peu à peu, les autres se succédèrent. Au petit déjeuner, la conversation manquait généralement d'entrain : les plus âgés se remettaient péniblement d'une mauvaise nuit ; les plus jeunes n'étaient pas encore complètement réveillés. Il était amusant d'observer la façon dont cette abominable Clarice Stamp était aux petits soins pour le diplomate bégayant. Renata secoua la tête : comment pouvait-on se montrer si bête ? Il a beau en imposer avec ses tempes grises, il pourrait être ton fils, ma pauvre petite. Qu'est-ce qu'un beau jeune homme comme ça pourrait bien faire de cette vieille coquette ?

Le tout dernier à arriver fut le Toqué (c'était ainsi que, secrètement, Renata appelait le baronet anglais). Avec ses cheveux roux hérissés, ses yeux rouges et son tic au coin de la bouche, il était sinistre et effrayant. Mais, bien loin d'en avoir peur, madame Kléber ne manquait jamais une occasion de s'amuser un peu à ses dépens. Par exemple, affichant un sourire aussi aimable qu'innocent, elle venait à l'instant même de tendre le pot à lait au Toqué. Exactement comme prévu, Milford-Stoakes (en voilà un drôle de nom) écarta sa tasse d'un air dégoûté. Renata savait par expérience que désormais il ne toucherait plus au pot à lait et boirait son café noir.

— Pourquoi ce mouvement de recul, monsieur ? balbutia-t-elle d'un ton mal assuré. N'ayez pas peur, la grossesse n'est pas contagieuse. (Puis, sans plus aucun tremblement dans la voix, elle ajouta :) Pour les hommes en tout cas.

Le Toqué la gratifia d'un regard incendiaire, qui se brisa sur celui – lumineux et serein – de son interlocutrice. Le lieutenant Reynier cacha un sourire derrière sa main, le rentier émit un vague ricanement. Même le Japonais ne put se retenir de sourire à la sortie de Renata. Il est vrai que ce monsieur Aono souriait pour un oui pour un non, y compris sans la moindre raison. Peut-être que chez ces gens-là le sourire n'exprimait pas la gaieté mais quelque chose d'autre. La tristesse ou le dégoût, par exemple.

S'étant départi de son air réjoui, monsieur Aono se livra à cet acte insensé qui chaque fois donnait la nausée à tous ses voisins de table : il sortit de sa poche une serviette en papier, se moucha dedans bruyamment, en fit une boule humide qu'il déposa soigneusement sur le rebord de son assiette sale. Mesdames, messieurs, admirez le splendide ikebana ! Renata avait lu quelque chose à propos de l'ikebana dans un roman de Pierre Loti et se rappelait ce mot à l'étrange sonorité. L'idée était intéressante : composer des bouquets non pas selon l'humeur du moment mais en fonction d'un projet philosophique. Un de ces jours il faudrait qu'elle essaie.

— Quelles fleurs préférez-vous ? demanda-t-elle au docteur Truffo.

Ce dernier traduisit la question à la haridelle qui lui faisait office d'épouse, puis répondit :

— Les pensées.

Et il traduisit également sa réponse : *pansies*.

— J'adore les fleurs ! s'exclama miss Stamp (voilà maintenant qu'elle jouait les ingénues). Mais seulement les fleurs vivantes. J'aime me promener dans une prairie en fleurs ! Cela me fend le cœur de voir les pauvres fleurs coupées se faner et perdre leur pétales ! C'est d'ailleurs pourquoi je ne permets à personne de m'offrir des bouquets.

Regard langoureux à l'adresse du beau Russe.

Quel dommage, sinon tous t'auraient immédiatement couverte de fleurs, pensa Renata avant d'ajouter à haute voix :

— Selon moi, les fleurs sont le couronnement de l'œuvre divine, et je considère comme un crime de piétiner une prairie en fleurs.

— Dans les jardins parisiens, c'est en effet considéré comme un crime, intervint monsieur Gauche. Punition : dix francs. Et si les dames autorisent le vieux malappris que je suis à allumer sa pipe, je vous raconterai à ce propos une petite anecdote fort amusante.

— O, dames, faites preuve d'indulgence ! s'écria Sweetchild, l'indianiste binoclard, en secouant sa barbichette à la Disraeli. Monsieur Gauche est un si merveilleux conteur !

Tous se tournèrent vers la femme enceinte, dont dépendait la décision, et celle-ci se frotta la tempe comme en proie à une douleur. Non, Renata n'avait pas le moins du monde mal à la tête, elle faisait simplement durer le plaisir. D'ailleurs, elle aussi était curieuse d'entendre la « petite anecdote », raison pour laquelle elle accepta d'un air de sacrifiée :

— C'est bon, fumez. Mais qu'au moins quelqu'un me fasse de l'air avec son éventail.

L'infâme Clarice, qui possédait un somptueux éventail en plumes d'autruche, faisant mine de n'être pas concernée, ce fut au Japonais qu'échut la tâche d'éventer la future mère. Gintaro Aono vint s'asseoir près d'elle, et il entreprit avec un tel empressement d'agiter son éventail criard orné de papillons devant le nez de la pauvre martyre qu'une minute plus tard celle-ci était effectivement prise de nausée face à ce kaléidoscope infernal. Le Japonais se vit adresser une réprimande pour excès de zèle.

Le rentier quant à lui tira avec délectation sur sa pipe, lâcha un nuage de fumée odorante et entama son récit :

— Vous me croirez si vous voulez, mais cette histoire est tout ce qu'il y a de plus véridique. Il y avait au jardin du Luxembourg un jardinier appelé le père Picard. Depuis quarante ans il arrosait et entretenait les fleurs du jardin, et il ne lui restait plus que trois ans avant la retraite. Un beau matin le père Picard arrive avec son arrosoir, et qu'est-ce qu'il voit ? Un monsieur très chic, vêtu d'un frac, qui se prélassait au doux soleil du matin, étalé au milieu du parterre de tulipes. Visiblement, il s'agissait d'un noceur qui avait fait la bringue jusqu'à l'aube et qui, incapable de rentrer chez lui, s'était laissé tomber là. (Gauche plissa les yeux et promena sur l'assistance un regard malicieux.) Picard, évidemment, prend la mouche en voyant ses tulipes écrasées. Il dit : « Levez-vous, m'sieu, il est interdit de se coucher dans les parterres de fleurs du jardin ! » Le noceur entrouvre un œil et sort une pièce d'or de sa poche. « Tiens, mon vieux, dit-il, prends ça et laisse-moi tranquille. Il y a une éternité que je ne me suis pas aussi bien reposé. » Alors, le jardinier prend la pièce, mais ne part pas pour autant.

« D'accord, vous avez payé l'amende, mais je n'ai pas le droit de vous laisser ici. Veuillez vous lever immédiatement. » Là, le monsieur en frac ouvre son deuxième œil, mais ne se presse pas pour se lever. « Combien faut-il donc que je te donne pour que tu te retires de mon soleil ? Je suis prêt à te payer n'importe quelle somme si tu fiches ton camp et me laisses dormir une petite heure. » Le père Picard se gratte la nuque, remue les lèvres comme s'il calculait quelque chose. « Eh bien, monsieur, dit-il, si vous voulez obtenir le droit de rester allongé pendant une heure sur un parterre de fleurs du jardin du Luxembourg, il vous en coûtera quatre-vingt-quatre mille francs et pas un sou de moins. » (Manifestement plein d'admiration pour le jardinier culotté, le Français sourit d'un air goguenard à travers ses moustaches grises et poursuivit son récit.) Là, je dois vous dire que le noceur en question n'était pas n'importe qui mais le banquier Laffite en personne, l'homme le plus riche de tout Paris. Laffite n'était pas homme à lancer des paroles en l'air, il avait dit « n'importe quelle somme », pas question de se défiler. C'eût été pour lui une honte que de partir la queue entre les jambes et de ne pas honorer sa parole de banquier. En même temps, donner pour des prunes une somme pareille au premier insolent venu n'était guère à son goût. Que faire ? (Gauche eut un haussement d'épaules qui exprimait l'extrême complexité de la situation.) Et voilà Laffite qui dit : « Eh bien, vieux filou, tu auras tes quatre-vingt-quatre mille francs, mais à une condition : prouve-moi qu'une heure passée sur ton maudit parterre de fleurs vaut effectivement cette somme. » Et si tu n'en es pas capable, je vais immédiatement me lever, te flanquer quelques bons coups de canne dans les côtes, une petite incartade qui me vaudra tout au plus une amende de quarante francs. » (Toujours aussi loufoque, Milford-Stoakes éclata d'un gros rire et secoua sa chevelure rousse d'un air approbateur, tandis que Gauche levait son doigt jauni par la fumée, l'air de dire : ne vous réjouissez pas si vite, l'histoire n'est pas terminée.) Eh bien, que croyez-vous, mesdames et messieurs ? Sans se démonter une seule seconde, le père Picard commence à exposer le résultat de ses calculs : « Dans trente minutes, à huit heures très exactement, monsieur le directeur du jardin va arriver. Il va vous voir allongé sur le parterre de fleurs et se mettre à hurler en m'ordonnant de vous chasser d'ici. Ce que je ne pourrai pas faire puisque vous m'aurez payé non pas pour une demi-heure mais pour une heure complète. Je vais alors me disputer avec monsieur le directeur, lequel me renverra sans pension ni indemnité. Or il me reste trois ans avant la retraite. La pension à laquelle j'ai droit est de mille deux cents francs par an. Et comme j'ai bien l'intention d'en profiter pendant une vingtaine d'années, cela fait au total vingt-quatre mille francs. Maintenant, le logement. Pour ma vieille et moi, fini le petit appartement de fonction. Question : où habiter ? Il nous faudra acheter une maison. Or la plus modeste masure avec jardin n'importe où dans la Loire va chercher au bas mot dans les vingt mille francs. Maintenant, monsieur, songez à ma réputation. Je peux m'honorer de quarante ans de bons et loyaux services dans ce jardin, et tout le monde vous dira que le père Picard est un honnête homme. Imaginez la honte qui s'abattra sur ma tête grise. Ce que vous me proposez, c'est tout de même de la corruption, un pot-de-vin ! J'estime que mille francs par année de service irréprochable sera une faible somme au regard du préjudice moral. Ce qui au total nous amène aux quatre-vingt-quatre mille francs. » Laffite éclate de rire, s'étale bien confortablement sur le parterre de fleurs et referme les yeux. « Reviens dans une heure, dit-il, tu auras ton dû, vieux singe. » C'est ainsi, mesdames et messieurs, que se termine ma jolie petite histoire.

— Mille francs p-par année irréprochable ? plaisanta le diplomate russe. Voilà qui n'est pas cher payé. Ce devait être un p-prix de gros.

Alors que les présents commentaient l'anecdote avec animation en exprimant les opinions les plus contradictoires, Renata Kléber, intriguée, fixait monsieur Gauche qui, l'air satisfait, venait d'ouvrir son dossier noir et, tout en sirotant son chocolat refroidi, s'était mis à le feuilleter. Drôle de phénomène, ce petit vieux, il n'y avait pas à dire. Quels secrets gardait-il donc dans ce dossier ? Et pourquoi se cachait-il derrière son coude ?

Il y avait déjà un bon bout de temps que ces questions obsédaient Renata. Une fois ou deux, usant de son privilège de future mère, elle avait même essayé de jeter un coup d'œil par-dessus l'épaule de Gauche alors que ce dernier s'affairait mystérieusement sur son dossier chéri, mais le pernicieux moustachu avait grossièrement refermé le dossier sous le nez de la dame puis avait levé un doigt menaçant, comme pour dire : attention, interdit.

Mais, cette fois, il se passa quelque chose d'étonnant. Quand monsieur Gauche se leva de table, comme d'habitude avant les autres, une feuille glissa sans bruit de son mystérieux dossier et, en planant, se posa doucement sur le sol. Le rentier ne s'aperçut de rien et, absorbé dans quelque sombre pensée, il sortit du salon. Sitôt la porte refermée sur lui, Renata souleva promptement de sa chaise son corps à peine alourdi au niveau de la taille. Mais elle n'était pas la seule à se montrer aussi observatrice. Faisant preuve d'une agilité qui n'avait d'égale que sa bonne éducation, miss Stamp bondit la première sur la feuille.

— Tiens, il semble que monsieur Gauche a laissé tomber quelque chose ! s'écria-t-elle en ramassant à la hâte le papier et en y plongeant son regard acéré. Je vais le rattraper et le lui rendre.

Mais, de ses doigts tenaces, madame Kléber avait déjà saisi un bout de la feuille et n'était pas du tout décidée à la lâcher.

— Qu'est-ce que c'est ? demanda-t-elle. Une coupure de journal ? Comme c'est intéressant !

Une minute plus tard, tous les présents étaient rassemblés autour des deux dames, à l'exception de ce butor de Japonais qui continuait de chasser l'air avec son éventail et de Mrs Truffo qui observait d'un air de reproche cette scandaleuse irruption dans la *privacy*.

La coupure de journal se présentait ainsi :

LE « CRIME DU SIECLE » : NOUVEAU REBONDISSEMENT ?

L'assassinat diabolique de dix personnes, qui a eu lieu rue de Grenelle il y a trois jours, continue de mettre en effervescence l'esprit des Parisiens. A ce jour, deux hypothèses prévalent : celle du médecin maniaque et celle de la secte sanguinaire de fanatiques hindous, adorateurs de Shiva. Toutefois, *Le Soir*, qui mène sa propre enquête, a eu connaissance d'un élément nouveau, qui pourrait faire prendre un tour nouveau à l'affaire. Il s'avère en effet qu'au cours des dernières semaines, feu lord Littleby a été vu au moins deux fois en compagnie d'une aventurière internationale du nom de Marie Sanfon, bien connue des services de police d'un grand nombre de pays. Le baron de M., proche ami de la victime, a déclaré que milord s'était entiché d'une certaine personne et que, le 15 mars au soir, il aurait eu l'intention de se rendre à Spa à un rendez-vous galant. Ne serait-ce pas cette madame Sanfon que devait rencontrer le malheureux collectionneur, retenu au dernier moment à Paris par une bien malencontreuse crise de goutte ? La rédaction se gardera d'avancer sa propre hypothèse, mais elle considère de son devoir d'attirer l'attention du commissaire Gauche sur ce fait notable. Nous ne manquerons pas de tenir nos lecteurs informés des développements ultérieurs de cette affaire.

L'EPIDEMIE DE CHOLERA EN VOIE DE REGRESSION

Les services de santé municipaux informent la population que les foyers de choléra, contre lequel une lutte résolue est menée depuis l'été, ont été définitivement localisés. Les énergiques mesures prophylactiques des médecins parisiens ont donné des résultats positifs, et l'on peut espérer que l'épidémie de cette redoutable maladie, apparue en juil-

— A quoi tout cela rime-t-il ? demanda Renata en plissant le front. Un crime, le choléra...

— Manifestement, ce n'est pas le choléra qui est en question ici, dit le professeur Sweetchild. C'est simplement la page qui a été découpée comme ça. L'important est évidemment le crime de la rue de Grenelle. Est-il possible que vous n'en ayez pas entendu parler ? Tous les journaux ont fait état de cette affaire retentissante.

— Je ne lis pas les journaux, répondit fièrement madame Kléber. Dans mon état, cela énerve trop. Et, de toute façon, je n'ai aucun besoin d'être au courant de toutes ces horreurs.

— Commissaire Gauche ? fit le lieutenant Reynier en parcourant une nouvelle fois l'entrefilet. Ne serait-ce pas notre monsieur Gauche ?

— Pas possible ! s'exclama miss Stamp.

La femme du docteur se décida à approcher à son tour. Toute l'assemblée était en effervescence et chacun y allait de son commentaire :

— La police ! La police française mêlée à cette histoire ? ! s'exclama sir Reginald, irrité.

Reynier bredouilla :
— C'est donc pour ça que le capitaine n'arrête pas de me poser des questions sur le salon Windsor...
Tandis qu'à son habitude mister Truffo traduisait à son épouse ce qui venait d'être dit, le Russe s'emparait de la coupure de journal et l'étudiait attentivement.
— Ce qui est écrit à propos des fanatiques hindous ne tient pas debout, déclara Sweetchild. Je le répète depuis le début. Tout d'abord, il n'existe aucune secte sanguinaire d'adorateurs de Shiva. Et, deuxièmement, comme chacun le sait, la statuette a été retrouvée. Peut-on imaginer un seul instant qu'un fanatique religieux l'aurait jetée à la Seine ?
— Il est vrai que cette histoire de Shiva en or est une véritable énigme, dit miss Stamp en hochant la tête. D'après ce qu'on a écrit, c'était le fleuron de la collection de lord Littleby. Est-ce la réalité, monsieur le professeur ?
L'indianiste haussa les épaules d'un air condescendant :
— Que vous répondre, madame ? La collection de lord Littleby était récente, ses premières acquisitions dataient d'une vingtaine d'années. Dans un délai aussi court, il est difficile de réunir quoi que ce soit de bien extraordinaire. A ce qu'on dit, le défunt s'est plutôt bien débrouillé, en 1857, quand a été matée la révolte des cipayes. Le fameux Shiva, par exemple, a été « offert » au lord par un certain maharadjah menacé du conseil de guerre pour avoir intrigué avec les insurgés. Il faut savoir que Littleby a siégé pendant des années à la cour

martiale indienne. Incontestablement, sa collection renferme un certain nombre de pièces de valeur, mais l'ensemble est assez brouillon.

— A la fin, allez-vous me dire pourquoi on a assassiné ce lord ? implora Renata. Tenez, monsieur Aono non plus ne sait rien de cette histoire, n'est-ce pas, monsieur Aono ?

Espérant obtenir un soutien, Renata se tourna vers le Japonais, qui se tenait légèrement à l'écart. Celui-ci sourit uniquement avec sa bouche et s'inclina, tandis que le Russe faisait mine d'applaudir.

— Bravo, madame Kléber. Vous venez f-fort justement de poser la question essentielle. J'ai suivi cette affaire à travers la presse. Et, selon moi, le mobile du crime est ici p-primordial. Là est la clé du mystère. « Pourquoi ? », comme vous l'avez si bien dit. Dans quel but tue-t-on dix personnes ?

— Rien de plus simple ! intervint miss Stamp en haussant les épaules. L'objectif était de dérober les objets les plus précieux de la collection, mais le criminel a perdu son sang-froid quand il s'est inopinément retrouvé nez à nez avec le maître des lieux. Le lord n'était-il pas supposé être absent de chez lui ? Une chose, sans doute, est de faire des piqûres, une tout autre de fendre le crâne à un homme. Remarquez, je n'en sais rien, je n'ai jamais essayé, ajouta-t-elle avec un nouveau mouvement des épaules. Les nerfs du malfaiteur n'ont pas tenu, et il n'a pas pu mener sa tâche à son terme. Quant à la statuette jetée dans l'eau... (Miss Stamp réfléchit.) Peut-être est-ce avec cet objet que l'on a fracassé le crâne du malheureux Littleby. Il est tout à fait possible que le criminel ne soit pas totalement dépourvu de sentiments humains normaux et qu'il ait éprouvé du dégoût, voire de la frayeur, à tenir dans sa main l'arme du crime ensanglantée. Il a marché jusqu'à la Seine et y a jeté la statuette.

— Concernant l'arme du crime, ce que vous s-suggérez est très vraisemblable, approuva le diplomate. Je suis du même avis.

La vieille fille en rougit de plaisir et se troubla ostensiblement en remarquant le regard moqueur de Renata.

— *You are saying outrageous things*, s'insurgea la femme du docteur après avoir écouté la traduction de ce que venait de dire Clarice Stamp. *Shouldn't we find a more suitable subject for table talk*[1] ?

Mais la requête de l'insignifiante personne demeura sans effet.

— Selon moi, le plus énigmatique dans toute cette affaire est la mort des serviteurs ! déclara le grand flandrin d'indianiste, désireux d'apporter sa contribution au débat. Comment se fait-il qu'ils se soient laissé piquer avec cette saleté ! Ils n'étaient pas sous la menace d'un pistolet, tout de même ! N'oublions pas qu'il y avait deux gardiens parmi eux, chacun portant son revolver dans un étui accroché à sa ceinture. Voilà où est le vrai mystère !

— J'ai ma propre hypothèse, prononça Reynier d'un air important. Et je suis prêt à la défendre devant qui voudra. Le crime de la rue de Grenelle est l'œuvre d'un individu disposant de capacités mesmériques hors du commun. Les serviteurs se

1. Vous dites des choses horribles. Ne pourrions-nous trouver un sujet de conversation plus opportun ?

trouvaient en état de transe mesmérique, c'est la seule explication possible ! Le « magnétisme animal » est une force terrifiante. Un manipulateur expérimenté peut faire de vous tout ce que bon lui semble. Oui, oui, madame, ajouta le lieutenant pour répondre à la grimace incrédule de Mrs Truffo. Tout, absolument tout.

— *Not if he is dealing with a lady* [1], répondit sévèrement la femme du docteur.

Lassé de son rôle d'interprète, mister Truffo essuya avec son mouchoir son front luisant de sueur et se lança dans la défense de la conception scientifique du monde.

— Permettez-moi de ne pas être d'accord, dit-il dans un français teinté d'un assez fort accent. La théorie de monsieur Mesmer est depuis bien longtemps considérée comme dénuée de tout fondement scientifique. La force du mesmérisme, ou, comme on l'appelle maintenant, de l'hypnotisme, est très exagérée. Le respectable mister James Bride a démontré de manière convaincante que seuls les individus en état de suggestion psychologique cèdent à la force de l'hypnotisme, et encore faut-il qu'ils fassent entièrement confiance à l'hypnotiseur et soient d'accord pour se soumettre à la séance d'hypnose.

— On voit tout de suite, cher docteur, que vous ne voyagez jamais en Orient ! fit remarquer Reynier en souriant de ses dents blanches. Dans n'importe quel bazar indien vous pouvez trouver un fakir capable de vous montrer de tels prodiges dans la pratique du mesmérisme que le sceptique le plus récalcitrant en

1. Sauf s'il a affaire à une dame.

a les yeux qui lui sortent de la tête. Et ces tours de magie ne sont rien à côté du reste. Une fois, à Kandahar, j'ai assisté à une exécution publique. Selon la loi musulmane, le vol est puni par l'ablation de la main droite. Cette opération est à ce point difficile à supporter que ceux qui y sont soumis meurent souvent de douleur. Cette fois-là, c'était un jeune garçon, pratiquement un enfant, qui avait été convaincu de vol. Etant donné qu'il était pris pour la deuxième fois, le tribunal ne pouvait rien faire d'autre que de condamner le voleur au châtiment fixé par la charia. Toutefois le juge était un homme charitable. Il fit venir un derviche connu pour son aptitude à réaliser des miracles. Le derviche posa ses mains sur les tempes du condamné, le regarda au fond des yeux, murmura quelque chose. Alors, le gamin se calma, cessa de trembler. Sur son visage apparut un étrange sourire, qui demeura même lorsque la hache du bourreau sectionna son bras à hauteur du coude ! Et j'ai vu cela de mes propres yeux, je vous le jure.

Renata se fâcha :

— Mon Dieu, quelle horreur ! Oh vous, Charles, avec votre Orient... Je sens que je vais me sentir mal !

— Pardonnez-moi, madame Kléber, s'alarma le lieutenant. Je voulais seulement vous démontrer qu'en comparaison de ça, ces piqûres sont une plaisanterie.

— De nouveau, je me permettrai de ne pas être d'accord...

L'obstiné docteur s'apprêtait à faire valoir son point de vue quand, au même moment, la porte du salon s'ouvrit et entra celui dont on ne savait plus s'il était rentier ou policier – en un mot, monsieur Gauche.

Tous se tournèrent dans sa direction, un peu gênés, comme s'ils venaient d'être surpris occupés à quelque activité peu convenable.

Gauche laissa errer son regard perçant sur chacun des présents, vit la fâcheuse coupure de journal et s'assombrit.

— Voici donc où elle était... C'est bien ce que je craignais.

Renata s'approcha du grand-père à moustaches grises. L'air incrédule, elle toisa de la tête aux pieds sa silhouette massive, puis demanda à brûle-pourpoint :

— Monsieur Gauche, est-il possible que vous soyez policier ?

— Ce même c-commissaire Gauche qui mène l'enquête sur le « crime du siècle » ? précisa Fandorine (voilà comment il s'appelle, ce diplomate russe, se souvint Renata). Dans ce cas, comment expliquer cette mascarade et, plus généralement, votre p-présence à bord ?

Gauche eut un petit reniflement, remua les sourcils, chercha sa pipe. On voyait qu'il se torturait les méninges pour savoir quelle attitude adopter.

— Asseyez-vous, mesdames et messieurs, dit-il d'une voix basse et avec une gravité inhabituelle avant de verrouiller la porte d'un tour de clé. Puisqu'il en est ainsi, nous allons jouer cartes sur table. Installez-vous, installez-vous, on ne sait jamais, quelqu'un pourrait bientôt ne plus tenir sur ses jambes.

— C'est quoi, ces plaisanteries, monsieur Gauche ? prononça le lieutenant d'un air mécontent.

De quel droit osez-vous commander ici, surtout en présence du second de ce bateau ?

— Cela, jeune homme, c'est le capitaine lui-même qui vous l'expliquera, répliqua Gauche avec un regard mauvais. Il est au courant de l'affaire.

Reynier se rembrunit et, imitant les autres, il reprit sa place à table.

Le rentier parisien, que Renata jusque-là considérait comme un grincheux bavard et bon enfant, se conduisait de manière quelque peu nouvelle. Dans sa façon de tenir ses épaules était apparue une certaine prestance, son geste était devenu impérieux, ses yeux brillaient d'un éclat sévère. A eux seuls, le calme et l'assurance avec lesquels il faisait durer la pause en disaient long. Les yeux scrutateurs de l'étrange rentier s'arrêtaient tour à tour sur chacun des présents, et Renata vit certains se tasser sous le poids de ce regard. Elle-même, il faut le reconnaître, se sentit mal à l'aise, mais, honteuse, elle secoua la tête : commissaire ou pas, il n'était jamais qu'un petit vieux poussif et ventripotent.

— Cessez de nous intriguer, monsieur Gauche, dit-elle malicieusement. L'inquiétude ne me vaut rien.

— Il n'y a vraisemblablement de raison de s'inquiéter que pour un seul des présents, répondit-il, énigmatique. Mais nous y reviendrons. Tout d'abord, permettez-moi de me présenter une nouvelle fois à votre honorable assemblée. Oui, je m'appelle Gustave Gauche, mais je ne suis pas rentier, ne possédant hélas rien dont je puisse tirer une rente. Je suis, mesdames et messieurs, commissaire de la police judiciaire de Paris et travaille dans le service chargé des crimes les plus graves et les plus difficiles à élucider. Ma fonction est celle d'« enquêteur chargé d'affaires d'importance particulière », se rengorgea le commissaire.

Sur le salon s'abattit un silence de mort, uniquement rompu par le chuchotement précipité du docteur Truffo.

— *What a scandal*[1] ! piaula sa femme quand il eut terminé de traduire.

— J'ai été amené à prendre ce bateau, de surcroît incognito, parce que... (Gauche creusa énergiquement ses joues, ranimant sa pipe à demi éteinte)... parce que la police parisienne a de solides raisons de penser que l'homme qui a commis le crime de la rue de Grenelle se trouve sur le *Léviathan*.

Un murmure à l'unisson traversa le salon : « Ah ! »

— Je suppose que vous avez eu le temps de débattre de cette affaire à bien des égards mystérieuse. (Le commissaire étira son double menton en direction de la coupure de journal, toujours entre les mains de Fandorine.) Et ce n'est pas tout, mesdames et messieurs. Je sais de manière certaine que l'assassin voyage en première classe... (nouveau murmure collectif) et, de plus, qu'à cet instant précis il se trouve dans ce salon, termina gaillardement Gauche.

Après quoi il alla s'asseoir près de la vitre, dans un fauteuil recouvert de satin, et se mit en position d'attente, les mains croisées juste au-dessous de sa chaîne de montre.

— C'est impossible ! s'écria Renata, posant machinalement ses mains sur son ventre.

---

1. Quel scandale !

Le lieutenant Reynier bondit sur ses jambes.
Le baronet roux éclata de rire et applaudit démonstrativement.
Le professeur Sweetchild déglutit convulsivement et enleva ses lunettes.
Clarice Stamp se figea, les doigts serrés sur la broche d'agate qui fermait son col.
Pas un muscle ne frémit sur le visage du Japonais, mais son sourire poli s'effaça l'espace d'un court instant.
Le docteur saisit son épouse par le coude, omettant de traduire l'essentiel, mais Mrs Truffo, à en juger par ses yeux effarés, avait compris d'elle-même de quoi il retournait.
Quant au diplomate, il demanda doucement :
— De solides raisons ?
— Ma présence, répondit le commissaire, imperturbable, en est une preuve suffisante. Il y a d'autres considérations, mais vous n'avez pas à les connaître... Eh bien (dans la voix du policier perça une évidente déception), je vois que personne ne s'empresse de s'évanouir ou de crier : « Arrêtez-moi, je suis l'assassin ! » Et, franchement, je n'y comptais pas. Dans ce cas, voici. (Il leva un doigt menaçant.) Je vous prierai de ne parler de cela à aucun des autres passagers. Ce n'est d'ailleurs pas dans votre intérêt – le bruit se répandrait instantanément et vous seriez regardés comme des pestiférés. N'essayez pas de changer de salon, cela ne ferait que renforcer mes soupçons. Et, de toute façon, vous n'y arriveriez pas, je me suis entendu avec le capitaine.
D'une voix tremblante, Renata balbutia :
— Monsieur Gauche, cher ami, ne serait-il pas possible, moi au moins, de me délivrer de ce cau-

chemar ? Cela m'effraie d'être assise à la même table qu'un assassin. Et s'il lui prenait l'idée de verser du poison dans ma nourriture ? Maintenant, je ne vais plus pouvoir avaler un morceau. C'est vraiment dangereux pour moi de m'inquiéter ainsi. Je ne raconterai rien à personne, parole d'honneur !

— Je regrette, madame Kléber, répondit sèchement le policier, mais il n'y aura aucune exception. J'ai des raisons de suspecter chacun des présents, et vous n'êtes pas la dernière.

Poussant un faible gémissement, Renata se renversa contre le dossier de sa chaise, et le lieutenant Reynier, courroucé, tapa du pied :

— De quel droit osez-vous, monsieur... l'enquêteur chargé d'affaires particulièrement importantes ! Je m'en vais de ce pas en référer au capitaine Cliff !

— Faites donc, dit Gauche, indifférent. Mais pas tout de suite, attendez un peu. Je n'ai pas encore terminé mon petit discours. Ainsi, je ne sais pas encore exactement qui parmi vous est mon homme, bien que je sois proche, très proche du but.

S'attendant à ce que ces paroles s'accompagnent d'un regard éloquent, Renata se pencha en avant, mais non, le policier regardait sa stupide pipe. Probablement mentait-il : il n'avait personne en vue.

— Vous soupçonnez une femme, c'est évident ! fit miss Stamp, nerveuse, en levant les bras en l'air. Sinon, pourquoi garder avec vous un article de journal concernant cette Marie Sanfon ? Qui est cette femme ? Et d'ailleurs peu importe ! Quelle idiotie de soupçonner une femme ! Comme si une femme était capable de pareille sauvagerie !

Mrs Truffo se leva d'un bond, apparemment prête à se ranger derrière la bannière de la solidarité féminine.

— Nous reparlerons de mademoiselle Sanfon une autre fois, rétorqua le policier en gratifiant Clarice Stamp d'un regard énigmatique. Quant à ce genre d'articles, j'en ai tant et plus, et chacun avance sa propre hypothèse. (Il ouvrit son dossier noir et feuilleta les coupures de journaux. Effectivement, il y en avait des dizaines.) Et maintenant, mesdames et messieurs, je vous prie de ne plus m'interrompre ! reprit le commissaire d'une voix autoritaire. Oui, parmi vous se trouve un dangereux criminel. Peut-être un psychopathe. (Renata vit le professeur s'écarter peu à peu de sir Reginald.) C'est pourquoi je vous invite à la prudence. Si vous notez quoi que ce soit d'anormal, même un détail infime, venez immédiatement m'en informer. Et le mieux serait que l'assassin se dénonce franchement car, de toute façon, il n'a aucun moyen de m'échapper. Voilà, j'en ai terminé.

Mrs Truffo leva la main telle une écolière :

In fact, I have seen something extraordinary only yesterday ! A charcoal-black face, definitely inhuman, looked at me from the outside while I was in our cabin ! I was so scared[1] ! (Elle se tourna vers son noble époux et le poussa du coude.) *I told you, but you paid no attention*[2] !

1. Pas plus tard qu'hier, j'ai effectivement vu quelque chose d'extraordinaire ! Une tête noire comme le charbon, absolument inhumaine, m'observait derrière la fenêtre alors que je me trouvais dans notre cabine ! J'ai eu une de ces peurs !

2. Je vous l'ai dit, mais vous n'y avez accordé aucune attention !

— Oh, s'anima Renata, quant à moi, hier, j'ai un petit miroir en écaille véritable qui a disparu de mon nécessaire de toilette.

Monsieur le Toqué parut vouloir intervenir à son tour, mais il n'en eut pas le temps. Le commissaire, furieux, referma bruyamment son dossier :

— Ne me prenez pas pour un idiot ! On ne fourvoie pas un vieux limier comme Gustave Gauche ! Si besoin est, je ferai descendre à terre toute la noble compagnie et je m'expliquerai avec chacun en particulier ! Dix personnes assassinées, ce n'est pas rien ! Pensez-y, mesdames et messieurs, pensez-y !

Il sortit du salon en claquant la porte.

— Chers amis, je ne me sens pas bien, prononça Renata d'une petite voix. Je retourne dans ma cabine.

— Je vous accompagne, madame Kléber, fit Reynier en se levant d'un bond. Tout cela est proprement inouï ! Quel toupet !

Renata le repoussa :

— Merci, ce n'est pas la peine. J'irai toute seule.

Elle traversa la pièce d'une démarche mal assurée et s'appuya un instant au chambranle avant de sortir. Dans le couloir, où il n'y avait personne, son pas s'accéléra. Renata ouvrit sa cabine, tira un sac de voyage de sous le divan et glissa une main tremblante sous la doublure de soie. Son visage était blême, mais résolu. En un clin d'œil ses doigts trouvèrent la petite boîte métallique.

Dans la boîte, luisant de l'éclat froid du verre et de l'acier, était posée une seringue.

Clarice Stamp

Les désagréments commencèrent dès le matin. Dans le miroir Clarice distingua nettement deux nouvelles ridules. Tels de petits rayons à peine visibles, elles partaient du coin de l'œil et s'étiraient jusqu'à la tempe. Tout cela, c'était à cause du soleil. Il était si violent par ici que ni l'ombrelle ni le chapeau ne vous en protégeait. Clarice s'examina longuement dans la surface au poli impitoyable, s'étira la peau avec les doigts, espérant faire disparaître ce qui n'était peut-être que des traces de sommeil. Elle s'observa encore : tournant la tête, elle se découvrit un cheveu blanc derrière l'oreille, ce qui acheva de la rendre morose. Peut-être aussi un effet du soleil ? Les cheveux se fanaient-ils ? Non, miss Stamp, ne vous racontez pas d'histoires. Comme disait le poète,

Et, la submergeant de tristesse,
Le souffle blanc de novembre argenta ses tresses.

Elle apporta à sa toilette plus de soin que de coutume. Elle arracha sans pitié le cheveu blanc. C'était stupide, bien sûr. John Donne ne disait-il pas que, pour une femme, le secret du bonheur tient à sa capacité de franchir au bon moment les différentes étapes de la vie. Or la femme connaît trois âges : elle est d'abord fille, puis épouse, puis mère. Mais comment passer du second statut au troisième lorsque l'on n'a jamais été mariée ?

Le meilleur remède à de telles pensées étant le grand air, Clarice sortit pour une promenade sur le pont. En dépit de ses dimensions considérables, elle avait depuis longtemps, en pas lents et réguliers, mesuré le *Léviathan*, ou tout du moins le pont supérieur, réservé aux passagers de première classe. Le périmètre était de trois cent cinquante-cinq pas, soit sept minutes et demie, pour peu qu'on ne s'attarde pas à admirer la mer ou à bavarder avec des connaissances.

A cette heure matinale il n'y avait personne de connaissance, et Clarice longea tout le pont tribord jusqu'à la poupe. D'une allure égale, le paquebot fendait la surface brune de la mer Rouge, et depuis la puissante hélice jusqu'à l'horizon s'étirait paresseusement le sillage argenté. Mon Dieu, qu'il faisait chaud.

Clarice observa avec jalousie les matelots qui, un niveau en dessous, astiquaient le cuivre des mains courantes. Ils étaient à l'aise, vêtus de leurs seuls pantalons de coutil – sans chemise ni culotte, sans bas retenus par des jarretières serrées ni robe longue. On ne pouvait s'empêcher d'envier ce barbare de mister Aono, qui arpentait le bateau dans son espèce de peignoir japonais sans que personne s'en étonne : un Asiate, que voulez-vous ?

Elle s'imagina allongée sur une chaise longue en toile, avec absolument rien sur elle. Non, disons en légère tunique, comme une Grecque de l'Antiquité. Et personne n'y trouvait à redire. Dans une centaine d'années, quand l'humanité se serait définitivement débarrassée de ses préjugés, cela serait dans l'ordre des choses.

Venant à sa rencontre dans le bruissement de ses pneus de caoutchouc, elle vit mister Fandorine, juché sur son tricycle américain. D'après ce que l'on disait, cet exercice développait excellemment l'élasticité des muscles et fortifiait le cœur. Le diplomate était en costume de sport léger : pantalons à carreaux, chaussures de gutta-percha avec guêtres, veste courte, chemise blanche à col ouvert. Un sourire affable éclairait son visage doré par le soleil. Mister Fandorine souleva courtoisement son casque de liège et passa. Il ne s'arrêta pas.

Clarice soupira. Son idée de promenade se révélait infructueuse : son linge était imbibé de sueur, voilà tout ce qu'elle avait gagné. Et maintenant elle n'avait plus qu'à regagner sa cabine et se changer.

Le petit déjeuner de Clarice fut gâché par cette grimacière de madame Kléber. C'était vraiment stupéfiant, cette façon qu'elle avait de faire de sa faiblesse un instrument d'exploitation ! Au moment précis où le café de Clarice avait suffisamment refroidi dans sa tasse pour atteindre la température idéale, l'insupportable Suissesse se plaignit d'avoir trop chaud et demanda qu'on lui desserre le laçage de sa robe. D'ordinaire Clarice faisait mine de ne pas entendre les geignements de Renata Kléber, sachant qu'un volontaire se présenterait immanquablement. Mais, pour l'heure, un homme ne pouvait convenir à une tâche aussi délicate, et, comme par hasard, Mrs Truffo était absente : elle assistait son mari auprès d'une passagère souffrante. Cette ennuyeuse personne avait, semble-t-il, travaillé jadis comme infirmière. Elle était maintenant l'épouse d'un médecin-chef et avait droit à la première classe : belle ascension sociale ! Sinon qu'elle forçait quelque peu la note dans son désir de se faire passer pour une authentique lady anglaise.

Bref, il avait bien fallu s'occuper du lacet de madame Kléber, et, pendant ce temps, le café avait désespérément refroidi. C'était un détail, bien sûr, mais ajouté au reste...

Après le petit déjeuner, Clarice alla se promener, fit dix tours de pont, jusqu'à n'en plus pouvoir. A un moment, profitant de ce qu'il n'y avait personne à proximité, elle regarda furtivement à travers le hublot de la cabine n° 18. Mister Fandorine était assis à son secrétaire, en chemise blanche et bretelles rouge, bleu, blanc. Un cigare planté au coin de sa bouche, il frappait bruyamment avec ses doigts sur un curieux engin – noir, en fer, avec une espèce de rouleau et une grande quantité de petits boutons. Intriguée et abandonnant toute prudence, Clarice fut prise sur le fait. Le diplomate bondit de sa chaise, s'inclina respectueusement, enfila sa veste et s'approcha du hublot ouvert.

— C'est une m-machine à écrire Remington, expliqua-t-il. Le dernier modèle, il vient tout juste d'être mis en vente. C'est une bricole bien commode, miss Stamp, et très légère. Deux d-débardeurs la transportent sans difficulté. C'est un objet irremplaçable, en voyage. Voyez, je m'exerce à écrire vite. Je recopie un passage de Hobbes.

Clarice, de plus en plus rouge de confusion, acquiesça d'un imperceptible hochement de tête et s'éloigna.

Elle alla s'asseoir non loin, à l'ombre, sous une marquise à larges rayures. Un vent frais soufflait. Elle ouvrit *La Chartreuse de Parme* et se plongea dans le récit de l'amour non partagé de la belle mais vieillissante comtesse Sanseverina pour le jeune Fabrice del Dongo. Profondément émue, une larme lui monta aux yeux, qu'elle sécha avec son mouchoir. Au même moment, comme par un fait exprès, mister Fandorine apparut sur le pont : costume blanc, panama à larges bords, canne. Plus beau que jamais.

Clarice le héla. Il s'approcha, s'inclina et s'assit à côté d'elle. Regardant la couverture de son livre, il dit :

— Je p-parie que vous avez sauté la description de la bataille de Waterloo. Et à tort, c'est le meilleur passage de toute l'œuvre de Stendhal. Il ne m'a jamais été donné de lire description plus précise de la guerre.

Si étrange que cela paraisse, Clarice lisait *La Chartreuse de Parme* pour la seconde fois, et les deux fois elle avait effectivement passé la scène de bataille.

— Comment l'avez-vous deviné ? demanda-t-elle avec étonnement. Vous êtes extralucide ?

— Les femmes sautent systématiquement les scènes de b-batailles, fit Fandorine avec un haussement d'épaules. En tout cas, les femmes dans votre genre.

— Et quel est donc mon genre, s'il vous plaît ? demanda Clarice d'une voix charmeuse, tout en sentant bien que jouer les coquettes ne lui seyait guère.

— Attitude sceptique envers vous-même et romantique envers le monde environnant. (Il la fixa en penchant légèrement la tête.) Et de vous l'on peut dire également que votre existence vient de connaître un b-brusque changement en mieux et que vous avez subi un choc.

Clarice tressaillit et jeta un regard ouvertement effrayé à son interlocuteur.

— N'ayez pas peur, la rassura le surprenant diplomate. Je ne sais rigoureusement rien de vous.

J'ai simplement d-développé en moi le sens de l'observation et la faculté d'analyse, cela au moyen d'exercices spéciaux. En règle générale, il me suffit d'un détail insignifiant pour reconstituer un tableau d'ensemble. Montrez-moi, par exemple, un objet comme cette chose ronde que vous portez là, avec deux petits trous (il montra délicatement le gros bouton rose qui ornait la jaquette de Clarice), et je vous dirai immédiatement à qui il appartient : à un cochon qui a perdu son groin ou à un petit éléphant qui a perdu le bout de sa trompe.

— Et vous lisez dans les pensées de n'importe qui ?

— Je ne lis pas dans les pensées, mais je vois beaucoup de choses. Par exemple, que pouvez-vous me dire de cet homme, là-bas ?

Fandorine indiqua le solide monsieur à grosses moustaches qui observait à la jumelle la rive désertique.

— C'est mister Bubble, il...

— N'en dites pas plus ! l'interrompit Fandorine. Je vais essayer de deviner.

Il regarda mister Bubble l'espace d'une demi-minute, puis dit :

— Il se rend pour la première fois en Orient. Il s'est marié récemment. C'est un manufacturier. Ses affaires ne vont pas fort, ce monsieur est au bord de la b-banqueroute. Il passe presque tout son temps dans la salle de billard, mais joue mal.

Clarice, qui se vantait toujours de son sens de l'observation, observa plus attentivement mister Bubble, industriel de Manchester.

Manufacturier ? Oui, on pouvait le deviner. Il voyageait en première classe, c'était donc un riche.

Qu'il ne fût pas un aristocrate était inscrit sur son visage. Il n'avait rien non plus d'un commerçant – redingote trop large, manque de vivacité dans les traits. Ça, d'accord.

Marié récemment ? Là, c'était simple : l'anneau à son annulaire brillait tellement qu'on voyait immédiatement qu'il était tout neuf.

Il jouait beaucoup au billard ? Pourquoi cela ? Ah oui, sa veste était couverte de craie.

— De quoi avez-vous déduit que mister Bubble se rendait pour la première fois en Orient ? demanda-t-elle. Pourquoi est-il au bord de la banqueroute ? Et d'où vous vient la conviction qu'il joue mal au billard ? Vous l'avez vu jouer, c'est cela ?

— Non, je ne mets pas les pieds dans la salle de b-billard, car je ne supporte pas les jeux, et je n'ai jamais vu ce gentleman auparavant, répondit Fandorine. Qu'il fasse ce voyage pour la première fois est manifeste au vu de l'obstination avec laquelle il scrute la rive uniformément nue. Sinon mister Bubble saurait qu'il ne verra absolument rien d'intéressant de ce côté jusqu'au détroit de Bab el-Mandeb. Et d'un. Les affaires de ce monsieur vont très mal, sinon il n'aurait pour rien au monde entrepris un si long voyage, juste après son mariage par-dessus le marché. Que faut-il pour qu'un tel b-blaireau quitte son terrier ? Qu'il sente toute proche la fin du monde, pas moins. Et de deux.

— Pourquoi ne serait-il pas en voyage de noces avec sa femme ? interrogea Clarice, tout en sachant pertinemment que mister Bubble voyageait seul.

— Et il serait là à se morfondre sur le pont ou à traîner dans la salle de billard ? Et pour savoir qu'il joue horriblement mal, il n'y a qu'à regarder sa veste toute blanche sur le devant. Seuls les joueurs qui ne valent rien frottent leur ventre contre le rebord du billard. Et de trois.

— Bon, très bien, et maintenant que direz-vous de cette dame ?

Se prenant au jeu, Clarice montra Mrs Blackpool qui avançait majestueusement, au bras de sa dame de compagnie.

Fandorine promena sur la respectable dame un regard dénué d'intérêt.

— Tout est inscrit sur son visage. De retour d'Angleterre, elle va rejoindre son mari. Elle est allée rendre visite à ses grands enfants. Son époux est militaire. Colonel.

Mister Blackpool était effectivement colonel et commandait la garnison d'une ville du nord de l'Inde. C'en était trop.

— Expliquez-vous ! exigea Clarice.

— De telles dames ne se rendent pas en Inde pour le plaisir mais uniquement pour rejoindre le lieu d'affectation de leur époux. Elle n'a déjà plus l'âge d'entreprendre un p-pareil voyage pour la première fois, c'est donc qu'elle revient. Pour quelle raison pouvait-elle aller en Angleterre ? Uniquement pour y retrouver ses enfants. Ses parents, je suppose, ne sont déjà plus de ce monde. A son expression décidée et autoritaire, on voit qu'il s'agit d'une femme habituée à commander. C'est exactement ce à quoi ressemblent les premières dames de garnison ou de régiment. Elles sont le plus souvent considérées comme des chefs plus importants encore que les commandants. Vous voulez savoir pourquoi colonel et pas autre chose ? Eh bien, parce que si elle avait été femme de général, elle aurait voyagé en première classe, or, vous voyez, cette dame porte un insigne en argent. Mais nous n'allons pas perdre plus de temps à ces bêtises. (Fandorine s'inclina et murmura :) Tenez, je vais plutôt vous parler de cet orang-outan que vous voyez là. Un curieux sujet.

Près de mister Bubble s'arrêta le simiesque monsieur Boileau, cet ancien du Windsor qui avait à temps quitté le funeste salon et, de ce fait, était passé à travers les mailles du filet du commissaire Gauche.

Le diplomate glissa à l'oreille de Clarice :

— Cet homme est un criminel et un malfaiteur. Probablement un t-trafiquant d'opium. Il vit à Hong Kong. Est marié à une Chinoise.

Clarice éclata de rire.

— Cette fois, vous vous mettez le doigt dans l'œil ! C'est monsieur Boileau de Lyon, philanthrope et père de onze enfants tout ce qu'il y a de plus français. Et il ne fait pas commerce d'opium mais de thé.

— Allons donc ! répondit froidement Fandorine. Regardez bien, sa manchette bâille et l'on aperçoit un anneau bleu tatoué sur son poignet. J'ai eu l'occasion d'en voir un semblable dans un ouvrage sur la Chine. C'est le signe de reconnaissance d'une des t-triades de Hong Kong, ces sociétés secrètes du crime. Pour devenir membre d'une triade, un Européen doit être un trafiquant de haut vol. Et, bien entendu, être marié à une Chinoise. Vous n'avez qu'à b-bien observer la physionomie de ce « philanthrope », et tout vous apparaîtra évident.

Alors que Clarice se demandait si elle devait ou non le croire, Fandorine ajouta de son air le plus sérieux :

— Et encore ce n'est rien, miss Stamp. Même avec les yeux bandés, je suis capable de donner toutes sortes d'indications sur un individu, en fonction du bruit qu'il fait ou encore de son odeur. Jugez vous-même.

Il défit aussitôt sa cravate de satin blanc et la tendit à Clarice.

Elle palpa le tissu – dense et opaque – et le noua solidement sur les yeux du diplomate. Comme par mégarde, elle lui effleura la joue. Lisse, brûlante.

Bientôt, venant de l'arrière du bateau, apparut la candidate idéale : la célèbre suffragette lady Campbell, qui se rendait en Inde pour faire signer la pétition en faveur du droit de vote pour les femmes mariées. Hommasse, massive, elle portait des cheveux coupés très court et se déplaçait sur le pont avec la légèreté d'un percheron. Allez deviner qu'il s'agissait d'une lady et non d'un bosco.

— Eh bien, quelle est cette personne qui vient dans notre direction ? demanda Clarice, s'étouffant de rire par avance.

Hélas, son hilarité ne fut pas de longue durée.

Plissant le front, Fandorine annonça d'un ton bref :

— Un bruissement de robe. Une femme. Démarche pesante. Forte p-personnalité. Age avancé. Visage ingrat. Fume. Cheveux courts.

— Pourquoi cheveux courts ? glapit Clarice.

Couvrant ses yeux de ses mains, elle prêta l'oreille aux pas d'éléphant de la suffragette. Diable, comment arrivait-il à faire ça ? !

— Elle fume, c'est donc une femme d'avant-garde et elle porte les cheveux très courts, disait Fandorine d'une voix égale. Et celle-là, en plus, méprise la mode, elle est revêtue d'une espèce de houppelande informe d'un vert très vif avec une ceinture écarlate.

Clarice en était bouche bée. Incroyable ! Saisie d'un effroi irrationnel, elle ôta ses mains de son visage et vit que Fandorine avait déjà eu le temps de dénouer la cravate et même de la remettre en y faisant un nœud élégant. Les yeux bleus du diplomate lançaient de petites étincelles malicieuses.

Tout cela eût été tout à fait charmant si la conversation n'avait fini par mal tourner. Ayant ri tout son soûl, Clarice amena habilement la conversation sur la guerre de Crimée. Une tragédie, dit-elle, aussi bien pour l'Europe que pour la Russie. Elle évoqua avec beaucoup de prudence ses propres souvenirs de cette époque, rendant certains d'entre eux plus enfantins qu'ils ne l'étaient en réalité. Elle espérait des confidences en retour, qui lui permettraient enfin de connaître l'âge de Fandorine. Ses pires craintes se confirmèrent :

— Je n'étais p-pas encore de ce monde, à l'époque, avoua-t-il avec candeur, brisant tous les espoirs de Clarice.

Après quoi, tout ne fit qu'aller de mal en pis. Clarice essaya de bifurquer sur la peinture, mais elle s'empêtra, incapable d'expliquer clairement pourquoi les préraphaélites s'appelaient les préraphaélites. Sans doute l'avait-il prise pour une idiote consommée. De toute façon, maintenant, quelle différence ?

Elle regagnait tristement sa cabine quand eut lieu quelque chose de terrifiant.

Dans un coin sombre du couloir ondulait une gigantesque ombre noire. Clarice poussa un glapissement incongru, porta sa main à sa poitrine et, à toutes jambes, s'élança vers sa porte. Une fois dans sa cabine, elle resta un bon moment avant de pouvoir calmer les battements frénétiques de son cœur. Qu'était-ce ? Ni un homme ni une bête. Une sorte de condensé d'énergie maléfique et destructrice. Une conscience impure. Le fantôme du cauchemar parisien.

Immédiatement elle se morigéna : elle avait fait une croix sur tout ça. Rien ne s'était jamais passé. Un délire, une hallucination. Elle s'était pourtant bien juré de ne pas se tourmenter. Une nouvelle vie avait commencé, sereine et joyeuse. « Et que ton palais soit éclairé par la lumière de la béatitude. »

Pour se calmer, elle enfila la plus coûteuse de ses tenues de jour, une robe qu'elle n'avait pas encore étrennée (en soie de Chine blanche avec, derrière, à la taille, un nœud vert pâle). A son cou, elle passa une rivière d'émeraudes. Elle admira l'éclat des pierres.

Certes, elle n'était plus toute jeune. Certes, elle n'était pas très belle. En revanche, elle n'était pas sotte et avait beaucoup d'argent. Ce qui était infiniment mieux que d'être un vieux laideron stupide sans un penny vaillant.

Clarice entra dans le salon à deux heures précises, alors que toute la compagnie était déjà réunie. Chose curieuse, l'annonce renversante faite la veille par le commissaire, loin d'éloigner les

« windsoriens » les uns des autres, les avait au contraire plutôt soudés. Ce secret qu'ils ne devaient partager avec personne les liait plus étroitement que toute activité ou intérêt commun. Clarice avait noté que tous ses compagnons de table se retrouvaient désormais avant l'heure prévue, tant pour le petit déjeuner que pour le déjeuner, le *five o'clock* ou le dîner, et que par ailleurs ils s'attardaient longuement, ce qui auparavant n'arrivait presque jamais. Même le lieutenant, qui n'avait avec l'affaire qu'un rapport indirect, ne se pressait pas pour retourner à ses activités et passait des heures au Windsor (mais il n'était pas exclu qu'il le fît sur ordre du capitaine). Les windsoriens étaient comme devenus membres d'un cercle d'élite, fermé aux non-initiés. Plus d'une fois Clarice avait surpris sur elle des regards fugitifs, jetés à la dérobée. Ces regards pouvaient signifier deux choses : « Ne serait-ce pas vous l'assassin ? » ou bien « N'auriez-vous pas deviné que l'assassin, c'est moi ? » Chaque fois, de quelque part à l'intérieur d'elle-même, du fond de ses entrailles, tel un doux spasme, montait un sentiment aigu, mélange de peur et d'excitation. Devant ses yeux, avec une étonnante netteté, surgissait la rue de Grenelle telle qu'elle apparaissait le soir : calme, déserte, avec ses petits arbres noirs balançant leurs branches dénudées. Il ne manquerait plus que, d'une manière ou d'une autre, le commissaire ait eu vent de quelque chose à propos de l'*Ambassador*. A cette seule pensée, Clarice frémissait d'horreur et lorgnait sournoisement le policier.

Gauche trônait à table, tel le grand prêtre de cette secte clandestine. Chacun avait en permanence sa présence à l'esprit, observait du coin de l'œil l'expression de son visage. Gauche, lui, semblait ne pas le remarquer. Il se donnait une image de raisonneur bon enfant et racontait volontiers ses « petites histoires », que chacun écoutait avec une attention soutenue.

Selon un accord tacite, on parlait de Ça uniquement dans le salon et seulement en présence du commissaire. Si deux windsoriens venaient à se rencontrer quelque part en terrain neutre – dans le salon de musique, sur le pont, dans la salle de lecture –, en aucun cas ils ne parlaient de Ça. Et même dans le salon, ce n'était pas à chaque fois que l'on revenait sur ce sujet captivant. D'ordinaire, cela arrivait tout seul, à la suite d'une remarque complètement étrangère à l'affaire.

Ce matin-là au petit déjeuner, par exemple, aucune conversation collective n'avait pris forme jusqu'au moment où Clarice s'était installée à sa place. Maintenant, en revanche, la discussion battait son plein. D'un air las, elle entreprit d'étudier le menu comme si elle avait oublié ce qu'elle avait commandé pour le déjeuner, mais le sentiment familier d'excitation était bel et bien là.

— Ce qui m'obsède, dit le docteur Truffo, c'est la monstrueuse absurdité de ce crime. En fin de compte, tous ces gens sont morts pour absolument rien. Le Shiva d'or a terminé dans la Seine, et le criminel s'est retrouvé les mains vides.

Fandorine, qui participait rarement aux débats et pour l'essentiel gardait le silence, jugea bon cette fois de s'exprimer :

— Ce n'est pas tout à fait exact. Le criminel a gardé le f-foulard.

— Quel foulard ? s'étonna le docteur.

— Un foulard indien, en tissu peint. Dans lequel, si l'on en croit les j-journaux, l'assassin à enveloppé le Shiva volé.

Cette plaisanterie fut accueillie par un rire quelque peu nerveux. Le médecin écarta les mains de manière expressive :

— Comme si le problème était là !

Brusquement, le professeur se réveilla et arracha ses lunettes de son nez, geste qui chez lui était la manifestation d'un profond trouble.

— Vous avez tort de rire ! J'ai précisément cherché à savoir lequel des foulards avait été dérobé. Eh bien, mesdames et messieurs, c'est un morceau de tissu tout à fait exceptionnel, auquel est liée toute une histoire. Avez-vous déjà entendu parler du rajah d'Emeraude ?

— Sans doute un nabab indien, héros de quelque légende, non ? demanda Clarice.

— Pas un personnage de légende, madame, mais quelqu'un de bien réel. C'est ainsi que l'on surnommait le rajah Bagdassar, souverain de la principauté de Brahmapur. Cette principauté est située dans une grande vallée fertile, de toutes parts entourée de montagnes. Les rajahs font remonter leur origine au grand Bâbur et sont de confession islamique, ce qui, en trois cents ans, ne les a jamais empêchés de gouverner pacifiquement leur petit pays majoritairement composé d'hindous. En dépit des différences religieuses qui séparent la caste dirigeante du reste de la population, la principauté n'a jamais connu ni soulèvement ni querelle. Les rajahs s'enrichissaient, et à l'époque de Bagdassar la famille régnante de Brahmapur était considérée comme la plus riche de toute l'Inde après les nizams d'Haidarâbâd qui, comme vous n'êtes pas sans le savoir, éclipsaient par leur richesse tous les monarques, y compris la reine Victoria et l'empereur russe Alexandre.

— La grandeur de notre reine ne se mesure pas à ses biens personnels, mais à la richesse de ses sujets, répliqua sévèrement Clarice, quelque peu piquée par cette remarque.

— Sans nul doute, admit Sweetchild, si bien lancé que rien ne pouvait plus l'arrêter. Toutefois la fortune des rajahs de Brahmapur était d'une nature bien particulière. Ils n'amassaient pas l'or, ne remplissaient pas des coffres d'argenterie, n'édifiaient pas des palais de marbre rose. Oh, non. Durant trois siècles ces souverains n'ont connu qu'une seule passion : les pierres précieuses. Savez-vous ce qu'on entend par « standard de Brahmapur » ?

— Un type particulier de taille du diamant ? suggéra modestement le docteur Truffo.

— « Standard de Brahmapur » est un terme utilisé en joaillerie pour désigner des diamants, saphirs, rubis ou émeraudes taillés d'une certaine manière et ayant la grosseur d'une noix, ce qui équivaut à cent soixante tandouls, soit quatre-vingts carats.

— Mais c'est considérable, s'étonna Reynier. De telles pierres sont rarissimes. Si ma mémoire est fidèle, le diamant « Régent » lui-même, fleuron du trésor national français, est à peine plus gros.

— Erreur, lieutenant, le diamant « Pitt », c'est-à-dire le « Régent », est presque deux fois plus gros, corrigea le professeur. Cela étant, quatre-vingts carats, surtout s'agissant de pierres de belle eau, c'est énorme. Ainsi donc, mesdames et messieurs, imaginez-vous que Bagdassar possédait cinq cent douze pierres de cette taille, et de la qualité la plus irréprochable, de surcroît !

— Incroyable ! s'exclama sir Reginald.

Pour sa part, Fandorine demanda :

— P-pourquoi précisément cinq cent douze ?

— A cause du chiffre sacré 8, répondit volontiers Sweetchild. 512, c'est 8 x 8 x 8, à savoir huit au cube, nombre dit « idéal ». Ici, bien sûr, on voit pointer l'influence du bouddhisme, qui a pour le chiffre 8 une considération toute particulière. Dans la partie nord-est de l'Inde, où se trouve Brahmapur, les religions s'entremêlent de façon tout à fait surprenante. Mais le plus intéressant est la façon dont était gardé le trésor.

— Et comment était-il donc gardé ? demanda Renata Kléber avec curiosité.

— Dans un vulgaire coffret en terre cuite, dépourvu de toute décoration. En 1852, tout jeune archéologue, je suis allé à Brahmapur, où j'ai rencontré le rajah Bagdassar. Sur le territoire de la principauté, en pleine jungle, on avait découvert les vestiges d'un temple ancien, et Son Altesse m'avait invité à venir expertiser la découverte. Je conduisis les recherches qui s'imposaient, et vous savez quoi ? Il s'avéra que ce temple avait été édifié au temps de l'empereur Chandragupta, à une lointaine époque où...

— Stop, stop, stop ! s'écria le commissaire, interrompant le savant. Vous nous parlerez d'archéologie une autre fois. Revenons plutôt au rajah.

— Ah oui, fit le professeur en battant des cils comme quelqu'un qui revient à lui. En effet, ce sera mieux. Bref, le rajah était satisfait de mes services et, en signe de particulière sympathie, il me montra son légendaire coffret. Oh, jamais je n'oublierai cette vision ! (Sweetchild baissa les paupières.) Représentez-vous un sous-sol sombre où, près de la porte, brûle une unique torche posée dans un support de bronze. Nous étions seuls tous les deux, le rajah et moi, les autres étant restés derrière la porte massive gardée par une douzaine d'hommes en armes. Je ne distinguai pas bien la configuration du sanctuaire, mes yeux n'ayant pas eu le temps de s'habituer à l'obscurité. J'entendis seulement Son Altesse qui faisait grincer des serrures. Puis Bagdassar se tourna vers moi, et je vis dans ses mains un cube couleur de terre, apparemment assez lourd. Sa taille était... (Sweetchild ouvrit les yeux et regarda autour de lui. Tous écoutaient, comme ensorcelés, et Renata Kléber le fixait même, la bouche entrouverte, à la façon des enfants.) Enfin je ne sais pas. Disons de la taille du chapeau de miss Stamp si on le mettait dans une boîte carrée. (Tous comme un seul homme braquèrent un regard intéressé sur le minuscule chapeau tyrolien orné d'une plume de faisan. Clarice supporta ce *public scrutiny* [1] avec un sourire plein de dignité, ainsi qu'on le lui avait appris lorsqu'elle était petite.) Mieux, ce cube ressemblait à une de ces briques en argile qu'on utilise dans ces contrées pour la construction. Plus tard, Son Altesse m'expliqua que la surface grossière et uniforme mettait en valeur la splendeur du chatoiement et la couleur des pierres infiniment mieux que l'or ou

1. Examen général.

l'ivoire. Ce dont j'ai pu effectivement me convaincre. Bagdassar porta lentement sa main couverte de bagues vers le couvercle du coffret, le souleva d'un coup et... Je fus aveuglé, mesdames et messieurs ! (La voix du professeur se mit à vibrer.) C'est... c'est impossible à décrire avec des mots ! Imaginez un éclat mystérieux, scintillant, multicolore, se déversant du cube sombre et se réfléchissant en une multitude d'arcs-en-ciel sur les voûtes lugubres du sous-sol ! Les pierres rondes étaient disposées en huit couches, chacune composée de soixante-quatre gemmes facettées d'où fusait un éclat insoutenable ! L'effet, bien sûr, se trouvait encore amplifié par la lueur vacillante de l'unique torche. Je revois encore le visage du rajah Bagdassar, éclairé d'en dessous par cette lumière magique...

Le savant ferma de nouveau les yeux et se tut.

— Et, à titre d'exemple, combien valent ces petits cailloux multicolores ? retentit la voix stridente du commissaire.

— Oui, effectivement, combien ? reprit madame Kléber, tout émoustillée. Disons, en livres anglaises ?

Clarice entendit Mrs Truffo qui chuchotait assez fort à son mari :

— *She's so vulgar*[1] !

Ce qui ne l'empêcha pas de rejeter derrière son oreille ses bouclettes de cheveux ternes, afin de ne pas perdre une miette de ce qui allait être dit.

— Vous savez, fit Sweetchild avec un sourire bon enfant, je me suis moi-même posé cette ques-

1. Ce qu'elle peut être vulgaire !

tion. Il n'est pas facile d'y répondre étant donné que le prix des pierres précieuses oscille en fonction du marché, mais en l'état actuel des choses...

— Oui, oui, s'il vous plaît, la valeur au jour d'aujourd'hui, sans remonter à l'époque de l'empereur Chandragupta, grommela Gauche.

— Hum... Je ne sais pas exactement combien le rajah possédait respectivement de brillants, de saphirs et de rubis. Mais je sais qu'il prisait plus que tout les émeraudes, d'où son surnom. Au cours de son règne ont été acquises sept émeraudes originaires du Brésil et quatre de l'Oural, pour chacune desquelles Bagdassar a donné un diamant plus un complément en argent. Voyez-vous, chacun de ses ancêtres avait sa pierre de prédilection, à laquelle il accordait sa préférence sur les autres et qu'il s'efforçait d'acquérir en premier lieu. Le nombre magique 512 fut atteint sous le grand-père de Bagdassar, si bien qu'à partir de ce moment-là, le but du souverain devint non pas l'accroissement du nombre de pièces mais l'élévation de leur qualité. Les pierres qui n'atteignaient pas tout à fait la perfection ou bien qui, pour telle ou telle raison, n'avaient pas les faveurs du prince en exercice étaient vendues, d'où la réputation du « standard de Brahmapur » qui peu à peu s'est imposé dans le monde entier. En échange, de nouvelles pièces, encore plus précieuses, prenaient place dans le coffret. Cette obsession maladive à l'égard du « standard de Brahmapur » mena les ancêtres de Bagdassar jusqu'à la folie ! L'un d'eux acheta au chah de Perse Abbas le Grand un saphir jaune pesant trois cents tandouls. Il paya cette merveille dix caravanes d'ivoire, mais la pierre ayant une taille supérieure au standard, les joailliers du rajah lui enlevèrent tout ce qui était en trop !

— C'est terrible, bien sûr, fit le commissaire, mais revenons tout de même au prix.

Cette fois, cependant, il ne fut pas simple de remettre l'indianiste dans la direction voulue.

— Mais attendez donc, avec votre prix ! dit-il, chassant la remarque du commissaire d'un geste impoli de la main. Comme si c'était l'important ! Quand il est question d'une pierre précieuse de cette taille et de cette qualité, on ne parle pas d'argent mais plutôt des propriété magiques qui lui sont attribuées depuis la nuit des temps. Le diamant, par exemple, est considéré comme le symbole de la pureté. Nos ancêtres vérifiaient la fidélité de leur femme de la façon suivante : il déposaient un diamant sous l'oreiller de leur épouse endormie. Si celle-ci était fidèle, elle se retournait très vite vers son mari et, sans se réveiller, elle l'embrassait. Si, au contraire, elle le trompait, elle s'agitait et essayait de jeter le diamant par terre. Le diamant est aussi connu comme garant d'invincibilité. Les anciens Arabes croyaient que, lors d'une bataille, le commandant qui l'emportait était celui qui possédait le plus gros diamant.

— Les anciens Alabes se tlompaient, intervint subitement Gintaro Aono, interrompant l'orateur dans sa lancée.

Tous, d'un air stupéfait, fixèrent le Japonais, lequel ne prenait que très rarement part à la conversation et n'avait jamais interrompu personne. L'Asiate s'empressa de continuer avec son accent tellement comique :

— A l'académie de Saint-Cyl, on nous a applis que le duc de Boulgogne Chales le Témélaile avait spécialement plis avec lui l'énolme diamant « Sancy » pou aller combattle les Suisses, mais cela ne l'a pas pléselvé de la défaito.

Clarice eut pitié du malheureux. Pour une fois qu'il voulait briller par ses connaissances, sa remarque arrivait au plus mauvais moment.

La réplique du Japonais fut accueillie par un silence de mort, et Aono rougit atrocement.

— Oui, oui, Charles le Téméraire... acquiesça le professeur d'un air mécontent, avant de terminer, mais sans la verve précédente. Le saphir symbolise le dévouement et la persévérance, l'émeraude développe l'acuité visuelle et la perspicacité, le rubis protège des maladies et du mauvais œil... Mais vous vouliez connaître la valeur du trésor de Bagdassar ?

— Je comprends qu'il s'agit d'une somme fabuleuse, mais ne pourriez-vous pas nous dire, ne serait-ce qu'approximativement, combien elle comporte de zéros ? articula bien distinctement madame Kléber comme si elle s'adressait à un écolier particulièrement obtus et montrant, une fois de plus, qu'une femme de banquier restait toujours une femme de banquier.

Pour sa part, Clarice en aurait volontiers entendu un peu plus sur les propriétés des pierres précieuses et aurait préféré éviter toute discussion d'argent. En plus de tout le reste, c'était vulgaire.

— Eh bien, calculons. (Sweetchild sortit un crayon de sa poche et se prépara à écrire sur une serviette en papier.) Avant, le diamant était considéré comme la pierre la plus chère, mais depuis la découverte des mines d'Afrique du Sud, son prix a sensiblement chuté. Les gros saphirs se rencontrent plus couramment que les autres pierres précieuses, raison pour laquelle ils sont en moyenne quatre fois moins chers que les brillants, mais cela ne concerne pas les saphirs jaunes ou étoilés, ceux-là mêmes qui se trouvaient en majorité dans la collection de Bagdassar. Les rubis et émeraudes de taille exceptionnelle sont beaucoup plus rares et valent plus cher que les brillants de poids équivalent... Bien, pour simplifier, considérons que les 512 pierres sont des diamants de valeur identique. Le poids de chacune, comme je vous l'ai déjà dit, est de 80 carats. Selon la formule de Tavernier, utilisée par les joailliers du monde entier, la valeur d'une pierre s'estime de la manière suivante : on prend le prix de marché d'un diamant d'un carat et on le multiplie par le carré du nombre de carats d'une pierre donnée. Donc... A la Bourse d'Anvers un diamant d'un carat vaut actuellement quinze livres. Le carré de quatre-vingts est six mille quatre cents. Multiplié par quinze... Hum... Quatre-vingt-seize mille livres sterling, voilà le prix moyen de chaque pierre du coffret de Brahmapur... Multiplié par cinq cent douze... Environ cinquante millions de livres sterling. Mais en fait plus, car, comme je vous l'ai précédemment expliqué, les pierres de couleur de cette taille valent plus cher que les brillants, conclut solennellement Sweetchild.

— Cinquante millions de livres ? Tant que ça ? demanda Reynier d'une voix enrouée. Mais cela fait un milliard et demi de francs !

Clarice avait le souffle coupé. Ebranlée par la somme astronomique, elle en avait oublié les propriétés si romantiques des différentes pierres.

— Cinquante millions ! Mais c'est la moitié du budget annuel de tout l'empire britannique ! s'exclama-t-elle.

— C'est trois fois le prix du canal de Suez ! marmonna ce rouquin de Milford-Stoakes. Même plus !

Quant au commissaire, il avait lui aussi approché une serviette en papier et s'était plongé dans des calculs.

— C'est ma paye pendant trois cent mille ans, annonça-t-il, l'air désemparé. Vous ne poussez pas un peu, professeur ? Comme si un petit potentat local pouvait posséder de tels trésors...

Sweetchild répondit fièrement, comme si toutes les richesses de l'Inde lui appartenaient en propre :

— Et encore, ce n'est rien ! Les joyaux du nizam de Haidarâbâd sont estimés à trois cents millions de livres, mais il est vrai qu'on ne pourrait pas les faire tenir dans un petit coffret. Par sa compacité, le trésor de Bagdassar n'avait effectivement pas son pareil.

Fandorine toucha délicatement la manche de l'indianiste :

— Néanmoins, je p-présume que cette somme revêt un caractère quelque peu abstrait. Il paraît peu probable que quelqu'un puisse vendre d'un coup une telle quantité de gigantesques p-pierres précieuses. Cela ferait chuter le prix du marché.

— Ne croyez pas cela, monsieur le diplomate, répondit vivement le savant. Le prestige du « standard de Brahmapur » est tel qu'il y aurait pléthore d'acheteurs. Je suis même certain que la moitié des pierres sinon plus ne quitteraient pas l'Inde. Elles seraient achetées par les princes locaux, et en premier lieu par ce même nizam. Et pour les pierres restantes, les établissements bancaires d'Europe et d'Amérique se battraient, sans compter que les monarques européens ne laisseraient pas passer cette occasion d'enrichir leurs propres trésors avec les chefs-d'œuvre de Brahmapur. Oh, s'il l'avait voulu, Bagdassar aurait pu vendre tout le contenu de son coffret en quelques petites semaines.

— Vous parlez toujours de cet homme au p-passé, fit remarquer Fandorine. Il est mort ? Et dans ce cas qu'est-il advenu du coffret ?

— Cela, hélas, personne ne le sait. Bagdassar a connu une fin tragique. Au moment de la révolte des cipayes il a eu l'imprudence de nouer des contacts secrets avec les insurgés, en conséquence de quoi le vice-roi a déclaré Brahmapur territoire ennemi. Les mauvaises langues prétendaient que la Grande-Bretagne voulait simplement faire main basse sur le trésor de Bagdassar, ce qui, bien entendu, est faux. Nous, les Anglais, n'utilisons pas ce genre de méthodes.

— Pensez donc, acquiesça Reynier avec un sourire mauvais en échangeant un regard avec le commissaire.

Clarice observa discrètement Fandorine en se demandant s'il ne serait pas lui aussi infecté par le bacille de l'anglophobie, mais le diplomate russe garda un visage absolument impassible.

— On envoya un escadron de dragons au palais de Bagdassar. Le rajah essaya de fuir en Afghanistan, mais la cavalerie le rattrapa au passage du Gange. Jugeant indigne de lui d'être mis en état d'arrestation, Bagdassar s'empoisonna. On ne retrouva pas de coffret avec lui, mais seulement un petit baluchon dans lequel était glissé un billet écrit en anglais. Le billet était adressé aux autorités britanniques. Il y protestait de son innocence et demandait que l'on remette le petit baluchon à son fils unique. Le jeune garçon faisait alors ses études dans une pension privée quelque part en Europe. Ce qui, pour les dignitaires indiens de la nouvelle génération, était parfaitement dans l'ordre des choses. Il faut dire plus généralement que Bagdassar n'était pas étranger au souffle de la civilisation. Il était plus d'une fois allé à Londres et à Paris et avait même épousé une Française.

— Oh, comme c'est original ! s'exclama Clarice. Etre la femme d'un rajah indien ! Et qu'est devenue cette femme ?

— Qu'elle aille au diable, parlez-nous plutôt du petit baluchon, dit le commissaire, impatient. Que contenait-il ?

— Rigoureusement rien d'intéressant, répondit le professeur en haussant les épaules d'un air désolé. Un petit volume du Coran. Le coffret, lui, a disparu corps et biens, et ce n'est pas faute d'avoir été cherché partout.

— Et il s'agissait d'un Coran ordinaire ? demanda Fandorine.

— Tout ce qu'il y a de plus banal, imprimé dans une typographie de Bombay, avec, en marge, de pieuses pensées écrites de la main du défunt. Le commandant de l'escadron jugea que rien ne s'opposait à ce que le Coran soit envoyé à destination et, en souvenir de son expédition, il ne garda pour lui que le foulard dans lequel était enveloppé le livre. Par la suite, ce foulard fut acquis par lord Littleby, qui l'ajouta à sa collection de peintures sur soie indiennes.

— Il s'agit bien du foulard dans lequel l'assassin a enveloppé le Shiva ? se fit préciser le commissaire.

— Celui-là même. Il faut dire qu'il sort de l'ordinaire. Il est en soie extrêmement fine et légère. Si son dessin est assez quelconque – il figure l'oiseau de paradis, « Kalavinka au doux chant » –, il présente en revanche deux caractéristiques exceptionnelles, que je n'ai jamais rencontrées sur aucun autre tissu indien. Premièrement, l'œil de Kalavinka est remplacé par un petit trou dont le bord est finement brodé de fils d'or. Deuxièmement, la forme elle-même du foulard est intéressante : il n'est pas rectangulaire mais conique. Il se présente comme un triangle quelconque, avec deux côtés irréguliers et le troisième parfaitement droit.

— Ce foulard est-il de g-grande valeur ? demanda Fandorine.

— Mais on s'en moque, fit madame Kléber en avançant sa lèvre inférieure en une moue capricieuse. Parlez-nous plutôt des pierres précieuses ! Il aurait fallu mieux chercher.

Sweetchild éclata de rire :

— Oh, madame, vous n'avez même pas idée de l'acharnement avec lequel le nouveau rajah les a cherchées ! C'était un des zamindari locaux, et comme il nous avait rendu des services inestimables au moment de la guerre contre les cipayes, il avait reçu en récompense le trône de Brahmapur. Sa cupidité fit perdre la raison au malheureux. Un petit malin lui glissa à l'oreille que Bagdassar avait caché le coffret dans le mur d'une maison. Et comme, par son aspect et sa taille, ce coffret ressemblait effectivement à une banale brique d'argile, le nouveau rajah fit démolir toutes les constructions édifiées dans ce matériau. On abattit les maisons les unes après les autres, et chaque brique fut cassée sous le contrôle personnel du souverain. Etant donné que quatre-vingt-dix pour cent des constructions de Brahmapur étaient faites de briques, cette ville florissante fut en quelques mois réduite à un tas de ruines. Le rajah fou fut empoisonné par son propre entourage qui craignait une révolte populaire autrement plus sérieuse que celle des cipayes.

— C'est bien fait pour ce Judas, déclara Reynier avec emportement. Rien n'est plus écœurant que la traîtrise.

Fandorine répéta patiemment sa question :

— Mais tout de même, p-professeur, ce foulard a-t-il une grande valeur ?

— Je ne le pense pas. C'est plutôt une rareté, une curiosité.

— Et pour quelle raison ce t-tissu enveloppe-t-il toujours quelque chose, tantôt le Coran, tantôt Shiva ? Ce morceau de soie n'aurait-il pas une signification sacrée ?

— Je n'ai jamais rien entendu dire de tel. C'est simplement une coïncidence.

Le commissaire Gauche se leva avec un gémissement et étira ses épaules engourdies.

— Mouais, l'histoire est amusante, dit-il, mais, hélas, elle n'apporte rien à notre enquête. Il est peu probable que l'assassin soit assez sentimental pour garder ce chiffon sur lui comme souvenir. (Puis il ajouta, pensif :) Remarquez, ce ne serait pas mal. L'un d'entre vous, chers suspects, sort de sa poche le foulard de soie avec l'oiseau de paradis, comme ça, par inadvertance, et se mouche dedans. Pour le coup, le vieux Gauche saurait ce qui lui reste à faire.

Et le policier d'éclater de rire, jugeant manifestement sa plaisanterie particulièrement spirituelle. Clarice regardait le malotru d'un air désapprobateur.

Le commissaire surprit son regard et plissa les yeux :

— Au fait, mademoiselle Stamp, pour en revenir à votre divin chapeau, il a du style, c'est le dernier chic parisien. Il y a longtemps que vous êtes venue à Paris ?

Clarice rassembla intérieurement ses forces et répondit d'un ton glacial :

— Ce chapeau a été acheté à Londres, commissaire. Quant à Paris, je n'y suis jamais allée.

Mais qu'est-ce que mister Fandorine pouvait bien fixer avec autant d'attention ? Clarice suivit la direction de son regard et blêmit.

Le diplomate était en train d'examiner son éventail en plumes d'autruche, sur le manche duquel on pouvait lire en lettres d'or : **Meilleurs souvenirs ! *Hôtel AMBASSADOR. Rue de Grenelle, Paris*** [1]**.**

Quelle impardonnable erreur !

1. En français dans le texte.

Gintaro Aono

Le 5e jour du 4e mois
En vue de la côte de l'Erythrée

En bas la bande verte de la mer,
Au milieu la bande jaune du sable,
En haut la bande bleue du ciel.
Telles sont les couleurs
Du drapeau de l'Afrique.

Ce trivial quintain est le fruit de mes efforts d'une heure et demie pour atteindre l'harmonie spirituelle. Mais la maudite harmonie a obstinément refusé de se manifester.

Assis à l'arrière du bateau, j'ai longuement regardé la triste rive de l'Afrique et, de façon plus aiguë que jamais, je ressentais mon infinie solitude. C'est au moins une bonne chose que l'on m'ait dès l'enfance inculqué la précieuse habitude de tenir mon journal. Il y a sept ans, partant étudier dans le lointain pays de Fourance, je nourrissais secrètement le rêve qu'un jour mon journal de voyage sortirait en livre et apporterait la gloire à moi-même et à la famille Aono. Mais, hélas, mon esprit est bien trop imparfait et mes sentiments bien trop ordinaires pour que ces pitoyables pages puissent rivaliser avec les journaux des grands écrivains des temps passés.

Il n'en reste pas moins que sans ces notes quotidiennes j'aurais vraisemblablement sombré depuis longtemps dans la folie.

Même ici, sur ce bateau qui vogue en direction de l'Asie orientale, ne se trouvent que deux représentants de la race jaune : moi et un eunuque chinois, fonctionnaire de onzième rang à la cour impériale, qui est allé à Paris acheter les dernières nouveautés de la parfumerie et de la cosmétique pour l'impératrice Ts'eu-hi. Par devoir d'économie il voyage en deuxième classe, ce qui le met très mal à l'aise, et notre conversation a pris fin au moment précis où il lui est apparu que j'étais en première. Quelle honte pour la Chine ! A la place de ce fonctionnaire, je pense que j'en mourrais d'humiliation. Sur ce navire européen, chacun de nous ne représente-t-il pas une grande puissance asiatique ? Je comprends l'état d'esprit du fonctionnaire Tchian, mais il est tout de même très dommage qu'il ait honte de sortir de sa petite cabine, nous aurions pu trouver de quoi bavarder. Enfin, pas bavarder vraiment, mais communiquer à l'aide de papier et de pinceaux. Bien que nous parlions des langues différentes, nos idéogrammes sont les mêmes.

Je me dis : peu importe, tiens bon. Tout cela n'est rien. Dans un mois tu reverras les lumières de Nagasaki et, de là, ton Kagoshima natal est à portée de main. Et tant pis si le retour me promet honte et humiliation, tant pis si je suis la risée de mes amis ! Pourvu seulement que je retrouve la maison ! En fin de compte, personne n'osera me mépriser ouvertement, car tous savent que j'ai accompli la volonté de mon père, et les ordres, chacun le sait, ne se discutent pas. J'ai fait ce que je devais faire, ce à quoi m'obligeait le devoir. Ma vie est gâchée, mais s'il le fallait pour le bien du Japon... Et puis cela suffit avec cette histoire !

Mais, tout de même, qui pouvait imaginer que mon retour au pays natal, dernière étape de ces sept années d'épreuves, se révélerait aussi pénible ? En France, au moins, je pouvais prendre mes repas seul, je pouvais jouir de mes promenades, de la communion avec la nature. Mais ici, sur ce paquebot, j'ai l'impression d'être un grain de riz tombé par inadvertance dans un bol de nouilles. Après sept années passées parmi les barbares aux cheveux roux, je ne me suis toujours pas accoutumé à certaines de leurs répugnantes habitudes. Quand je vois la très raffinée Kléber-san couper avec son couteau un bifteck saignant et ensuite passer son bout de langue rose sur ses lèvres rougies, j'ai aussitôt envie de vomir. Et ces lavabos anglais qu'il faut fermer avec un bouchon, pour se laver ensuite le visage avec de l'eau sale ! Et ces vêtements de cauchemar, fruits d'une intelligence perverse ! Dedans, on se sent comme une carpe que l'on a enveloppée dans du papier gras et que l'on fait griller sur des charbons ardents. Ce que je déteste le plus, ce sont les cols empesés, qui donnent des boutons rouges au menton, et les chaussures en cuir – de vrais instruments de torture. En ma qualité d'Asiate sauvage, je me permets de me promener sur le pont en léger yukata, tandis que mes malheureux voisins de table étouffent dans leurs habits, du matin au soir. Mes narines délicates souffrent énormément de l'odeur de transpiration des Européens, une odeur forte de viande et de graisse. Sans compter cette épouvantable habitude qu'ont les yeux ronds de se moucher dans des carrés de tissu, qu'ils remettent ensuite dans leur poche avec la morve et qu'ils ressortent plus tard pour se moucher de nouveau ! A la maison, personne ne pourra croire ça, on va penser que j'ai tout inventé. Quoique sept ans, ce soit long. Il est possible que chez nous aussi les dames portent maintenant ces ridicules tournures et clopinent d'un pas titubant sur de hauts talons. Ce serait drôle de voir Kyoko-san dans cet accoutrement. Elle est grande maintenant, elle a treize ans. Encore une année ou deux, et l'on nous mariera. Et peut-être même avant. Vivement la maison !

Aujourd'hui, j'ai eu particulièrement du mal à atteindre l'harmonie spirituelle parce que :

1) J'ai découvert qu'avait disparu de mon sac de voyage mon meilleur instrument, capable de sectionner facilement le muscle le plus épais. Que signifie ce vol étrange ?

2) Au cours du déjeuner je me suis de nouveau retrouvé dans une situation humiliante, bien pis qu'avec Charles le Téméraire (cf. mes notes d'hier). Fandorine-san, qui continue de beaucoup s'intéresser au Japon, a entrepris de m'interroger sur le bushido et les coutumes des samouraïs. La discussion a dévié sur ma famille, mes ancêtres. Dans la mesure où je me suis présenté comme étant officier, le Russe a commencé à me poser des questions sur l'armement, les uniformes, les règles de combat de l'armée impériale. Ça a été horrible ! Constatant que je n'avais jamais entendu parler du fusil Berdane, Fandorine-san m'a regardé d'un drôle d'air. Sans doute a-t-il pensé que l'armée japonaise était servie par de parfaits ignares. De honte, et au mépris de toute politesse, je me suis enfui en courant du salon, ce qui n'a pu que jeter un trouble encore plus grand.

J'ai mis longtemps à me calmer. Je suis d'abord monté sur le pont des embarcations, qui est entièrement au soleil et, pour cette raison, désert. Je me suis déshabillé jusqu'à la ceinture et, pendant une demi-heure, j'ai perfectionné ma technique du coup de mawashi-giri. Dès que j'ai été en condition et que le soleil a commencé à rosir, je me suis assis en position du zazen et, pendant quarante minutes, j'ai essayé de méditer. Seulement après je me suis rhabillé et suis allé à l'arrière composer un tanka.

Tous ces exercices m'ont bien aidé. Maintenant je sais comment sauver la face. Au cours du dîner, je dirai à Fandorine-san qu'il nous est interdit de parler de l'armée impériale avec des étrangers et que si j'ai quitté aussi précipitamment le salon, c'est parce que j'avais une terrible diarrhée. Je pense que cela paraîtra convaincant et que je ne passerai pas, aux yeux de mes compagnons de table, pour un malappris et un sauvage.

Même jour, le soir

Vous parlez d'une harmonie ! Il est arrivé quelque chose de catastrophique. Mes mains tremblent honteusement, mais je dois immédiatement noter tous les détails. Cela m'aidera à me concentrer et à prendre la bonne décision. D'abord les faits, ensuite les déductions.

Voici donc.

Le dîner au salon Windsor a commencé comme d'habitude à huit heures. Alors qu'à midi j'avais commandé une salade de betterave *(red beet)*, le serveur m'a apporté du bœuf saignant, à moitié cru. En fait, il avait compris *red beef*. J'ai planté ma fourchette dans cette chair sanglante d'animal mort en regardant avec une secrète envie le premier lieutenant du capitaine qui se régalait d'un appétissant ragoût de légumes et de blanc de poulet.

Quoi d'autre ?

Rien de spécial. Kléber-san, comme toujours, s'est plainte de migraine, ce qui ne l'a pas empêchée de manger avec grand appétit. Elle a une mine resplendissante ; voilà un parfait exemple de grossesse bien supportée. Je suis certain que lorsque le terme arrivera, le bébé sortira d'elle comme un bouchon de champagne qui saute.

On a parlé de la chaleur, de notre arrivée, demain, à Aden, de pierres précieuses. Fandorine-san et moi avons comparé les mérites respectifs des gymnastiques japonaise et anglaise. J'ai pu me permettre une certaine condescendance, car, dans ce domaine, la supériorité de l'Orient sur l'Occident est évidente. Cela tient au fait que, pour eux, les exercices physiques s'apparentent au *sport*[1], au jeu, tandis que, pour nous, c'est un moyen de perfectionnement spirituel. Je dis bien spirituel, parce que le perfectionnement physique n'a pas d'importance, il suit tout naturellement, comme les wagons derrière la locomotive. Il faut dire que le Russe s'intéresse énormément au sport. Il a même entendu parler des écoles de combat du Japon et de Chine. Ce matin je suis allé méditer sur le pont des embarcations plus tôt que d'habitude et j'y ai vu Fandorine-san. Nous avons seulement échangé un salut, sans engager la conversation, car chacun était à son occupation : je purifiais mon esprit à la lumière du jour nouveau, et lui, vêtu d'un tricot de gymnastique, faisait des flexions en prenant appui alternativement sur chaque main. Puis il s'est longuement exercé avec des haltères, visiblement très lourds.

Notre intérêt commun pour la gymnastique a donné un ton dégagé à notre conversation de ce soir. Je me suis senti plus détendu que d'habitude. J'ai parlé du jiujitsu au Russe. Il m'a écouté avec une attention soutenue.

1. En français dans le texte.

Aux environs de neuf heures et demie (je n'ai pas noté l'heure exacte), Kléber-san, qui avait déjà terminé son thé et avalé deux gâteaux, s'est plainte de vertige. Je lui ai expliqué que cela arrivait parfois aux femmes enceintes lorsqu'elles mangeaient trop. Pour une raison que j'ignore, elle a pris mes paroles pour une offense, et je me suis dit que j'aurais mieux fait de tenir ma langue. Combien de fois me suis-je juré de ne pas ouvrir la bouche. Mes sages maîtres m'ont pourtant bien fait la leçon : si tu te trouves en compagnie d'étrangers, reste tranquillement assis, écoute, souris aimablement en hochant la tête de temps à autre : tu passeras pour un homme bien élevé et au moins tu ne diras pas de bêtises. Ah, il est bien, l'« officier », à embêter le monde avec ses conseils médicaux !

Reynier-san a immédiatement bondi de sa chaise et s'est offert pour accompagner la dame à sa cabine. Cet homme est très courtois de manière générale, et plus particulièrement envers Kléber-san. De tous, il est le seul qu'elle n'ait pas encore lassé avec ses caprices incessants. Il défend l'honneur de l'uniforme, bravo.

Dès qu'ils sont sortis, les hommes sont allés s'installer dans les fauteuils pour fumer. Le médecin de bord, un Italien, et sa femme, une Anglaise, sont partis au chevet d'un malade, tandis que j'essayais de faire comprendre au serveur qu'il ne fallait mettre ni bacon ni jambon dans mon omelette du matin. Depuis le temps, il pourrait le savoir.

Il s'était écoulé environ deux minutes quand, soudain, nous avons entendu un cri perçant de femme.

Premièrement, je n'ai pas immédiatement compris que c'était Kléber-san qui criait. Deuxièmement, je n'ai pas saisi que ce « Oscour ! Oscour ! » éperdu signifiait « *Au secours ! Au secours !* [1] » Cela, toutefois, ne justifie pas ma conduite. Je me suis couvert de honte, oui, de honte. Je suis indigne du nom de samouraï !

Mais prenons les choses par le début.

Le premier à s'élancer vers la porte fut Fandorine-san, suivi du commissaire de police, puis de Milford-Stoakes-san et de Sweetchild-san. Moi, je restais planté sur place. Tous en ont bien sûr conclu que l'armée japonaise était servie par de pitoyables lâches ! En fait, je n'ai tout simplement pas saisi immédiatement ce qui se passait.

Quand j'ai enfin compris, il était trop tard : j'ai accouru sur les lieux après tout le monde, y compris Stamp-san.

La cabine de Kléber-san se trouve tout près du salon – cinquième à droite en longeant le couloir.

A travers les dos de ceux qui m'avaient devancé, j'ai aperçu une scène incroyable. La porte de la cabine était grande ouverte. Allongée par terre, Kléber-san poussait des gémissements plaintifs, écrasée sous le poids d'une chose noire, luisante, immobile. Je n'ai pas immédiatement compris qu'il s'agissait d'un nègre de taille considérable. Il était vêtu de pantalons de toile blanche. De sa nuque pointait le manche d'un couteau de marin. A la position du corps, j'ai tout de suite compris que le nègre était mort. Un tel coup porté à la base du crâne exige beaucoup de force et de précision mais, par ailleurs, il tue instantanément et à coup sûr.

Kléber-san se débattait, essayant vainement de s'extirper de sous le corps massif

1. En français dans le texte.

qui l'écrasait. Près d'elle, le lieutenant Reynier se démenait comme il le pouvait. Son visage était aussi blanc que le col de sa chemise. L'étui du couteau pendait, vide, à son côté. Le lieutenant était complètement perdu : tantôt il se lançait dans une tentative pour débarrasser la femme enceinte de son désagréable fardeau, tantôt il se tournait vers nous et commençait à expliquer de manière confuse au commissaire ce qui s'était passé.

De tous, Fandorine-san fut le seul à ne pas perdre son sang-froid. Sans effort apparent, il souleva et repoussa le pesant cadavre (je me rappelai aussitôt ses exercices avec les haltères), puis aida Kléber-san à s'asseoir dans un fauteuil et lui donna de l'eau. C'est alors que, me ressaisissant, j'approchai d'elle et constatai qu'elle n'avait ni blessures ni contusions. Souffrait-elle de lésions internes ? On le verrait plus tard. Dans l'agitation générale, mon examen n'étonna personne. Les Blancs sont persuadés que tous les Asiates sont plus ou moins des chamans et qu'ils connaissent l'art de guérir. Le pouls de Kléber-san battait à 95, ce qui était parfaitement explicable.

Se coupant mutuellement la parole, Reynier et elle rapportèrent ce qui suit.

Le lieutenant :

Il avait raccompagné Kléber-san à sa cabine, lui avait souhaité le bonsoir et était parti. Toutefois, il n'avait pas fait deux pas qu'il avait entendu son cri désespéré.

Kléber-san :

Elle était entrée, avait allumé sa lampe électrique et avait vu près de sa table de toilette un homme noir gigantesque tenant dans ses mains son collier de corail (par la suite, j'ai effectivement vu le rang de perles sur le sol). Le nègre s'était jeté sur elle sans un mot, l'avait renversée par terre et saisie à la gorge avec ses énormes pattes. Elle avait alors crié.

Le lieutenant :

Il avait fait irruption dans la cabine, avait vu la terrible (« fantastique » selon ses mots) scène et avait tout d'abord été décontenancé. Il avait attrapé le nègre par les épaules mais avait été incapable de bouger le géant d'un pouce. Il lui avait alors donné des coups de botte sur la tête, de nouveau sans le moindre résultat. C'est seulement après que, craignant pour la vie de madame Kléber et de son enfant, il avait sorti son couteau de son étui et lui en avait assené un coup.

Je me suis alors dit que le lieutenant avait dû passer sa fougueuse jeunesse dans les tavernes et les bordels, où de l'aptitude à manier le couteau dépend qui sera dégrisé le lendemain et qui sera conduit au cimetière.

Le capitaine Cliff et le docteur Truffo accoururent à leur tour. La cabine était pleine à craquer. Personne n'arrivait à comprendre ce que cet Africain faisait sur le *Léviathan*. Fandorine-san examina attentivement le tatouage qui couvrait la poitrine du mort et dit qu'il en avait déjà vu un semblable par le passé. Il expliqua que, lors du récent conflit des Balkans, il avait fait un court séjour en captivité chez les Turcs, où il avait vu des esclaves noirs portant exactement les mêmes marques en zigzag, disposées en cercles concentriques à partir des mamelons. Il s'agissait du marquage rituel de la tribu n'danga, récemment découverte par les marchands d'esclaves arabes, en plein cœur de l'Afrique équatoriale. Les hommes n'danga faisaient l'objet d'une forte demande sur tous les marchés d'Orient.

Il me sembla que Fandorine-san disait tout cela avec un air un peu bizarre, comme si quelque chose le préoccupait. Mais je peux aussi me tromper, vu que les mimiques des Européens sont assez surprenantes et ne correspondent pas du tout aux nôtres.

Le commissaire ne prêta guère attention aux propos du diplomate. Il expliqua que, en tant que représentant de la loi, seules deux questions l'intéressaient : comment ce nègre avait pénétré sur le bateau et pourquoi il avait attaqué madame Kléber.

C'est alors qu'il apparut que, durant la dernière période, plusieurs des présents avaient mystérieusement vu disparaître des objets de leur cabine. J'ai repensé à la disparition que j'avais moi-même notée, mais je me suis bien sûr gardé d'en parler. Puis il fut établi que d'aucuns avaient même vu une gigantesque ombre noire (miss Stamp) ou encore un visage noir regardant par le hublot (Mrs Truffo). Il est maintenant évident qu'il ne s'agissait pas d'hallucinations ni du fruit de l'émotivité féminine.

Tous sont tombés à bras raccourcis sur le capitaine. Ainsi, pendant tout ce temps, une menace de mort pesait sur chacun des passagers, et la direction du bateau ne se doutait de rien. Cliff-san était rouge de honte. Il faut reconnaître que son prestige venait d'en prendre un coup. Je me suis détourné avec tact, afin qu'il souffre moins d'avoir perdu la face.

Ensuite le capitaine a prié tous les témoins de l'incident de regagner le salon Windsor. Là, il nous a fait un discours empreint de force et de dignité. Il s'est tout d'abord excusé pour ce qui était arrivé. Il a demandé que l'on ne parle à personne de ce « fâcheux incident », faute de quoi le navire risquait d'être gagné par une psychose généralisée. Il a promis que des matelots passeraient au peigne fin tous les compartiments de la cale, l'entrepont, la cave, les entrepôts et même la soute à charbon. Il a également garanti qu'il n'y aurait plus jamais aucun cambrioleur à peau noire sur son navire.

C'est un brave homme, ce capitaine. Un authentique loup de mer. Il s'exprime maladroitement, par courtes phrases, mais on voit qu'il a une âme solide et qu'il prend son affaire à cœur. Une fois, j'ai entendu Truffo-sensei dire au commissaire que le capitaine Cliff était veuf et qu'il vouait une véritable adoration à sa fille unique, laquelle est éduquée dans un pensionnat. Je trouve cela très touchant.

Eh bien, il me semble que je retrouve peu à peu mes sens. Mes lignes sont plus régulières, ma main a cessé de trembler. Je peux passer au plus désagréable.

En examinant superficiellement madame Kléber, mon attention a été attirée par l'absence d'ecchymoses. Je m'étais fait par ailleurs d'autres réflexions qui méritaient d'être soumises au capitaine et au commissaire. Mais, avant tout, je désirais calmer la femme enceinte qui, loin de se remettre de son choc, semblait fermement décidée à aller jusqu'à la crise de nerfs.

Je lui dis du ton le plus affectueux :

— Il est possible, madame, que cet homme noir n'ait pas du tout voulu vous tuer. Vous êtes rentrée à l'improviste, vous avez allumé la lumière, et il a tout simplement pris peur. Il a dû...

Elle ne me laissa pas terminer.

— Il a pris peur ? s'emporta Kléber-san avec une fureur inattendue. A moins que ce ne soit vous qui ayez eu peur, monsieur l'Asiate ? Vous pensez peut-être que je n'ai pas remarqué votre petite tête jaune qui pointait là-bas, derrière tous les autres, hein ?

Personne ne m'avait jamais à ce point offensé. Le pire était que je ne pouvais pas faire comme s'il s'agissait de paroles absurdes lancées par une écervelée hystérique et me retrancher derrière un sourire de dédain. Kléber-san avait touché mon point le plus vulnérable !

Il n'y avait rien à répondre. Je souffrais cruellement, et elle me regardait, une grimace méprisante sur son minois éploré et furieux. Si, à cet instant, il avait été possible de disparaître dans les profondeurs du fameux enfer des chrétiens, j'aurais moi-même ouvert la trappe. Le plus redoutable était ce voile rouge de la rage qui couvrait mes yeux, chose que je redoute par-dessus tout. C'est justement en proie à un tel état de fureur que le samouraï commet des actes désastreux pour son karma. Ensuite, toute sa vie, il lui faut essayer de racheter sa faute, payer pour avoir, l'espace d'un court et unique instant, perdu le contrôle de lui-même. Dans ces moments-là, on est capable de faire des choses telles que même le seppuku ne suffit pas.

Je suis sorti du salon, affolé à l'idée de ne pouvoir me retenir et de faire quelque chose d'horrible à cette femme enceinte. Je ne sais pas si j'aurais pu me maîtriser si c'était un homme qui m'avait dit une chose pareille.

Une fois enfermé dans ma cabine, j'ai sorti le sac contenant les courges achetées sur le marché de Port-Saïd. Elles sont petites, de la taille d'une tête, et très dures. J'en ai acheté cinquante.

Afin d'enlever de mes yeux le voile écarlate, j'ai entrepris de travailler mon coup droit avec le tranchant de la main. Du fait de mon extrême agitation le résultat a été mauvais : au lieu de se briser en deux moitiés égales, les courges éclataient en sept ou huit morceaux.

Tout cela est très pénible.

Deuxième partie

ADEN – BOMBAY

Gintaro Aono

Le 7e jour du 4e mois
A Aden

Le diplomate russe est un homme à l'esprit profond, presque japonais. Fandorine-san possède cette capacité, qui n'a rien d'européen, d'appréhender un phénomène dans sa globalité, sans se perdre dans les éléments secondaires et les détails techniques. Les Européens sont des experts inégalés dans tout ce qui touche au ***savoir-faire***, ils savent à la perfection ***comment***. Nous, les Asiatiques, possédons la sagesse, car nous savons ***pourquoi***. Pour les chevelus, le processus lui-même est plus important que le but final, alors que nous, nous ne quittons jamais des yeux l'étoile qui brille au loin et qui nous guide, raison pour laquelle nous ne prenons parfois pas le temps de convenablement regarder sur les côtés. Voilà pourquoi bien souvent les Blancs sortent vainqueurs des petites escarmouches, alors que la race jaune garde un calme inébranlable, sachant parfaitement que tout cela n'est que vanité et mesquinerie ne méritant pas qu'on y prête attention. De toute façon, la victoire sera pour nous dans ce qui est essentiel et fondamental.

Notre empereur s'est lancé dans un vaste projet : réunir la sagesse orientale et l'intelligence occidentale. Nous, les Japonais, nous apprenons humblement la science européenne des conquêtes quotidiennes, mais, en même temps, nous ne perdons jamais de vue le but final de l'existence humaine : la mort et, à sa suite, une forme plus élevée de l'être. Les cheveux roux sont trop individualistes, le précieux « moi » leur obscurcit la vue, altère l'image du monde environnant et ne leur permet pas d'appréhender les problèmes sous différents angles. L'âme de l'Européen est rivée à son corps par des clous puissants, il ne lui est pas offert de s'élever vers les hauteurs.

Si Fandorine-san, lui, est capable d'une grande pénétration, il le doit à la nature semi-asiatique de sa patrie. Sous bien des rapports, la Russie ressemble au Japon : c'est le même Orient qui s'étire jusqu'à l'Occident. Toutefois, contrairement à nous, les Russes oublient l'étoile grâce à laquelle le bateau tient le cap et regardent trop à droite et à gauche. Mettre en avant son « moi » ou le diluer dans le puissant « nous », tel est le fondement de l'antagonisme qui oppose l'Europe et l'Asie. Il me semble que la Russie a une bonne chance de quitter la première voie pour emprunter la seconde.

Mais j'ai beaucoup trop philosophé. Il est temps de revenir à Fandorine-san et à la clairvoyance dont il fait preuve. Je reprendrai les faits dans l'ordre.

Le jour n'était pas encore levé lorsque le *Léviathan* arriva à Aden. Concernant ce port, voici ce que dit mon guide : *Le port d'Aden, ce Gibraltar de l'Orient, sert à l'Angleterre de point d'attache avec les Indes orientales. C'est ici que les bateaux s'approvisionnent en charbon et font le plein d'eau douce. L'importance d'Aden s'est considérablement accrue après l'ouverture du canal de Suez. En tant que telle, la ville n'est pas grande. On trouve essentiellement ici de vas-*

tes docks, des chantiers navals, quelques factoreries, des comptoirs et des hôtels. La ville se caractérise par une construction rectiligne. La sécheresse du sol est compensée par la présence de trente antiques réservoirs destinés à la récupération des eaux de pluie qui ruissellent des montagnes. Aden compte 34 000 habitants, Indiens musulmans pour l'essentiel. Pour l'instant il faut se contenter de cette maigre description étant donné que la passerelle n'a pas été descendue et que personne n'est autorisé à quitter le navire. On invoque une prétendue inspection sanitaire, mais nous, les vassaux de la principauté de Windsor, connaissons la raison exacte de l'agitation qui règne : les matelots et les gardes-côtes sont en train de passer l'énorme navire au crible, afin de dénicher les nègres éventuels.

Après le petit déjeuner, nous sommes restés au salon pour attendre les résultats de la battue. C'est alors qu'entre le commissaire de police et le diplomate russe eut lieu une importante discussion dont tous les nôtres furent témoins (voilà que pour moi ils sont déjà les « nôtres »).

Après avoir commencé par la mort du nègre, la discussion, comme d'habitude, dévia sur les crimes parisiens. Je ne pris pas part aux échanges sur ce point mais écoutai attentivement, bien qu'il m'ait tout d'abord semblé qu'on allait de nouveau essayer d'attraper un singe vert dans une forêt de bambous ou encore un chat noir dans une pièce obscure.

Stamp-san dit : « Ainsi, ce sont de vraies énigmes. On ne comprend pas comment le Noir s'est introduit sur le bateau, et encore moins pourquoi il a voulu tuer madame Kléber. Exactement comme rue de Grenelle. De nouveau, c'est le mystère. »

Là, Fandorine-san déclare : « Il n'y a ici aucun mystère. Si, pour le nègre, tout n'est pas encore élucidé, concernant les événements de la rue de Grenelle, en revanche, le tableau est, à mon sens, plus ou moins clair. »

Tous le fixèrent d'un air perplexe, et le commissaire eut un sourire narquois : « Vraiment ? Eh bien, eh bien, je suis curieux de vous entendre. »

Fandorine-san : « Je pense que les choses se sont passées de la façon suivante. Le soir, à la porte de l'hôtel particulier de la rue de Grenelle, s'est présenté quelqu'un ... »

Le commissaire (avec une fausse admiration) : « Bravo ! Géniale supposition ! »

D'aucuns se mirent à rire, mais la majorité continua à écouter avec une attention soutenue, dans la mesure où le diplomate n'était pas du genre à parler pour ne rien dire.

Fandorine-san (continuant imperturbablement) : « ... quelqu'un dont la venue n'a pas suscité le moindre soupçon chez les serviteurs. C'était un médecin, peut-être en blouse blanche et certainement muni d'une mallette de docteur. L'hôte inattendu a expliqué que toutes les personnes se trouvant dans la maison devaient immédiatement se regrouper dans un même endroit, car, sur ordre de la municipalité, tous les Parisiens devaient être soumis à une vaccination. »

Le commissaire (commençant à se fâcher) : « Qu'est-ce que c'est que cette fable ? Quelle vaccination ? Pourquoi les serviteurs auraient-ils fait confiance au premier venu ? »

Fandorine (d'un ton tranchant) : « Prenez garde qu'on ne vous rétrograde du rang de commissaire "chargé d'affaires particulièrement importantes" à celui de commissaire "chargé d'affaires particulièrement peu importantes". Vous n'étudiez pas attentivement vos propres documents, et cela est impardonnable. Regardez donc encore une fois l'article du *Soir*, où il est question des relations de lord Littleby avec l'aventurière internationale Marie Sanfon. »

Le vieux limier fouilla dans son dossier noir, y trouva l'article en question et le parcourut des yeux.

Le commissaire (en haussant les épaules) : « Oui, et alors ? »

Fandorine-san (pointant le doigt) : « Là, en bas. Vous voyez le début de l'entrefilet suivant : L'EPIDEMIE DE CHOLERA EN VOIE DE REGRESSION ? Et la suite à propos des « énergiques mesures prophylactiques des médecins parisiens ».

Truffo-sensei : « En effet, messieurs. Paris a durant tout l'hiver lutté contre les offensives du choléra. A Douvres, on a même mis en place un contrôle sanitaire pour les ferry-boats en provenance de Calais. »

Fandorine-san : « Voilà donc pourquoi la venue d'un médecin n'a éveillé aucun soupçon chez les serviteurs. Le visiteur a dû faire preuve d'assurance et se montrer persuasif. Peut-être a-t-il dit qu'il était déjà tard et qu'il avait encore plusieurs maisons à visiter ou quelque chose dans ce genre. Apparemment les serviteurs n'ont pas voulu déranger leur maître, sachant qu'il avait une crise de goutte, mais ils ont tout naturellement fait descendre les deux gardes du premier étage, l'injection n'étant que l'affaire d'une minute. »

J'étais ébloui par la sagacité du diplomate et par sa facilité à résoudre une énigme compliquée. Le commissaire Gauche lui-même prit un air pensif.

« Bon, admettons, dit-il d'un air mécontent. Mais comment expliquerez-vous l'étrange conduite de votre médecin qui, au lieu d'emprunter l'escalier pour monter à l'étage après avoir empoisonné les serviteurs, a, pour une raison obscure, choisi de ressortir dans la rue, d'escalader la palissade, de traverser le jardin et de casser la fenêtre de l'orangerie ? »

Fandorine-san : « J'ai réfléchi à cela. Ne vous est-il pas venu à l'esprit qu'il pouvait y avoir deux criminels : un qui éliminait les serviteurs pendant que le second pénétrait dans la maison par la fenêtre ? »

Le commissaire (triomphant) : « Cela m'est venu à l'esprit, monsieur je-sais-tout, et comment donc. C'est précisément à cette conclusion que le criminel a essayé de nous amener. Il voulait brouiller les pistes, c'est évident ! Après avoir empoisonné les serviteurs, il est sorti de l'office pour monter à l'étage, où il s'est retrouvé nez à nez avec le maître de maison. Probablement a-t-il tout simplement fracassé la vitrine, car il supposait qu'il n'y avait plus personne dans la maison. Alerté par le bruit, le lord est sorti de sa chambre et a été tué. Après cet imprévu l'assassin s'est empressé de fuir, en prenant soin toutefois de passer par la fenêtre de l'orangerie plutôt que par la porte. Et pourquoi cela ? Pour nous fourvoyer en nous faisant croire qu'il n'était pas seul. Et vous, vous avez mordu à l'hameçon. Mais le père Gauche ne se laisse pas prendre si facilement. »

Les paroles du commissaire furent accueillies favorablement. Reynier-san déclara même : « Diable, commissaire, vous au moins on ne vous mène pas par le bout du nez ! » (Cette expression imagée se retrouve dans diverses langues européennes. Il ne faut pas la prendre au sens littéral. Le lieutenant voulait signifier par là que Gauche-san était un policier intelligent et expérimenté.)

Fandorine-san attendit un instant et poursuivit : « Ce qui veut dire que vous avez étudié très minutieusement les empreintes de semelles trouvées sous la fenêtre et que vous en êtes venu à la conclusion que l'homme n'avait pas grimpé sur le rebord mais effectivement sauté de l'intérieur, c'est bien cela ? »

Le commissaire ne répondit pas à la question, se contentant de gratifier le Russe d'un regard courroucé.

C'est alors que Stamp-san lança une réplique qui fit prendre à la discussion un tour nouveau, plus acerbe encore.

« Un criminel, deux criminels... il n'empêche que je ne saisis toujours pas l'essentiel : pourquoi tout cela ? dit-elle. Il est clair que ce n'est pas à cause du Shiva. De quoi alors ? Tout de même pas à cause de ce foulard, tout remarquable et légendaire qu'il soit ! »

Fandorine-san répondit d'un ton égal, comme quelque chose qui allait de soi : « Cela coule de source, mademoiselle, c'est justement à cause de ce foulard. La statuette de Shiva n'a été prise que pour détourner l'attention, et, dès le premier pont, on l'a jetée à la Seine parce qu'elle n'était d'aucune utilité. »

Le commissaire fit remarquer : « Pour les *boyards* [j'ai oublié ce que signifie ce mot, il faudra que je regarde dans le dictionnaire] russes, un demi-million de francs n'est peut-être rien, mais ce n'est pas l'opinion de la majorité des gens. Deux kilogrammes d'or pur, ce n'est pas si mal pour une chose "d'aucune utilité" ! Vous racontez n'importe quoi, monsieur le diplomate. »

Fandorine-san : « Voyons, commissaire, qu'est-ce qu'un demi-million de francs au regard du trésor de Bagdassar ? »

« Cessez de vous quereller, messieurs ! s'écria capricieusement l'odieuse madame Kléber. On a manqué de m'assassiner et vous recommencez à rabâcher les mêmes histoires. Pendant que vous vous échinez sur l'ancien crime, commissaire, vous oubliez qu'un nouveau a bien failli vous tomber dessus ! »

Cette femme ne supporte tout simplement pas de ne pas être le centre d'intérêt. Après ce qui s'est passé hier, je m'efforce de moins la regarder. C'est fou ce que j'ai envie d'enfoncer mon majeur dans la veine bleue qui bat à son cou blanc. Une seule pression suffirait amplement à envoyer cette garce dans l'autre monde. Mais cela est bien sûr de l'ordre des mauvaises pensées que l'homme doué de volonté se doit de chasser de son esprit. Voilà, j'ai déversé mes mauvaises pensées dans mon journal, et ma haine s'en trouve quelque peu atténuée.

Le commissaire remit madame Kléber à sa place. « Taisez-vous donc, madame, dit-il sévèrement. Ecoutons ce que monsieur le diplomate est encore allé nous inventer. »

Fandorine-san : « Toute cette histoire ne peut avoir de sens que si le foulard volé a, pour une certaine raison, un intérêt particulier. Et d'un. Pour reprendre les paroles du professeur, la valeur pécuniaire du foulard en tant que tel n'est pas très grande et, par conséquent, la solution ne réside pas dans le morceau de soie lui-même mais dans ce à quoi il est rattaché. Et de deux. Comme vous n'êtes pas sans le savoir, le tissu est lié aux ultimes volontés du rajah Bagdassar, dernier propriétaire du trésor de Brahmapur. Et de trois. Dites-nous, professeur, le rajah était-il un ardent serviteur du Prophète ? »

Sweetchild-sensei (après réflexion) : « Je ne saurais dire exactement... Il n'a pas construit de mosquée, il n'a jamais évoqué Allah en ma présence. Le rajah s'habillait volontiers à l'européenne, fumait des cigares cubains, lisait des romans français... Ah, oui, il buvait du cognac à la fin du repas ! C'est donc qu'il ne prenait pas trop au sérieux les interdits religieux. »

Fandorine-san : « Dans ce cas, voici mon point quatre : bien que peu religieux, Bagdassar ne fait pas transmettre n'importe quoi à son fils comme ultime présent, mais un Coran, qu'en outre il a pris soin d'envelopper dans un foulard. Je suppose que c'est ce foulard qui constituait l'élément essentiel de l'envoi. Le Coran a été ajouté pour donner le change... Il est possible également que, parmi les annotations écrites en marge de la main de Bagdassar, aient figuré des instructions sur la manière de trouver le trésor à l'aide du foulard. »

Sweetchild-sensei : « Pourquoi forcément à l'aide du foulard ? Le rajah aurait très bien pu dévoiler son secret directement dans les notes marginales ! »

Fandorine-san : « Il aurait pu mais il ne l'a pas fait. Pourquoi ? Je vous renvoie à mon argument numéro un : si le foulard n'avait possédé une valeur tout à fait exceptionnelle, aurait-on tué dix personnes pour l'obtenir ? Ce foulard, c'est l'accès à 500 millions de roubles ou, si vous préférez, à 50 millions de livres, ce qui revient à peu près au même. Selon moi, un trésor d'une telle ampleur est un fait inédit dans l'histoire de l'humanité. Au fait, je dois vous prévenir, commissaire, que si vous ne vous trompez pas et que l'assassin se trouve effectivement sur le *Léviathan*, on peut s'attendre à de nouvelles victimes. Et plus vous vous rapprocherez du but, plus le risque sera grand. L'enjeu est bien trop important, et bien trop cher a été le prix à payer pour la clé du mystère. »

Cette déclaration fut accueillie par un silence de mort. La logique de Fandorine-san semblait irréfutable et, j'en suis certain, tous eurent froid dans le dos. Tous sauf une personne.

Le premier à reprendre ses esprits fut le commissaire. Il dit avec un rire nerveux : « Eh bien, quelle imagination débordante, monsieur Fandorine. Mais pour ce qui est du danger, vous avez raison. Cela étant, mesdames et messieurs, vous pouvez être tranquilles. Le danger ne menace que le vieux Gauche, et il le sait parfaitement. C'est le métier qui veut ça. Mais on ne m'aura pas facilement ! » Et il promena un regard menaçant sur l'assemblée, comme s'il provoquait chacun de nous en combat singulier.

Il est drôle, ce petit vieux bedonnant. De tous les présents, le seul dont il aurait pu venir à bout était madame Kléber, et encore, à cause de son état. Une image séduisante surgit dans mon esprit : le commissaire, cramoisi, culbutait la jeune sorcière et l'étranglait entre ses doigts boudinés et velus, tandis que madame Kléber suffoquait, les yeux exorbités, son odieuse langue pendante.

« *Darling, I am scared*[1] ! » piailla la femme du docteur d'une voix flûtée en se tournant vers son époux. Il lui caressa l'épaule en un geste rassurant.

Une intéressante question fut alors posée par le monstrueux M.-S.-san aux cheveux rougeoyants (son nom est trop long pour l'écrire en entier) : « Professeur, décrivez-nous plus en détail le foulard. Un oiseau avec un trou à la place de l'œil, un triangle, ça d'accord. Mais a-t-il une autre particularité ? »

---

1 Chéri, j'ai peur !

Il faut dire que ce curieux monsieur prend part à la discussion collective presque aussi rarement que moi. Mais lorsqu'il dit quelque chose, c'est, à l'instar de l'auteur de ces lignes, toujours à bon escient. La soudaineté et l'opportunité de sa question en parurent d'autant plus remarquables.

Sweetchild-sensei : « Pour autant que je me souvienne, à part le trou et sa forme originale, ce tissu n'a rien de particulier. Il est de la taille d'un grand éventail, à cela près que l'on pourrait aisément le cacher dans un dé à coudre. A Brahmapur, ce genre de tissu d'une extrême finesse n'est pas une rareté. »

« Donc, la clé est à rechercher dans l'œil de l'oiseau et dans la forme triangulaire », résuma Fandorine-san avec une admirable assurance.

Il était réellement magnifique.

Plus je pense à son triomphe et à toute cette histoire en général, plus fort est mon coupable désir de leur prouver à tous que Gintaro Aono est bon à quelque chose. Moi aussi j'ai de quoi les étonner. Je pourrais, par exemple, raconter quelque chose d'intéressant au commissaire Gauche à propos de l'incident d'hier, avec le sauvage à la peau noire. A ce propos, le sage Fandorine-san a reconnu que tout ne lui paraissait pas clair dans cette affaire. Et alors que tout n'est pas clair pour lui, voilà tout à coup que ce « sauvage de Japonais » trouve le mot de l'énigme. Ce pourrait être intéressant, non ?

Hier, désorienté par l'injure, j'ai momentanément perdu tout bon sens. Puis, une fois calmé, j'ai commencé à confronter les différents éléments, à supputer et, dans mon esprit, a pris forme tout un schéma logique que j'ai bien l'intention de soumettre au policier. Qu'il en tire lui-même les conclusions. Et voici ce que je dirai au commissaire.

Tout d'abord je lui rappellerai la grossièreté proférée par madame Kléber à mon encontre. Sa remarque était extrêmement injurieuse, et d'autant plus que faite en public. Et elle a été prononcée au moment précis où je voulais faire part de mes observations. Madame Kléber n'avait-elle pas déjà en tête de me clouer le bec ? N'est-ce pas suspect, monsieur le commissaire ?

Poursuivons. Pourquoi joue-t-elle les faibles femmes alors qu'elle est aussi vigoureuse qu'un combattant de sumo ? Vous me direz que c'est une bagatelle, un détail sans importance. Eh bien, moi, je vous répondrai, monsieur le policier, qu'un individu qui feint en permanence a forcément quelque chose à cacher. Il suffit de prendre mon cas. (Ha, ha. Ça, évidemment, je n'irai pas le dire.)

Ensuite j'attirerai l'attention du commissaire sur le fait que les Européennes ont une peau blanche, très fine. Pourquoi les puissants doigts du nègre n'y ont-ils pas laissé la moindre marque ? N'est-ce pas étrange ?

Et, pour finir, lorsque le policier conclura que je n'ai rien d'autre à faire valoir que les suppositions oiseuses d'un Asiate à l'esprit vindicatif, je sortirai ma carte maîtresse, une information qui fera instantanément tressaillir monsieur le commissaire.

« Monsieur Gauche, lui dirai-je avec un sourire poli, je ne possède pas votre brillant esprit et n'essaie pas de m'immiscer dans l'enquête (comment oserais-je, pauvre ignare que je suis ?), mais je considère de mon devoir d'attirer votre attention sur un autre fait. Vous dites vous-même que l'assassin de la rue de Grenelle se trouve parmi nous. Monsieur Fandorine a exposé une hypothèse convaincante quant à la manière dont ont été supprimés les serviteurs de lord Littleby. Le vaccin contre le choléra est une ruse remarquable. L'assassin sait donc bien se servir d'une seringue. Et si ce n'était pas un médecin qui s'était présenté à l'hôtel particulier de la rue de Grenelle, mais une femme, une infirmière ? Elle aurait, moins encore qu'un homme, éveillé la méfiance, pas vrai ? Vous êtes d'accord avec moi ? Dans ce cas je vous conseille, comme si de rien n'était, de jeter un coup d'œil au bras de madame Kléber, à un moment où elle est assise, sa petite tête de vipère appuyée sur sa main et sa large manche retombant jusqu'au coude. A la saignée de son bras vous verrez les petits points à peine visibles que j'ai moi-même aperçus. Ce sont des marques de piqûres, monsieur le commissaire. Demandez au docteur Truffo s'il fait des injections quelconques à madame Kléber, et le respectable médecin vous répondra ce qu'il m'a répondu à moi-même aujourd'hui : non, il ne lui en fait pas, car il est par principe opposé à l'administration de médicaments par voie intraveineuse. Et maintenant additionnez deux et deux, ô sage Gauche-sensei, et vous aurez matière à casser votre tête chenue. » Voilà ce que je dirai au commissaire, et il n'aura plus qu'à s'occuper sérieusement de madame Kléber.

Un chevalier européen en déduirait que je me conduis de façon ignoble et, en cela, il montrerait ses limites. C'est bien pour cela qu'il n'y a plus de chevaliers en Europe alors que les samouraïs existent toujours. Peu importe que le souverain notre empereur ait nivelé les classes et nous ait interdit le port des deux sabres à la ceinture, cela ne signifie pas pour autant la suppression du titre de samouraï mais, au contraire, l'accession, à la classe des samouraïs, de toute la nation japonaise, afin que nous ne puissions nous prévaloir les uns face aux autres de notre ascendance. Nous ne faisons plus qu'un, avec, face à nous, le reste du monde. O, noble chevalier européen (qui sans doute n'existe que dans les romans) ! Pour combattre les hommes, use d'une arme d'homme, mais pour combattre les femmes, emploie une arme de femme. Tel est le code d'honneur des samouraïs ; il ne comporte rien de méprisable, car les femmes savent se battre aussi bien que les hommes. Ce qui contredit l'honneur du samouraï, c'est de recourir contre les femmes à une arme d'homme et contre les hommes à une arme de femme. Ce à quoi je ne m'abaisserai jamais.

J'hésite encore en me demandant si cela vaut la peine d'entreprendre la manœuvre envisagée, mais mon humeur est incomparablement meilleure qu'hier. A tel point que, sans difficulté, je viens de composer ce haïku pas mauvais du tout :

Sur la lame d'acier
Telle une étincelle de glace
La lune s'est enflammée.

Clarice Stamp

Clarice se retourna d'un air las, s'assura que personne ne l'observait et, après seulement, jeta un regard prudent depuis le coin du rouf derrière lequel elle se dissimulait.

Le Japonais était assis en tailleur, seul sur la dunette. Son visage était tourné vers le ciel, à travers ses paupières mi-closes le blanc de ses yeux apparaissait de manière effrayante et son expression détachée, impassible, avait quelque chose d'inhumain.

Brrr ! Clarice fit une grimace. Un drôle de numéro, ce mister Aono. Là, sur le pont des embarcations, situé juste au-dessus de celui des premières classes, il n'y avait pas de promeneurs. Seules une bande de gamines jouaient à sauter à la corde, tandis que leurs deux gouvernantes accablées de chaleur s'abritaient à l'ombre d'un canot d'une blancheur neigeuse. Qui, à part des enfants et un Asiate timbré, pouvait rester ainsi en plein soleil ? Au niveau supérieur se trouvaient uniquement le poste de commande, la passerelle et, bien sûr, les cheminées, les mâts et les voiles. Les toiles blanches étaient gonflées sous l'effet du vent arrière, et le *Léviathan*, rejetant sa fumée à jets réguliers, se dirigeait droit sur l'horizon couleur du vif-argent. Tout autour miroitait la nappe à peine froissée de l'océan Indien aux reflets vert bouteille. Là, d'en haut, on pouvait constater que la terre était effectivement ronde : la ligne d'horizon était nettement plus basse que le *Léviathan*, et le navire descendait vers elle comme le long d'une pente.

Mais ce n'était nullement par amour des paysages marins que Clarice ruisselait de sueur. Elle avait eu envie de voir ce que mister Aono faisait là-haut. Où se retirait-il après le petit déjeuner avec une aussi belle constance ?

Et elle avait bien fait de se poser la question. Tenez, regardez-le, le vrai visage de l'Asiate éternellement souriant. Un homme avec des traits aussi figés et féroces est capable de tout. On a beau dire, les Jaunes ne sont pas comme nous, et ce n'est pas du tout de la forme de leurs yeux qu'il s'agit. Extérieurement, ils ressemblent beaucoup aux hommes, mais ils sont d'une autre race. C'est comme pour les loups, ils ressemblent aux chiens, mais leur nature est tout autre. Certes, les Jaunes ont leurs principes moraux, mais ceux-ci sont à ce point étrangers au christianisme que l'homme normal ne peut les saisir. Il serait préférable qu'ils ne portent pas de vêtements européens et ne sachent pas se servir de nos couverts : cela crée la dangereuse illusion qu'ils sont civilisés alors qu'en réalité, sous les cheveux noirs à la raie impeccable et le front jaune et lisse, se trament des choses qu'il nous est difficile ne serait-ce que d'imaginer.

Le Japonais remua imperceptiblement, cligna des yeux d'un air égaré, et Clarice s'empressa de se cacher. Il est vrai qu'elle se conduisait comme la dernière des idiotes, mais il fallait bien faire quelque chose, tout de même ! Ce cauchemar ne pouvait pas continuer éternellement. Il fallait donner une impulsion au commissaire pour qu'il aille dans la bonne direction, sinon nul ne savait comment tout cela pourrait se terminer. En dépit de la chaleur étouffante, un frisson secoua ses épaules.

Dans l'allure et le comportement de mister Aono, il y avait manifestement un mystère. Comme d'ailleurs dans le crime de la rue de Grenelle. Il était même étrange que Gauche n'ait pas encore compris que tous les indices faisaient du Japonais le principal suspect.

Vous avez déjà vu, vous, un officier, ancien élève de Saint-Cyr, qui ne connaît rien aux chevaux ? Une fois, par pur souci d'humanité, Clarice avait entrepris de faire participer le taciturne Asiate à la discussion collective, faisant dériver celle-ci sur un thème censé intéresser le militaire : les chevaux, le dressage, les courses, les qualités et les défauts du trotteur de Norfolk. Chapeau, l'officier ! A l'innocente question : « Vous est-il déjà arrivé de participer à un steeple-chase ? », il avait répondu que les officiers de l'armée impériale avaient l'interdiction formelle de s'occuper de politique. Il ne savait tout simplement pas ce qu'était un steeple-chase ! Evidemment, on ignore comment sont les officiers au Japon – peut-être font-ils du cheval sur des tiges de bambou – mais on imagine mal un saint-cyrien faisant preuve d'une pareille ignorance ! C'est même tout à fait exclu.

Voilà vers quoi il fallait orienter Gauche. A moins qu'il ne fût préférable d'attendre encore un peu, le temps de découvrir autre chose de suspect ?

Et l'incident d'hier pourrait bien faire l'affaire. Clarice errait dans le couloir du côté de la cabine de mister Aono quand elle avait été attirée par des bruits on ne peut plus étranges. De l'intérieur provenaient des craquements secs, comme si quelqu'un était méthodiquement en train de casser le mobilier. S'armant de courage, Clarice avait frappé à la porte.

D'un coup elle s'était ouverte en grand. Dans l'embrasure avait surgi le Japonais – complètement nu, si ce n'était un pagne noué autour de ses hanches. Son corps bistré luisait de sueur, ses yeux étaient injectés de sang.

Voyant Clarice, il avait murmuré d'une voix sifflante : « *Tikussio !* »

Sa question préparée d'avance (« N'auriez-vous pas avec vous, monsieur Aono, quelques-unes de ces merveilleuses estampes japonaises dont j'ai tellement entendu parler ? ») lui était sortie de la tête, et Clarice avait manqué défaillir. Il allait l'attirer de force à l'intérieur de la cabine, se jeter sur elle ! Ensuite il la découperait en morceaux et la balancerait à la mer. Rien n'était plus simple. Et c'en serait fini de Clarice Stamp, lady anglaise bien éduquée, pas très heureuse, mais qui espérait encore tant de la vie.

Clarice avait balbutié qu'elle s'était trompée de porte. Aono l'avait regardée en silence, le souffle court. Une odeur aigre émanait de lui.

Peut-être était-il tout de même préférable d'en parler au commissaire.

Un peu avant le *five o'clock,* Clarice se posta près de la porte du Windsor pour surveiller l'arrivée du policier. Elle commença à lui faire part de ses réflexions, mais le malotru l'écouta d'un drôle d'air, lui jetant des regards acérés et moqueurs comme s'il écoutait la confession de quelque acte inconvenant.

A un moment, il marmonna dans ses moustaches :

— C'est vraiment à celui qui dira le plus de mal de son voisin.

Puis, ayant écouté jusqu'au bout, il demanda de but en blanc :

— Son papa et sa maman vont bien ?

— Les parents de qui ? De monsieur Aono ? demanda Clarice, éberluée.

— Non, mademoiselle, les vôtres.

— J'ai perdu mes parents quand j'étais petite, répondit-elle en regardant le policier avec effroi tout en ajoutant intérieurement : « Seigneur, ce n'est pas un bateau mais une maison de fous flottante. »

— C'est exactement ce dont je voulais avoir confirmation, acquiesça Gauche, l'air satisfait.

Puis, fredonnant un chanson inconnue de Clarice, il entra le premier dans le salon, affichant, cette fois ouvertement, sa goujaterie.

La discussion avait laissé un arrière-goût désagréable à Clarice. Finalement, en dépit de leur prétendue galanterie, les Français n'étaient pas des gentlemen. Certes, ils pouvaient faire illusion, vous tourner la tête, vous éblouir par quelque geste théâtral, vous envoyer cent roses rouges dans votre chambre d'hôtel (là, Clarice eut une grimace de dégoût), mais il ne fallait pas s'y fier. Le gentleman anglais était peut-être quelque peu insipide, mais il savait ce que signifiaient devoir et probité. Alors que le Français vous met en confiance et immanquablement vous trahit.

En fait, ces généralités n'avaient pas de rapport direct avec le commissaire Gauche. D'autant que son étrange conduite s'expliqua rapidement, et cela de la manière la plus inquiétante.

Alors qu'il avait observé jusque-là un silence inhabituel, suscitant la nervosité générale, brusquement il se mit à regarder Clarice dans le blanc des yeux et dit :

— Tenez, à propos (ou plutôt mal à propos), vous, mademoiselle Stamp, vous m'avez interrogé l'autre fois au sujet de Marie Sanfon. Vous savez, cette dame censée avoir vu lord Littleby quelque temps avant sa mort.

Surprise, Clarice tressaillit, tandis que les autres se taisaient et fixaient avec curiosité le commissaire, ayant reconnu l'intonation particulière annonçant le début d'une de ces « petites anecdotes » qu'il distillait avec force détails.

— J'avais promis de vous parler de cette personne. Eh bien, le moment est venu, poursuivit Gauche tout en continuant de darder sur Clarice un regard que celle-ci trouvait de plus en plus déplaisant. Ma petite histoire sera longue, mais vous n'allez pas vous ennuyer, car il s'agit d'une femme peu ordinaire. Et d'ailleurs, qu'est-ce qui nous presse ? Nous sommes parfaitement bien ici, à manger des petits gâteaux et à boire de l'orangeade. Mais si quelqu'un a à faire, surtout qu'il ne se gêne pas, le père Gauche ne s'en vexera pas.

Personne ne bougea.

— Alors, je vous raconte l'histoire de Marie Sanfon ? demanda le commissaire avec une fausse bonhomie.

Un brouhaha général accueillit sa question.

— Oui, oui ! Absolument !

Seule Clarice se taisait, sachant que le thème n'avait pas été choisi au hasard mais à son intention exclusive. Ce dont Gauche ne se cachait d'ailleurs pas.

Il fit claquer ses lèvres, savourant par avance son effet, puis sortit sa pipe, sans même demander aux dames leur permission.

— Je commencerai donc par le commencement. Il était une fois, dans la ville de Bruges, une petite fille du nom de Marie. Les parents de la fillette étaient des citoyens respectables, allaient à l'église et chérissaient plus que tout au monde leur petit ange aux boucles d'or. Marie avait six ans quand ses parents lui donnèrent un petit frère, futur héritier de la brasserie *Sanfon et Sanfon*. Alors que le bonheur de cette heureuse famille était à son comble, un brusque malheur s'abattit sur elle. Le bébé, âgé d'un mois à peine, tomba par la fenêtre et se blessa mortellement. Les parents n'étaient pas à la maison, où seuls se trouvaient les enfants et leur gouvernante. Or celle-ci s'était absentée une demi-heure, le temps d'un rendez-vous avec son petit ami pompier, et c'est précisément durant ce court laps de temps qu'un inconnu en chapeau et manteau noirs avait fait irruption dans la maison. La petite Marie avait eu le temps de se cacher sous le lit, tandis que l'homme en noir arrachait son minuscule petit frère à son berceau et le jetait par la fenêtre. Puis l'homme s'était enfui à la hâte.

— Quelles horreurs vous pouvez raconter ! s'exclama plaintivement madame Kléber en posant les mains sur son ventre.

— Oh, mais ce n'est que le début, fit Gauche en brandissant sa pipe. Attendez la suite. Sauvée par miracle, Marie parla du terrible « bonhomme en noir » à son papa et à sa maman. On mit toute la région sens dessus dessous pour retrouver le scélérat et, dans l'affolement, on arrêta même le rabbin local, vu que le malheureux était toujours vêtu en noir. Toutefois, un étrange détail obsédait Sanfon père : pourquoi le criminel avait-il approché le tabouret de la fenêtre ?

— Oh, seigneur ! s'exclama Clarice en portant la main à son cœur. Est-ce possible... ?

– Vous êtes incroyablement perspicace, mademoiselle Stamp, fit le commissaire avec un sourire perfide. En effet, la petite Marie avait elle-même jeté son frère par la fenêtre.

– *How terrible* ! s'écria Mrs Truffo, jugeant bon d'être horrifiée. *But why*[1] ?

— La petite fille n'appréciait pas qu'on ne s'occupe plus que du bébé et qu'on l'ait complètement oubliée. Elle pensait qu'en se débarrassant de son petit frère, elle redeviendrait l'enfant chérie de papa et maman, expliqua Gauche, imperturbable. Mais ce fut la première et la dernière fois que Marie Sanfon laissa une preuve et fut démasquée. L'adorable enfant n'avait pas encore appris à effacer les traces derrière elle.

– Et qu'a-t-on fait de la jeune criminelle ? demanda le lieutenant Reynier, visiblement bouleversé par ce qu'il venait d'entendre. On n'allait tout de même pas la remettre à la justice.

— Non, on ne l'a pas remise à la justice. (Le commissaire sourit malicieusement à Clarice.) Mais sa mère, incapable de surmonter le choc, perdit la raison et fut enfermée dans une maison de fous. Quant à monsieur Sanfon, ne supportant plus la vue de sa charmante petite fille coupable des malheurs qui s'étaient abattus sur la famille, il plaça celle-ci dans un couvent de sœurs de Saint-Vincent-de-Paul. Elle y reçut une bonne éducation. Elle était la première dans toutes les matières – aussi bien en classe que dans les activités religieuses.

1. Quelle horreur ! Mais pourquoi ?

Et, surtout, il paraît qu'elle adorait lire. La novice avait dix-sept ans quand un scandale extrêmement désagréable eut lieu au couvent. (Gauche jeta un coup d'œil dans son dossier et hocha la tête.) Tenez, tout est écrit ici. 17 juillet 1866. Alors que l'archevêque de Bruxelles séjournait chez les sœurs, ne voilà-t-il pas que l'antique anneau épiscopal de l'honorable prélat disparaît de sa chambre. Orné d'une énorme améthyste, l'anneau avait, selon la légende, appartenu à Saint Louis en personne. Or, la veille, monseigneur avait justement fait venir dans ses appartements les deux meilleures novices, notre Marie et une Arlésienne, afin de s'entretenir avec elles. Les soupçons se portèrent tout naturellement sur les deux jeunes filles. La mère supérieure procéda à une fouille et, sous le matelas de l'Arlésienne, trouva la pochette en velours dans laquelle l'archevêque rangeait son anneau. Frappée de stupeur, incapable de répondre aux questions qu'on lui posait, la voleuse fut mise au cachot. Quand elle arriva, une heure plus tard, la police n'eut guère le loisir d'interroger la coupable – celle-ci s'était pendue avec la cordelière de son habit.

— J'ai deviné ! explosa Milford-Stoakes. Tout avait été manigancé par l'infâme Marie Sanfon. Sale histoire, vraiment, sale histoire !

— Cela, personne ne peut l'affirmer, on sait seulement que l'anneau n'a jamais été retrouvé, fit le commissaire en écartant les mains d'un air perplexe. Toutefois, deux jours plus tard, Marie, en larmes, alla voir la supérieure en lui disant que tout le monde la regardait de travers et en demandant qu'on la laisse quitter le couvent. La mère supérieure, qui, étrangement, avait elle-même perdu tout intérêt pour sa préférée d'hier, ne fit rien pour la retenir.

— Il n'y avait qu'à la fouiller à la sortie, la mignonne, prononça mister Truffo, plein de regret. On avait toutes les chances de trouver l'améthyste quelque part sous ses jupes.

Dès qu'il lui eut traduit ses paroles, son épouse lui planta son coude pointu dans les côtes, jugeant manifestement sa remarque déplacée.

— Ne l'a-t-on pas fouillée, l'a-t-on fouillée sans rien trouver ? Je l'ignore. En tout cas, Marie n'a pas quitté le couvent pour aller n'importe où, mais à Anvers, qui, comme chacun le sait, est considérée comme la capitale mondiale des pierres précieuses. Là, l'ancienne novice est subitement devenue riche et n'a désormais plus vécu que sur un très grand pied. S'il lui arrivait de connaître de mauvaises passes, cela ne durait jamais très longtemps. Son esprit vif, ses brillantes qualités d'actrice et sa totale absence de principes moraux quels qu'ils soient (là, le commissaire haussa le ton et observa même une pause) lui permirent d'acquérir les moyens d'une existence luxueuse. A maintes reprises, les polices de Belgique, de France, d'Angleterre, des Etats-Unis, du Brésil et d'une dizaine d'autres pays soupçonnèrent Marie des crimes les plus variés, mais pas une seule fois on ne put la mettre en accusation : soit on n'avait rien à quoi se raccrocher, soit les preuves étaient insuffisantes. Mais si vous le souhaitez, je peux vous conter un ou deux épisodes tirés de ses états de service. Cela ne vous ennuie pas, mademoiselle Stamp ?

Clarice ne répondit pas, jugeant cela indigne d'elle. Mais l'anxiété la gagnait de plus en plus.

— 1870, annonça Gauche après un nouveau coup d'œil dans son dossier. Fettbourg, petite mais riche cité de Suisse alémanique. Connue pour son chocolat et ses jambons. Huit mille cinq cents porcs pour quatre mille habitants. Une région de gros crétins. Pardon, madame Kléber, je ne voulais pas offenser votre pays natal, se reprit un peu tard le policier.

— Ce n'est rien, fit madame Kléber avec un haussement d'épaules indifférent. Je suis originaire de Suisse romande. Et dans cette partie du pays où se trouve Fettbourg, les gens sont effectivement tous abrutis. Il me semble que j'ai déjà entendu cette histoire, elle est très drôle. Mais peu importe, racontez.

— Certains peuvent en effet la trouver drôle. (Gauche poussa un soupir désapprobateur et brusquement fit un clin d'œil à Clarice, ce qui dépassait toutes les bornes.) Un jour, donc, les braves bourgeois de la petite cité se retrouvèrent en proie à une effervescence indescriptible. Un paysan du nom de Möbius, connu à Fettbourg comme un bon à rien et un nigaud fini, se vanta d'avoir la veille vendu son lopin, une étroite bande de terre rocailleuse, à une dame importante, une certaine comtesse de Sanfon. Pour trente acres de terre inculte, où même les chardons refusaient de pousser, cette stupide comtesse s'était fendue de trois mille francs. Toutefois, la municipalité de cette petite commune comptait des personnes un peu plus intelligentes que Möbius, à qui cette histoire parut louche. Qu'est-ce que cette comtesse pouvait bien avoir à faire de trente acres de sable et de cailloux ? Il y avait là quelque chose de pas net. A tout hasard, on délégua à Zurich le plus dégourdi de la ville, lequel découvrit que la comtesse de Sanfon était une personne connue. Elle menait grand train, s'amusait et, plus intéressant, elle se montrait régulièrement en compagnie de monsieur Goldzilberg, le directeur de la Compagnie nationale des chemins de fer. Les rumeurs faisaient état d'une liaison entre monsieur le directeur et la comtesse. Les braves bourgeois comprirent aussitôt de quoi il retournait. Il faut dire que la petite ville de Fettbourg rêvait depuis longtemps d'être raccordée à la ligne de chemin de fer, afin de pouvoir exporter à moindre coût son chocolat et ses jambons. La friche acquise par la joyeuse comtesse partait justement de la gare la plus proche pour s'étirer jusqu'à la forêt, où commençaient les terres communales. Pour les notables de la ville, tout était clair : ayant eu connaissance par son amant du projet d'embranchement, la comtesse avait acheté ce bout de terrain stratégique et s'apprêtait à s'en mettre plein les poches. Alors, dans la tête des bourgeois, germa un plan stupéfiant d'audace.

On envoya auprès de la comtesse une délégation chargée de la convaincre de céder le terrain à de la bonne ville de Fettbourg. Tout d'abord, la belle dame regimba, affirmant qu'elle n'avait jamais, au grand jamais, entendu parler de cet embranchement, mais quand le bourgmestre laissa habilement entendre que l'affaire avait des relents d'entente illicite entre madame la comtesse et monsieur le directeur, chose qui relevait de la justice, la faible femme poussa un sanglot et accepta. On divisa la friche en trente parcelles d'un acre, qui furent proposées aux enchères aux habitants de la ville. Les Fettbourgeois faillirent littéralement se battre, et le prix de certaines parcelles monta jusqu'à quinze mille francs suisses. En tout, la comtesse tira de la vente... (Le commissaire fit courir son doigt le long d'une ligne.) Pas moins de deux cent quatre-vingt mille francs.

Madame Kléber pouffa de rire et fit à Gauche un geste de la main qui signifiait : je me tais, je me tais, continuez.

— Les semaines et les mois passaient, et les travaux ne commençaient toujours pas. Les habitants adressèrent une requête au gouvernement, à laquelle il fut répondu qu'aucun raccordement de Fettbourg à la voie de chemin de fer n'était prévu dans les quinze années à venir... Ils allèrent à la police en disant qu'il s'agissait d'un véritable pillage en plein jour. La police écouta les victimes avec compassion, mais ne put leur venir en aide : on ne devait pas oublier que madame Sanfon avait affirmé ne rien savoir de cette histoire de chemin de fer et qu'elle avait initialement refusé de vendre son terrain. Toutes les formalités avaient été accomplies dans les règles, il n'y avait rien à redire. Quant au fait qu'elle s'arrogeât le titre de comtesse, ce n'était évidemment pas très joli, mais, hélas, cela ne tombait pas sous le coup de la loi.

— Habile ! s'exclama Reynier en éclatant de rire. Il n'y a effectivement rien à redire.

— Et encore, ce n'est rien. (Le commissaire continua à feuilleter ses papiers.) Il y a une autre histoire, celle-ci absolument fantastique. L'action se passe dans le Far West, en 1873. En Californie, dans la région des mines d'or, arriva un beau jour la nécromancienne de renommée universelle et

Grande Draconesse de la Loge de Malte, miss Cléopâtre Frankenstein, Mary Sanfon d'après son passeport. Elle déclara aux chercheurs d'or qu'elle avait été guidée vers ces contrées sauvages par la voix de Zarathoustra, lequel avait ordonné à sa fidèle servante de réaliser une grande expérience dans la ville de Golden Nugget. Là, très précisément à cette latitude et à cette longitude, l'énergie cosmique se trouvait concentrée de manière tellement exceptionnelle que, par nuit étoilée, à l'aide de quelques formules cabalistiques, il était possible de ressusciter celui qui avait déjà franchi la Grande Ligne séparant le Monde des Vivants du Monde des Morts. Et Cléopâtre réaliserait ce miracle cette nuit même, en présence du public et à titre totalement gracieux, car elle n'était pas une vulgaire magicienne de cirque, mais le médium des Hautes Sphères. Et qu'est-ce que vous croyez ? (Gauche observa une pause, ménageant ses effets.) Sous les yeux de cinq cents spectateurs barbus, la Draconesse commença à faire des tours de passe-passe au-dessus du tertre funéraire de Coyote Rouge, un légendaire chef indien, mort cent ans plus tôt. Alors le sol se mit brusquement à frémir, s'ouvrit littéralement et, de sous des mottes de terre, surgit le guerrier indien, avec ses plumes, son tomahawk, son visage peinturluré. Les spectateurs commencèrent à trembler, mais Cléopâtre, entièrement sous l'empire de la transe mystique, hurla : « Je sens en moi la force du cosmos ! Où se trouve votre cimetière municipal ? Je vais tout de suite ressusciter tous ceux qui y reposent ! » Sur ce point, expliqua le policier, l'article mentionne que le cimetière de Golden Nugget était extrêmement vaste car, dans les mines d'or, il ne se passait pas de jour sans que quelqu'un ne soit expédié dans l'autre monde. Cette bourgade comptait même, d'après ce qu'on disait, plus de tombes que d'habitants vivants. Quand les chercheurs d'or se représentèrent ce qui se passerait si tous les bagarreurs, ivrognes et autres gibiers de potence sortaient subitement de leur tombe, un vent de panique souffla sur l'assistance. Ce fut le juge de paix qui sauva le situation. Il sortit de la foule et demanda très poliment à la Draconesse si elle consentirait à mettre fin à sa « grande expérience » moyennant l'offrande par la population de la ville d'un plein sac de sable aurifère, à titre de modeste contribution au développement des sciences occultes.

— Et alors, elle a accepté ? demanda le lieutenant dans un éclat de rire.

— Oui, mais moyennant deux sacs.

— Et le chef indien ? demanda Fandorine en souriant.

Il a un délicieux sourire, pensa Clarice, quoique un peu trop enfantin. Non, chère miss, sortez-vous ça de la tête. Comme on dit dans le Suffolk, le gâteau est bon mais il n'est pas pour ta bouche.

— Cléopâtre Frankenstein a embarqué le chef indien avec elle, répondit Gauche de son air le plus sérieux. Pour ses expériences scientifiques. Il paraît qu'il a été égorgé quelque temps plus tard, au cours d'une beuverie dans un bordel de Denver.

— Cette Marie Sanfon est une p-personne réellement intéressante, prononça Fandorine, pensif. Parlez-nous encore d'elle. Entre ces habiles friponneries et une tuerie commise de sang-froid, la d-distance est tout de même considérable.

– *Oh, please, it's more than enough,* protesta Mrs Truffo avant de se tourner vers son mari : *My darling, it must be awfully tiresome for you to translate all this nonsense*[1].

— Mais, madame, personne ne vous oblige à rester, fit le commissaire, vexé par le « non-sens ».

Mrs Truffo battit des paupières d'un air offusqué, mais ne songea pas un seul instant à partir.

— Monsieur le cosaque a raison, reconnut Gauche. Je vais vous trouver un exemple un peu plus méchant.

Madame Kléber pouffa en regardant Fandorine, et même Clarice, en dépit de sa nervosité, ne put retenir un sourire – le diplomate ressemblait si peu à un sauvage fils des steppes.

— Tenez, écoutez l'histoire du négrillon. L'issue en est fatale. L'affaire est récente, elle date de deux ans. (Le policier parcourut plusieurs pages accrochées ensemble, visiblement pour se rafraîchir la mémoire. Il eut un sourire malicieux :) A sa manière, c'est un chef-d'œuvre. C'est fou, mesdames et messieurs, ce qu'il peut y avoir dans mon dossier, dit-il en tapotant affectueusement le calicot noir de sa main trapue de plébéien. Le père Gauche n'est pas parti à la légère, il n'a pas oublié un seul petit papier susceptible de lui être utile. Le scandale dont je vais maintenant vous faire part n'a pas été connu des journaux, mais je dispose du rapport de police. Voici donc. Dans une principauté allemande (que je ne nommerai pas, car le

---

1. Oh, je vous en prie, cela est plus que suffisant. Mon chéri, ce doit être terriblement lassant pour toi de traduire toutes ces bêtises.

sujet est délicat), une naissance était attendue au sein de la famille régnante. L'accouchement se révéla difficile. Auprès de la parturiente, se trouvait le médecin de la cour, l'honorable docteur Vogel. Puis, enfin, la chambre retentit d'un cri de nouveau-né. Lorsque la grande-duchesse, à qui la douleur avait fait perdre connaissance pendant quelques minutes, rouvrit les yeux et d'une voix faible demanda : « Ah, *herr professor*, montrez-moi mon bébé », le docteur, d'un air profondément troublé, tendit à Son Altesse un charmant petit braillard café au lait. La grande-duchesse perdit de nouveau connaissance, tandis que, passant la tête à la porte, le docteur, d'un doigt craintif, faisait signe au grand-duc de venir, ce qui représentait un grave manquement à l'étiquette.

Il était manifeste que le commissaire éprouvait un malin plaisir à raconter cette histoire aux windsoriens plutôt guindés. Il était peu probable que le rapport de police renfermât tous ces détails. A l'évidence Gauche en rajoutait. Il zézayait lorsqu'il faisait parler la duchesse et choisissait volontairement des mots du langage relevé, trouvant visiblement cela plus drôle ainsi. Clarice ne se considérait pas comme une aristocrate, mais elle grimaça néanmoins, jugeant de mauvais goût cette façon de railler les personnages princiers. Sir Reginald, baronet et rejeton d'une antique lignée, fronça pour sa part les sourcils. Mais, semble-t-il, ces réactions ne firent qu'ajouter de la verve au récit du commissaire.

— Son Altesse ne prit pas ombrage du geste du médecin, car l'instant était émouvant, et, dans un élan de tendresse paternel et d'amour conjugal, il se précipita dans la chambre... Je vous laisse imaginer la scène qui suivit : le grand seigneur jurant comme un charretier ; la duchesse tantôt sanglotant, tantôt se justifiant, tantôt s'évanouissant ; le négrillon qui s'égosillait et le médecin figé dans une consternation respectueuse. Finalement, Son Altesse se ressaisit et décida de reporter à plus tard l'enquête concernant son épouse. Pour l'instant il fallait effacer toute trace du scandale. Mais comment ? Jeter discrètement le bébé dans les cabinets ? (Gauche, faisant le clown, porta sa main à ses lèvres.) Je vous demande pardon, mesdames, cela m'a échappé. Il était impossible de se débarrasser de l'enfant – toute la principauté attendait sa naissance. Et, qu'on le veuille ou non, c'eût été un péché. Réunir les conseillers ? Trop de risque de bavardages. Que faire ? C'est alors que, prenant son air le plus révérencieux, le docteur Vogel s'éclaircit la voix et propose le moyen de sauver la situation. Il explique qu'il a une amie, Fräulein von Sanfon, qui est capable d'accomplir des miracles et peut faire tomber du ciel un nouveau-né blanc et même un phénix. Fräulein sait tenir sa langue et, étant une demoiselle bien née, elle ne demandera pas d'argent en échange de son service. Toutefois, elle apprécie énormément les objets précieux anciens... Bref, deux heures plus tard, dans le berceau habillé de satin, reposait déjà un adorable bébé, plus blanc qu'un cochon de lait et même pourvu de petits cheveux blonds. Quant au malheureux négrillon, on l'emporta loin du palais, vers une destination inconnue. On expliqua d'ailleurs à Son Altesse que l'innocent bambin serait conduit sous d'autres latitudes où il serait confié à de braves gens. Ainsi, tout s'arrangea pour le mieux. Reconnaissant, le duc chargea le docteur de transmettre à Fräulein von Sanfon une merveilleuse petite tabatière de diamant portant son monogramme, accompagnée d'un mot de remerciement et de la demande verbale de quitter le territoire de la principauté pour ne plus jamais y remettre les pieds. Exigence à laquelle la délicate demoiselle accéda sans tarder. (Gauche, n'y tenant plus, éclata de rire.) Au matin, après le scandale qui avait duré toute la nuit, le grand-duc se décida enfin à examiner un peu mieux son héritier. Il sortit dédaigneusement le marmot de son berceau, le tourna dans tous les sens et, tout à coup, découvrit, pardonnez-moi, sur son derrière, un petit grain de beauté en forme de cœur, strictement identique à celui que portait Son Altesse sur la partie la plus charnue de son anatomie et que portaient avant lui feu son vater, son grossvater et ainsi de suite jusqu'à la septième génération. Au comble de la perplexité, le duc envoya chercher le médecin de la cour, mais il se trouva que le docteur Vogel était parti durant la nuit pour un lieu inconnu, abandonnant sa femme et ses huit enfants.

Gauche partit d'un rire gras, se racla la gorge et leva les bras en l'air. Quelqu'un pouffa discrètement, madame Kléber couvrit pudiquement sa bouche de sa main. Le policier reprit son récit :

— L'enquête ordonnée à la hâte établit que le médecin de la cour avait depuis quelque temps une conduite étrange et qu'il aurait même été vu dans les maisons de jeux de la ville voisine de Baden, cela en compagnie d'une jeune personne ressemblant fort, d'après les descriptions, à Fräulein von Sanfon. (Le policier prit un air grave.) Le docteur fut retrouvé deux jours plus tard dans un hôtel de Strasbourg. Mort. Il avait absorbé une dose fatale de laudanum et laissé ce mot : « Je suis seul coupable de tout. » Un suicide évident. Le véritable coupable ne faisait aucun doute, mais allez donc le prouver. Pour ce qui était de la tabatière, c'était un cadeau du grand-duc, et il y avait en plus le petit mot de remerciement. Quant à un procès, Leurs Altesses avaient plus à y perdre qu'à gagner. Deux points restaient cependant mystérieux : comment avait-on procédé à l'échange entre le petit prince et le négrillon et où, dans ce pays de blonds aux yeux bleus, avait-on déniché un bébé chocolat ? Il est vrai que selon certaines informations, peu avant l'histoire que je viens de conter, Marie Sanfon avait à son service une femme de chambre sénégalaise...

— Dites-moi, commissaire, déclara Fandorine quand les rires se turent (ils étaient quatre à manifester leur hilarité : le lieutenant Reynier, le docteur Truffo, le professeur Sweetchild et madame Kléber), Marie Sanfon est-elle si bien de sa personne qu'elle soit capable de tourner la tête à n'importe quel homme ?

— Non, elle n'a rien de spécial. Il est partout indiqué que son apparence est tout ce qu'il y a de plus ordinaire, sans aucun signe particulier. (Gauche enveloppa Clarice d'une regard appuyé et plein d'insolence.) Elle modifie à volonté la couleur de ses cheveux, ses manières, son accent, son style vestimentaire. Mais, visiblement, il y a quelque chose chez cette femme. De par mes fonctions, j'en ai vu de toutes les couleurs. Or les plus redoutables femmes fatales sont rarement des beautés. Sur les photographies, rien en elles ne retient l'attention, mais quand on les voit en vrai, on sent comme des étincelles qui vous picotent. L'homme, plus qu'il ne se laisse attraper par un nez droit et de longs cils, sait flairer une odeur particulière.

— Je vous en prie, commissaire, fit Clarice, remettant à sa place le grossier personnage. Vous êtes en compagnie de dames.

— Je suis en compagnie de suspects, répliqua Gauche avec un calme olympien. Et vous en faites partie. Qu'est-ce qui me dit que mademoiselle Sanfon n'est pas ici, à cette table ?

Et il planta son regard droit dans les yeux de Clarice. Cela ressemblait de plus en plus à un mauvais rêve. Elle commençait à avoir du mal à respirer.

— Si j'ai bien compté, aujourd'hui cette p-personne devrait avoir vingt-neuf ans, n'est-ce pas ?

La voix calme et même nonchalante de Fandorine aida Clarice à se ressaisir. Elle se redressa et, faisant fi de son orgueil féminin, elle s'exclama :

— Inutile de me regarder ainsi, monsieur le policier ! Vous me faites un compliment manifestement immérité ! Je suis plus vieille que votre aventurière de... presque dix ans ! Quant aux autres dames ici présentes, on les imagine mal dans le rôle de mademoiselle Sanfon. Madame Kléber est trop jeune, et Mrs Truffo, comme chacun le sait, ne parle pas français !

— Pour une personne aussi roublarde que Marie Sanfon, se donner dix ans de plus ou de moins est un jeu d'enfant, répondit calmement Gauche, continuant de regarder fixement Clarice. Surtout face à un enjeu aussi considérable et au risque d'être envoyée à la guillotine en cas d'échec. Ainsi est-il bien vrai, mademoiselle Stamp, que vous n'ayez jamais séjourné à Paris ? Quelque part du côté de la rue de Grenelle ?

Clarice devint blanche comme la mort.

— Bien, à ce point de la discussion, en tant que représentant de la compagnie *Jasper-Artaud partnership*, je me dois d'intervenir, fit Reynier, interrompant le policier. Mesdames et messieurs, je vous affirme qu'aucun malfaiteur de réputation internationale n'a pu avoir accès à cette traversée. La compagnie garantit qu'il n'y a sur le *Léviathan* ni escrocs, ni cocottes, ni, a fortiori, aventurières connues de la police. Comprenez bien : cette première traversée nous donne une responsabilité particulière. Nous n'avons sûrement pas besoin d'un scandale. Le capitaine Cliff et moi-même avons personnellement vérifié et revérifié les listes de passagers et, le cas échéant, nous avons pris nos renseignements. Notamment auprès de la police française, monsieur le commissaire. Aussi, le capitaine et moi-même sommes prêts à répondre de chacun des présents. Nous ne vous empêchons pas, monsieur Gauche, de faire votre travail, mais sachez que vous perdez inutilement votre temps. De même que l'argent des contribuables français.

— Bien, bien, grommela Gauche. Qui vivra verra.

Après quoi, au soulagement général, Mrs Truffo engagea la discussion sur le temps qu'il faisait.

Reginald Milford-Stoakes

10 avril 1878
22 heures 31 minutes
Mer d'Arabie
17° 06′ 28″ de lat. N. 59° 48′ 14″ de long. E.

Ma chère et bien-aimée Emily !

Cette arche infernale se trouve sous l'emprise des forces du Mal. Je ressens cela de toute mon âme torturée. Quoique j'ignore si un criminel tel que moi peut posséder une âme. J'ai écrit et médité. Je me rappelle avoir commis un crime, un crime terrible, pour lequel il n'y a et ne peut y avoir de pardon, mais, curieusement, j'ai complètement oublié en quoi il consistait exactement. Et je n'ai pas la moindre envie de m'en souvenir.

La nuit, en songe, je m'en souviens très bien, sinon, comment expliquer l'état épouvantable dans lequel je me réveille chaque matin ? Vivement que prenne fin notre séparation. J'ai le sentiment qu'un peu plus et je deviendrais fou. Voilà qui tomberait bien mal.

Les jours s'étirent avec une lenteur intolérable. Je reste des heures dans ma cabine à regarder l'aiguille des minutes sur mon chronomètre. Elle n'avance pas. Derrière ma fenêtre, sur le pont, quelqu'un a dit : « Aujourd'hui, nous sommes le 10 avril », et, sur le coup, j'ai été incapable de saisir le sens de ces mots. Quel avril ? Pourquoi justement le 10 ? J'ouvre mon écritoire et je vois que ma lettre d'hier est datée du 9 avril et celle d'avant-hier du 8. Donc, tout est normal. Avril. Le 10.

Voici déjà plusieurs jours que je ne quitte plus des yeux le professeur Sweetchild (pour autant qu'il soit effectivement professeur). Cet homme est très apprécié dans notre « Windsor ». C'est un sacré beau parleur, qui à tout bout de champ fait étalage de ses connaissances en histoire et en orientalisme. Il ne se passe pas un jour sans que nous n'ayons droit à de nouveaux récits plus invraisemblables les uns que les autres à propos de trésors. Quant à lui-même, il a de petits yeux porcins très déplaisants. Et fuyants. Par moments, on y voit briller des étincelles de folie. Si seulement vous entendiez avec quelle volupté dans la voix cet homme parle des pierres précieuses. Il est littéralement toqué de tous ces diamants et autres émeraudes.

Ce matin, au petit déjeuner, le docteur Truffo s'est brusquement levé, a frappé dans ses mains et annoncé d'un ton solennel que c'était l'anniversaire de Mrs Truffo. Tous poussèrent des oh ! et des ah ! puis chacun y alla de ses vœux, tandis que le docteur offrait publiquement son cadeau à sa peu enviable épouse : des boucles d'oreilles en topaze d'un rare mauvais goût. Cette façon de se donner en spectacle en train de remettre un présent à sa propre épouse est d'une vulgarité ! Mais, visiblement, Mrs Truffo n'était pas de cet avis. Contrairement à son habitude, elle était toute frétillante, respirait le bonheur parfait, et sa face de carême avait une couleur de carottes râpées. Le lieutenant dit : « O, madame, si nous avions été mis au courant par avance de cet événement heureux, nous n'aurions pas manqué de vous préparer une surprise. Blâmez votre discrétion. » L'idiote devint encore plus rouge et bredouilla timidement :

« Vous voudriez vraiment me faire un plaisir ? » L'assemblée lui répondit par un mugissement complaisant faute d'être enthousiaste. « Dans ce cas, dit-elle, jouons au loto, mon jeu préféré. Dans ma famille, tous les dimanches et jours de fête sans exception nous sortions les cartons et le sac de pions. Oh, ce jeu est si passionnant ! Mes amis, vous me faites un immense plaisir ! » C'était la première fois que je voyais Mrs Truffo s'exprimer avec une telle loquacité. J'ai d'abord pensé qu'elle se payait notre tête, mais non, elle était on ne peut plus sérieuse. Impossible d'y échapper. Prétendant qu'il était l'heure pour lui de prendre son quart, Reynier fut le seul à se défiler. Ce malappris de commissaire tenta d'en faire autant en prétextant quelque affaire urgente, mais tous le regardèrent avec une telle réprobation qu'il resta.

Mister Truffo alla chercher l'attirail nécessaire à ce jeu idiot, et le supplice commença. Chacun étala ses cartes d'un air abattu, tout en lançant de temps à autre des regards nostalgiques en direction du pont inondé de soleil. Les fenêtres du salon étaient grandes ouvertes, un petit vent frais parcourait la pièce, alors que nous étions là à jouer une scène dans une nursery. « Afin d'intéresser la partie », pour reprendre ses termes, la femme du docteur proposa de constituer une cagnotte, dans laquelle chacun versa une guinée. La meneuse de jeu avait toutes les chances de gagner dans la mesure où elle était la seule à faire sérieusement attention aux numéros qui sortaient. Apparemment, le commissaire aurait bien voulu faire sauter la banque, mais il comprenait mal les jeux de mots puérils dont usait Mrs Truffo pour annoncer les numéros – en son honneur, il avait été convenu pour cette fois de parler anglais.

Les minables boucles d'oreilles en topaze, valant tout au plus dix livres, donnèrent à Sweetchild l'occasion d'enfourcher son dada favori. « Splendide cadeau, sir ! » s'exclama-t-il en se tournant vers le docteur. Celui-ci s'illumina de plaisir, mais Sweetchild gâcha tout par la phrase suivante : « Evidemment, aujourd'hui, les topazes sont bon marché, mais qui sait si, dans cent ans, leur prix ne va pas tout d'un coup faire un bond. Les pierres précieuses sont tellement imprévisibles ! Ce sont de véritables miracles de la nature, rien à voir avec ces ennuyeux métaux que sont l'or et l'argent. Le métal n'a pas d'âme, pas de forme, on peut le refondre à l'infini, alors que chaque pierre est une individualité unique. Mais elles ne se donnent pas à n'importe qui. Uniquement à celui que rien n'arrête et qui, pour leur éclat magique, est prêt à aller jusqu'au bout du monde et, si besoin, plus loin encore. » Ces envolées grandiloquentes s'accompagnaient des piaulements de Mrs Truffo, qui continuait d'annoncer les numéros. Par exemple, Sweetchild dit : « Je vais vous conter la légende du grand et puissant conquérant Mahmud Gaznevi, qui était fasciné par l'éclat des diamants et qui, pour trouver ces cristaux enchanteurs, mit à feu et à sang la moitié de l'Inde. » Mrs Truffo : « Onze, messieurs. Les deux baguettes du tambour ! » Et comme ça sans discontinuer.

Cela étant, je tiens à répéter la légende de Mahmud Gaznevi. Elle vous aidera à mieux comprendre la personnalité du conteur. Je vais également essayer de rendre son style original.

« En l'an tant (je ne sais plus lequel) après Jésus-Christ et tant (je m'en souviens encore moins) du calendrier musulman, le puissant Gaznevi apprit que, sur la presqu'île de Guzzarat (il me semble que c'est ça), se trouvait un sanctuaire sumnate abritant une énorme idole adorée par des centaines de milliers de gens. L'idole protégeait le territoire des invasions étrangères, et quiconque franchissait la frontière de Guzzarat les armes à la main était condamné à périr. Le sanctuaire appartenait à une puissante communauté brahmanique, la plus riche de toute l'Inde. En outre, les brahmanes sumnates possédaient des pierres précieuses en quantités innombrables. Bravant le pouvoir de l'idole, l'intrépide général réunit son armée et partit en campagne. Il coupa cinquante mille têtes, détruisit cinquante forteresses et força l'entrée du temple sumnate. Les guerriers de Mahmud profanèrent le sanctuaire, le retournèrent de fond en comble, mais ne trouvèrent pas de trésor. Alors, Gaznevi s'approcha de l'idole et, de toutes ses forces, abattit sa massue de combat sur sa tête d'airain. Les brahmanes se prosternèrent devant le vainqueur et lui offrirent un million de pièces d'argent pour peu qu'il ne touche plus leur dieu. Mahmud éclata de rire et frappa une nouvelle fois. L'idole se fendit. Les brahmanes se mirent à hurler de plus belle et proposèrent au terrible roi dix millions de pièces d'or. Mais, de nouveau, la lourde massue s'éleva pour retomber une troisième fois sur l'idole, la fracassant en deux, et, sur le sol du temple, en un torrent étincelant, jaillirent les diamants et autres pierres précieuses cachées à l'intérieur. Et la valeur de ce trésor était inestimable. »

C'est alors que mister Fandorine annonça d'un air quelque peu gêné qu'il avait une carte complète. A part Mrs Truffo, tous bondirent de joie, prêts à se séparer, mais elle insista tellement pour une autre partie qu'il fallut rester. Et cela recommença : « Thirty nine – pig and swine ! Twenty seven – I'm in heaven[1] ! » *et autres sottises du même genre.*

Ce fut cette fois au tour de mister Fandorine de prendre la parole et, à sa manière, délicate et un tantinet moqueuse, il se lança dans le récit d'un conte arabe trouvé dans un livre ancien. Je vous le rapporte tel que je l'ai retenu.

Trois marchands maghrébins se rendirent un jour au fin fond du Grand Désert, car ils avaient entendu dire que loin là-bas, au milieu des sables où ne s'aventurent jamais les caravanes, se trouvait un trésor comme les mortels n'en avaient jamais vu. Les trois hommes marchèrent pendant quarante jours, souffrant de chaleur et de fatigue, et il ne leur resta bientôt plus chacun qu'un seul chameau : les autres avaient péri. Brusquement, devant eux, ils voient une haute montagne. Ils approchent et n'en croient pas leurs yeux : la montagne était entièrement constituée de lingots d'argent. Les marchands rendirent grâce à Allah, et l'un d'eux, après avoir rempli ses sacs d'argent, prit le chemin du retour, tandis que les autres disaient : « Nous continuons. » Et ils marchèrent encore quarante jours ; sous le soleil, leurs visages devinrent noirs et leurs yeux rouges. Bientôt, apparut devant eux une autre montagne – d'or. Le deuxième marchand s'exclama : « Nous n'avons pas enduré en vain toutes ces souffrances ! Gloire au

1. Jeux de mots utilisés au loto pour l'annonce des numéros.

Très-Haut ! » Il remplit ses sacs de lingots d'or et demanda à son compagnon : « Pourquoi restes-tu planté là ? » Le troisième répondit : « Tu vas pouvoir emporter beaucoup d'or sur un seul chameau ? » Le deuxième dit : « Assez pour devenir l'homme le plus riche de notre ville. – Cela ne me suffit pas, fit le troisième. Je continue et je trouverai une montagne de diamants. Et quand je reviendrai au pays, je serai l'homme le plus riche de la terre. » Il continua, et son chemin dura encore quarante jours. Son chameau se coucha et ne se releva plus, mais le marchand ne s'arrêta pas, car il était têtu et croyait en la montagne de diamants, or chacun sait qu'une poignée de diamants vaut plus qu'une montagne d'argent ou une colline d'or. Et le troisième marchand vit un tableau surprenant : au beau milieu du désert, courbé en deux, se tenait un homme portant sur ses épaules un trône de diamant, et, assis sur ce trône, un monstre à la gueule noire et aux yeux rouges. « Comme je suis content de toi, ô respectable voyageur ! prononça l'homme voûté d'une voix rauque. Je te présente le démon de la cupidité, et maintenant, c'est à toi de le tenir sur tes épaules. Jusqu'à ce qu'un homme aussi avide que toi et moi vienne te remplacer. »

A ce point le récit s'interrompit, car mister Fandorine venait de compléter une nouvelle carte, si bien que la deuxième cagnotte échappa également à la reine du jour. Cinq secondes plus tard, il ne restait plus à table que la seule Mrs Truffo : tous les autres avaient disparu comme par enchantement.

Je ne cesse de repenser à ce conte de mister Fandorine. Il n'est pas aussi anodin qu'il y paraît.

Sweetchild est en fait le troisième marchand. A la fin du récit, cela m'a immédiatement sauté aux yeux ! Oui, oui, cet homme est un fou dangereux. Son âme bouillonne d'une passion indomptable, et je sais de quoi je parle. Ce n'est pas sans raison que, depuis Aden, je le suis telle une ombre invisible.

Je vous ai écrit, précieuse Emily, que j'avais su tirer le plus grand profit de notre escale. Vous avez sans doute pensé que je faisais référence à l'acquisition d'un nouvel instrument de navigation en remplacement de celui qui m'a été ravi. C'est vrai, j'ai maintenant un autre sextant, et, de nouveau, je vérifie régulièrement notre cap, mais l'affaire est tout autre. Je craignais simplement de coucher mon secret sur papier. Et si quelqu'un venait à le lire ? Sait-on jamais avec ces ennemis qui me cernent de toutes parts. Mais mon esprit est plein de ressources, et j'ai imaginé une jolie ruse : à partir d'aujourd'hui j'écris avec du lait. Toute personne étrangère tombant sur cette lettre n'y verra qu'une feuille vierge, sans rien d'intéressant, tandis que ma perspicace Emily la fera chauffer sur un abat-jour jusqu'à ce que les lignes se détachent ! Astucieux, non ?

Mais revenons à Aden. A bord, alors que nous n'avions pas encore reçu l'autorisation de descendre à terre, j'ai remarqué que Sweetchild était nerveux et plus encore : il n'arrivait pas à tenir en place tant il était agité. Cela avait commencé peu après que Fandorine eut déclaré que le foulard volé chez lord Littleby devait être la clé du trésor mythique du rajah d'Emeraude. Le professeur avait été pris d'une fébrilité subite, avait marmonné quelque chose dans sa barbe, après quoi il n'avait cessé de répéter : « Ah, vivement qu'on soit à terre. » Pourquoi ? Voilà la question.

C'est précisément ce que je décidai d'élucider.

Mon chapeau noir à larges bords rabattu sur mes yeux, j'entrepris de suivre Sweetchild. Au début tout se passa à merveille ; pas une seule fois il ne se retourna, et je le suivis sans difficulté jusqu'à la place située derrière le petit bâtiment de la douane. Mais là, une désagréable surprise m'attendait : Sweetchild héla un cocher et s'éloigna dans une direction inconnue. La calèche allait assez lentement, mais je ne pouvais tout de même pas courir derrière, cela n'aurait guère convenu à mon style. Bien sûr, il y avait d'autres équipages sur la place, j'aurais pu prendre n'importe lequel d'entre eux, mais vous connaissez, Emily, mon aversion insurmontable pour les voitures découvertes. Elles sont une invention du diable. Seuls les casse-cou s'y risquent. Il en est même – j'en ai vu plus d'un de mes propres yeux – qui emmènent avec eux femme et enfants. Et là tout peut arriver ! Particulièrement dangereuses sont ces voitures à deux roues, si prisées chez nous en Grande-Bretagne. Quelqu'un m'a raconté (je ne me rappelle plus qui) qu'un jeune homme, issu d'une excellente famille et jouissant d'une solide position sociale, avait inconsidérément emmené en promenade dans une telle voiture à deux roues sa jeune épouse, de surcroît à son huitième mois de grossesse. Comme prévu, les choses ont mal fini : le chenapan a été incapable de maîtriser ses chevaux, qui se sont emballés, et la voiture s'est retournée. Le jeune homme n'a rien eu, mais l'accident a déclenché l'accouchement avant terme de sa femme. On n'a pu les sauver, ni elle ni l'enfant. Et tout cela pourquoi ? Par manque de jugeote. Ils auraient pu tranquillement aller à pied. Ou bien, disons, faire une promenade en barque. Au pis aller, on peut faire un petit voyage en train, dans un compartiment particulier. A Venise, par exemple, les gens font de la gondole. Nous y sommes allés, vous et moi, vous vous souvenez ? Rappelez-vous l'eau qui venait lécher les marches du perron de notre hôtel.

J'ai du mal à me concentrer, je ne cesse de m'écarter de mon sujet. Donc, Sweetchild partit en calèche, et je restai à côté de la douane. Désemparé, pensez-vous ? Pas le moins du monde. Aussitôt une idée me vint à l'esprit, et je me calmai presque immédiatement. En attendant le retour de Sweetchild, je fis un saut à la quincaillerie marine et achetai un nouveau sextant, encore mieux que le précédent, ainsi qu'un guide de navigation avec les formules astronomiques. Maintenant je peux calculer la position du navire beaucoup plus rapidement et de manière plus précise, si bien qu'on ne m'aura pas facilement.

J'attendis six heures et trente-huit minutes. Je restai assis sur un banc, à regarder la mer. A penser à vous.

Quand Sweetchild revint, je fis mine de somnoler. Il passa rapidement devant moi, persuadé que je ne l'avais pas vu.

A peine avait-il disparu derrière le bâtiment de la douane que je me précipitai vers son cocher. Pour six pence, le Bengali me raconta où était allé notre cher professeur. Reconnaissez, chère Emily, que j'ai fait preuve dans cette affaire d'une certaine habileté.

Les informations obtenues ne firent que conforter mes premiers soupçons. Du port, Sweetchild s'était fait conduire directement au télégraphe. Il y avait passé une demi-heure, puis il était retourné quatre fois à la poste. Le cocher me dit : « Sahib, très, très nerveux. Il va, il vient. Il dit aller au bazar, il tape moi dans le dos, retourner à la poste, vite, vite. » Bref, il est évident que Sweetchild a tout d'abord envoyé une dépêche à quelqu'un et qu'ensuite il a attendu avec impatience la réponse. D'après le Bengali, la dernière fois qu'il est sorti de la poste, il était « tout drôle, avec petit papier dans main ». Ensuite il s'est fait reconduire au bateau. Sans doute avait-il reçu sa réponse.

J'ignore ce qu'elle contient, mais il est absolument évident que le professeur, ou qui soit-il en réalité, a des complices.

Cela se passait il y a trois jours. Depuis, on dirait que Sweetchild n'est plus le même. Comme je vous l'ai déjà écrit, il n'arrête pas de parler de pierres précieuses, mais, parfois, le voilà qui s'assied quelque part sur le pont et se met à dessiner frénétiquement – sur sa manchette et même sur son mouchoir.

Ce soir, il y avait bal au Grand Salon. Je vous ai déjà décrit cette salle grandiose, qu'on croirait tout droit ramenée de Versailles ou de Buckingham Palace. Dorures un peu partout, murs entièrement couverts de miroirs, lustres électriques dont les pendeloques de cristal tintent harmonieusement au rythme du léger tangage. L'orchestre (au demeurant tout à fait correct) a principalement joué des valses de Vienne, or, vous ne l'ignorez pas, je trouve cette danse inconvenante, raison pour laquelle je suis resté dans un coin, l'œil sur Sweetchild. Il avait l'air de s'amuser comme un fou, invitant tantôt une dame tantôt une autre, sautant comme un cabri, leur écrasant impitoyablement les pieds, sans être aucunement gêné pour autant. J'ai quelque peu laissé mon esprit vagabonder, me rappelant le temps où nous dansions ensemble et cette grâce avec laquelle votre main gainée de blanc reposait sur mon épaule. Brusquement, j'ai vu Sweetchild trébucher et manquer de faire tomber sa cavalière. Sans même s'excuser, d'un pas rapide, courant presque, il se précipita vers le buffet. Sa cavalière, désemparée, resta plantée au milieu de la salle. Quant à moi, cette brusque fringale me parut bizarre.

En fait, Sweetchild ne regarda même pas les plats couverts de petits-fours, de fromages et de fruits. D'un support en argent, il arracha une serviette en papier et, plié en deux, il se mit à y gribouiller furieusement quelque chose. Au milieu de la foule, sans se gêner, un comble ! Brûlant de curiosité, j'avançai d'un pas nonchalant dans sa direction. Mais Sweetchild s'était déjà redressé, avait plié la serviette en quatre et s'apprêtait visiblement à la fourrer dans sa poche. Hélas, je n'avais pas eu le temps de regarder par-dessus son épaule. Je tapai intérieurement du pied, et j'allais rebrousser chemin quand je vis mister Fandorine s'approcher de la table avec deux coupes de champagne. Il en tendit une à Sweetchild et garda la seconde pour lui. J'entendis le Russe dire : « Ah, cher professeur, c'est fou ce que vous pouvez être distrait ! Vous venez de glisser une serviette sale dans votre poche. » Sweetchild se troubla, sortit de sa poche la serviette en papier et en fit une boule qu'il jeta sous la table. Je me joignis à eux sans tarder et engageai à dessein la conversation sur la mode, sachant que l'indianiste en aurait vite assez et s'en irait. C'est exactement ce qui se passa.

Dès que, après s'être excusé, il nous eut laissés tous les deux, mister Fandorine murmura d'un ton de conspirateur : « Eh bien, sir Reginald, qui de nous va se glisser sous la table ? » Je compris alors que je n'étais pas le seul à trouver suspecte la conduite du professeur, le diplomate également. En l'espace d'une seconde, s'instaura entre nous une totale complicité. « Oui, mais ce n'est guère convenable », ajoutai-je. Après s'être assuré que personne ne pouvait nous entendre, mister Fandorine proposa : « Faisons cela loyalement : l'un de nous trouve un bon prétexte et l'autre va chercher sous la table ». J'acquiesçai et commençai à réfléchir, mais rien de valable ne me vint à l'esprit. « Eurêka ! » murmura mon complice, et d'un geste rapide, presque imperceptible, il défit un de mes boutons de manchette en or. Celui-ci tomba par terre, et, du bout de sa chaussure, le diplomate le poussa sous la table. « Sir Reginald, prononça-t-il suffisamment fort pour être entendu des personnes qui se tenaient à proximité. J'ai l'impression que vous venez de perdre un bouton de manchette. »

Un accord est un accord. Je m'accroupis et regardai sous la table. La serviette en papier se trouvait tout près, mais, en revanche, le maudit bouton de manchette avait roulé jusqu'au mur, or la table était assez large. Imaginez le tableau : votre mari rampant à quatre pattes sous la table et présentant à la salle la face la moins imposante de sa personne. Le retour fut encore plus embarrassant. Emergeant de sous la table, je tombai nez à nez avec deux jeunes dames en pleine conversation avec mister Fandorine. Découvrant ma tête rousse à hauteur de leurs genoux, les dames poussèrent des cris effarouchés, tandis que mon perfide complice prononçait avec le plus grand calme : « Permettez-moi de vous présenter le baronet Milford-Stoakes. » Les dames laissèrent tomber sur moi un regard glacial et s'éloignèrent sans un mot. Ecumant de rage, je bondis sur mes pieds et m'écriai : « Sir, vous avez fait exprès de les retenir pour vous gausser de moi ! » Fandorine répondit d'un air innocent : « Je les ai effectivement retenues à dessein, mais nullement dans le but de me moquer de vous, sir. J'ai simplement pensé qu'avec leurs larges jupes elles cacheraient à la salle votre périlleuse expédition. Mais où est donc votre trophée ? »

Je défroissai la serviette en papier d'une main tremblante d'impatience, et nous y vîmes quelque chose d'étrange. Je le reproduis de mémoire.

A quoi riment ces figures géométriques ? Que signifie le zigzag ? Comment comprendre « palace » ? Et pourquoi trois points d'exclamation ?

Je regardai Fandorine à la dérobée. De deux doigts il se tira le lobe de l'oreille et marmonna quelque chose d'incompréhensible. Je suppose en russe.

« Qu'en pensez-vous ? » demandai-je. « Attendons, répondit le diplomate d'un air énigmatique. Il est près du but. »

Qui est près ? Sweetchild ? De quel but ? Et est-ce bien qu'il en soit près ?

Mais je n'eus pas le temps de poser toutes ces questions, car dans la salle un brouhaha général se *fit entendre, suivi d'applaudissements, tandis que monsieur Drieux, l'adjoint du capitaine en charge des passagers, criait de façon assourdissante dans le porte-voix : « Ainsi, mesdames et messieurs, le grand prix de notre loterie revient à la cabine numéro 18 ! » Jusqu'à cet instant, tellement absorbé par la mystérieuse serviette en papier, je n'avais absolument pas prêté attention à ce qui se passait dans la salle. Or, apparemment, on avait cessé de danser depuis un certain temps et l'on avait procédé au tirage de la loterie de bienfaisance « Sauvons les femmes déchues » (je vous ai parlé de cette stupide initiative dans ma lettre du 3 avril). Mon sentiment à l'égard des œuvres caritatives et des femmes déchues vous étant bien connu, je m'abstiendrai de tout commentaire.*

L'annonce solennelle produisit sur mon jeune interlocuteur un effet bizarre : il grimaça douloureusement et rentra la tête dans ses épaules. Tout d'abord je m'étonnai, mais sitôt après, je me rappelai que mister Fandorine occupait justement la cabine 18. Rendez-vous compte, le sort était tombé sur lui !

« Cela devient insupportable, balbutia l'heureux élu en bégayant plus qu'à son habitude. Je crois que je vais aller faire un tour. » Sur quoi il commença à reculer en direction de la sortie, mais Mrs Kléber lança d'une voix sonore : « C'est monsieur Fandorine de notre salon ! Il est là-bas, messieurs ! En habit blanc avec un œillet rouge ! Monsieur Fandorine, où partez-vous donc ? Vous avez gagné le grand prix ! »

Tous se tournèrent vers le diplomate et redoublèrent d'applaudissements, tandis que quatre stewards traversaient déjà la salle en portant une horloge de parquet d'une rare laideur, représentant Big Ben. C'était un véritable objet d'horreur en chêne sculpté, d'une fois et demie la hauteur d'un homme et pesant quatre stones au bas mot. Je crus voir passer dans les yeux de mister Fandorine quelque chose ressemblant à de l'horreur. Ce dont je ne saurais le blâmer.

La poursuite de notre conversation étant impossible, je regagnai mes pénates afin d'écrire cette lettre.

Je sens poindre de terribles menaces, le nœud se resserre autour de moi. Mais n'espérez pas, messieurs mes persécuteurs, m'attraper sans coup férir !

Il est tard, je dois aller mesurer les coordonnées. Au revoir, ma chère, tendre, adorée Emily,

Celui qui vous aime ardemment

Reginald Milford-Stoakes

Renata Kléber

Renata guetta le Cabot (elle avait ainsi baptisé pépé Gauche après qu'il eut révélé quel genre de personnage il était) près de sa cabine. A en juger par sa mine chiffonnée et ses cheveux gris ébouriffés, le commissaire sortait de sa sieste. Visiblement, il s'était jeté sur son lit juste après déjeuner et avait dormi jusqu'au soir.

Saisissant prestement le policier par la manche, Renata se haussa sur la pointe des pieds et lâcha tout de go :

— J'en ai de belles à vous raconter !

Le Cabot la regarda d'un air scrutateur, croisa les bras sur sa poitrine et dit d'un ton mauvais :

— Je vous écouterai avec grand intérêt. Il était depuis longtemps dans mon intention de bavarder un peu avec vous, madame.

Le ton employé mit vaguement Renata sur ses gardes, mais elle décida que ce n'était pas bien grave, le Cabot avait seulement une indigestion, à moins qu'il n'ait fait un mauvais rêve.

— J'ai fait tout votre travail, se vanta Renata avant de regarder des deux côtés pour s'assurer que personne ne les épiait. Entrons plutôt dans votre cabine, personne ne viendra nous y déranger.

Le logis du Cabot était parfaitement tenu : au milieu de la table trônait le célèbre dossier noir, à côté se trouvaient une pile de papiers bien rangés et des crayons soigneusement taillés. Renata laissa errer un regard curieux dans la pièce, remarqua une brosse à chaussures près d'une boîte de cirage noir ainsi que des faux cols séchant sur une corde.

Radin, le moustachu, il cire lui-même ses bottines et fait sa petite lessive, tout cela pour ne pas avoir à donner de pourboire à la femme de chambre.

— Eh bien, allez-y, dites ce que vous avez à dire, grommela avec irritation le Cabot, indisposé par l'indiscrétion de Renata.

— Je sais qui est l'assassin, annonça-t-elle fièrement.

Cette nouvelle ne produisit pas sur le policier l'effet attendu. Il soupira et demanda :

— Et c'est qui ?

— Vous êtes aveugle ou quoi ? Pourtant cela crève les yeux ! (Renata leva les bras en l'air et s'assit dans le fauteuil.) Tous les journaux ont écrit que le crime était le fait d'un cinglé. Aucun individu normal n'irait commettre une telle extravagance, pas vrai ? Et maintenant, passez en revue tous les gens qui sont à notre table. Evidemment, cela fait un bel échantillonnage, rien que des emmerdeurs et des affreux, mais il n'y a qu'un seul cinglé.

— Vous faites allusion au baronet ? demanda le Cabot.

— Ça y est, vous avez fini par comprendre, dit Renata en hochant la tête d'un air affligé. Pourtant, c'était clair comme de l'eau de roche. Vous n'avez pas remarqué ces yeux quand il me regarde ? Une vraie bête sauvage, un monstre ! J'ai peur de marcher seule dans les couloirs. Je l'ai croisé hier dans l'escalier, alors qu'il n'y avait pas âme qui vive à proximité. Mon sang n'a fait qu'un tour ! (Elle posa sa main sur son ventre.) Voilà un bout de temps que je l'observe. Chez lui, la lumière reste allumée toute la nuit, mais ses rideaux sont bien fermés. Hier, il restait une minuscule fente. Depuis le pont j'ai jeté un coup d'œil à l'intérieur : il était debout au milieu de sa cabine, à gesticuler, à faire des grimaces effrayantes, à menacer quelqu'un du doigt. Un vrai cauchemar ! Plus tard, pendant la nuit, une migraine m'a prise et je suis sortie prendre l'air. Soudain, qu'est-ce que je vois ? A l'arrière du bateau était assis notre cinglé, la tête levée vers le ciel, en train de regarder la lune à travers un machin en fer. C'est alors que ça m'a sauté aux yeux ! (Renata se pencha en avant et se mit à chuchoter :) La lune. Elle était pleine, toute ronde. C'est ça qui lui fait perdre la boule. C'est un de ces maniaques chez qui la pleine lune éveille des instincts sanguinaires. J'ai lu des choses à propos de ces gens-là ! Mais qu'est-ce que vous avez à me regarder comme si j'étais une gourde ? Vous avez jeté un coup d'œil au calendrier ? (L'air triomphant, Renata sortit un petit calendrier de son réticule.) Tenez, admirez, j'ai vérifié. Le 15 mars, la nuit où dix personnes ont été assassinées rue de Grenelle, c'était justement la pleine lune. Voyez, c'est écrit noir sur blanc : *pleine lune*.

Le Cabot regarda, mais sans grande conviction.

— Mais qu'est-ce que vous avez à écarquiller les yeux comme un hibou ! se fâcha Renata. Vous vous rendez compte que cette nuit ce sera encore la pleine lune ! Pendant que vous serez en train de vous prélasser, il va de nouveau perdre la boule et trucider quelqu'un d'autre. Et je sais même qui : moi. Il me déteste. (Sa voix trembla de manière hystérique.) Tout le monde en veut à ma vie, sur ce fichu bateau ! D'abord c'est un Africain qui se jette sur moi, ensuite c'est cet Asiate qui me lorgne en contractant les mâchoires, et maintenant c'est au tour de ce baronet complètement timbré !

Le Cabot riva sur Renata un regard pesant et fixe, et elle agita sa main devant son nez :

— Hé ! Monsieur Gauche ! Vous dormez ou quoi ?

Le vieux la saisit fermement par le poignet, repoussa sa main et dit d'un ton sévère :

— Eh bien voilà, ma chère. Assez joué les idiotes. Je fais mon affaire du baronet, mais vous, parlez-moi plutôt de votre seringue. Et ne finassez pas, dites la vérité ! rugit-il de telle façon que Renata rentra la tête dans les épaules.

Pendant tout le dîner, elle resta à contempler son assiette. Elle toucha à peine au sauté d'anguilles, alors qu'elle mangeait toujours d'un excellent appétit. Ses yeux étaient rouges, gonflés. De temps à autre ses lèvres tremblotaient imperceptiblement.

Le Cabot, en revanche, arborait un air paisible et débonnaire. Il jetait de fréquents coups d'œil à Renata. Toutefois, s'il n'était pas dénué de sévérité, son regard n'était pas hostile mais plutôt paternel. Il n'était pas aussi terrible qu'il voulait le paraître, le commissaire Gauche.

— Ça en impose, dit-il en regardant avec envie la pendule en forme de Big Ben, posée dans un coin du salon. Il y en a tout de même qui ont de la chance.

N'entrant pas dans la cabine de Fandorine, le monumental grand prix avait provisoirement été installé dans le Windsor. La tour de chêne faisait entendre un tic tac assourdissant, cliquetait, grognait et à chaque heure égrenait son tocsin si furieusement que, n'étant pas encore habitués, tous sursautaient de frayeur. Et, au petit déjeuner, quand, avec dix minutes de retard, Big Ben avait annoncé qu'il était neuf heures, la femme du docteur avait failli avaler sa petite cuillère. De plus, la tour était de toute évidence trop étroite sur sa base, si bien qu'à chaque forte vague elle se mettait à vaciller dangereusement. C'était comme maintenant : dès que le vent avait fraîchi et qu'aux fenêtres grandes ouvertes les rideaux blancs avaient commencé à onduler, Big Ben s'était sérieusement mise à grincer de partout.

Ayant apparemment pris l'enthousiasme sincère du commissaire pour de l'ironie, le Russe entreprit de se justifier :

— Je leur ai p-proposé de donner également la pendule aux femmes déchues, mais monsieur Drieux est resté inflexible. Je jure devant le Christ, Allah et Bouddha qu'à notre arrivée à Calcutta je me ferai un p-plaisir d'oublier cette horreur sur le bateau. Personne ne m'imposera cette vision de cauchemar !

Il lança un coup d'œil inquiet au lieutenant Reynier, qui, diplomate, garda le silence. Cherchant un appui, Fandorine se tourna vers Renata, mais, pour toute réponse, celle-ci le regarda en dessous d'un air sévère. Primo, elle était de mauvaise humeur et, secundo, depuis quelque temps le diplomate n'avait plus ses faveurs.

Et à cela il y avait de bonnes raisons.

Tout avait commencé lorsque Renata avait remarqué la façon dont la souffreteuse Mrs Truffo renaissait à vue d'œil sitôt qu'elle se trouvait à proximité du mignon diplomate. Or, de toute évidence, monsieur Fandorine appartenait à cette race répandue des séducteurs patentés, capables de déceler un attrait chez n'importe quel laideron, sans en dédaigner aucun. En principe, Renata éprouvait du respect pour cette catégorie d'hommes, et l'on peut même dire qu'ils ne la laissaient pas indifférente. Elle aurait été terriblement curieuse de savoir quelle étincelle de charme le joli brun aux yeux bleus avait bien pu débusquer chez l'insipide femme du docteur. Mais le fait qu'il éprouvât pour elle un certain intérêt ne faisait aucun doute.

Quelques jours plus tôt, Renata avait été témoin d'une saynète amusante, jouée par deux acteurs : Mrs Truffo (dans le rôle de la femme fatale) et monsieur Fandorine (dans le rôle du perfide séducteur). L'auditoire se composait en tout et pour tout d'une jeune femme (d'un rare attrait, quoique dans une situation intéressante), dissimulée derrière le haut dossier de sa chaise longue et épiant la scène dans le reflet de son miroir de poche. Lieu de l'action : la dunette. Moment de l'action : un coucher de soleil romantique. La pièce était jouée en anglais.

La femme du docteur aborda le diplomate avec la légèreté d'éléphant propre à l'art de la séduction britannique (les deux personnages se tenaient près du bastingage, de profil par rapport à la chaise longue mentionnée plus haut). Comme il se doit, Mrs Truffo commença par le temps qu'il faisait.

« Ici, dans ces contrées du Sud, le soleil est terriblement vif ! bêla-t-elle avec fougue.

— Oh oui, répondit Fandorine. En Russie, à cette p-période de l'année, la neige n'a pas encore fondu, alors qu'ici la température monte jusqu'à trente-cinq degrés Celsius, et à l'ombre encore, au soleil il fait encore plus chaud. »

Maintenant qu'elle s'était sortie avec succès du préambule, Mrs Gueule de Chèvre s'estima en droit de passer à un sujet plus intime :

« C'est simple, je ne sais pas où me mettre ! avoua-t-elle avec la réserve convenant au sujet. Ma peau est si claire ! Cet insupportable soleil m'abîme le teint, sans compter qu'il pourrait bien me gratifier de méchantes taches de rousseur.

— Moi-même, je suis très p-préoccupé par ce problème des taches de rousseur, répondit le Russe de son air le plus sérieux. Mais j'ai fait preuve de prévoyance en prenant avec moi une lotion à base d'un extrait de camomille turque. Vous voyez, mon bronzage est uniforme et je n'ai pas la moindre tache de rousseur. »

Et le serpent tentateur d'approcher son joli minois de l'honorable dame.

La voix de Mrs Truffo trembla, traîtresse :

« Effectivement, pas une seule tache de rousseur... Seuls vos cils et vos sourcils sont légèrement décolorés. Vous avez un merveilleux épithélium, mister Fandorine, tout simplement merveilleux ! »

Ça y est, il va l'embrasser, prédit Renata en voyant l'épithélium du diplomate séparé d'à peine cinq centimètres de la face rougeoyante de son interlocutrice.

Elle prédit, et se trompa.

Fandorine s'écarta et dit :

« Epithélium ? Vous vous y entendez en physiologie ?

— Un peu, répondit modestement Mrs Truffo. Avant mon mariage j'avais quelques liens avec la médecine.

— Vraiment ! Comme c'est intéressant ! Il faut absolument que vous me racontiez cela ! »

Malheureusement, Renata ne put regarder le spectacle jusqu'au bout. Une dame de sa connaissance vint s'asseoir à ses côtés, et elle dut renoncer à son observation.

Toutefois, l'offensive maladroite de l'autre idiote piqua l'orgueil de Renata. Pourquoi n'expérimenterait-elle pas ses charmes sur le séduisant jeune ours russe ? Il va de soi, exclusivement *out of sporting interest*[1] et également pour ne pas perdre ces bonnes habitudes indispensables à toute femme qui se respecte. Renata n'avait que faire des ardeurs de l'amour. A vrai dire, dans sa situation actuelle, les hommes ne lui inspiraient rien, sinon du dégoût.

Pour faire passer le temps (Renata disait « pour activer la navigation »), elle élabora un plan simple. Petites manœuvres navales sous le nom de code « Chasse à l'ours ». En fait, les hommes s'apparentaient plus à la famille des canidés. Comme chacun le sait, ce sont des êtres primitifs, et ils se divisent en trois groupes principaux : les chacals, les chiens de berger, les mâtins. A chaque type correspond une approche particulière.

Le chacal se nourrit de charogne, c'est-à-dire qu'il préfère les proies faciles. Les hommes de ce type sont adeptes du moindre effort.

C'est pourquoi, dès son premier tête-à-tête avec Fandorine, Renata commença à se plaindre de monsieur Kléber, un assommant banquier qui ne pense qu'aux chiffres, un raseur qui se soucie

1. Pour l'amour du sport.

comme d'une guigne de sa jeune femme. Là, même le plus abruti aurait compris : voilà une femme qui se morfond dans le désœuvrement et l'ennui. Elle est capable de mordre à n'importe quel hameçon, même s'il n'y a rien dessus.

Cela ne marcha pas. Renata eut le plus grand mal à se sortir d'une longue série de questions très précises concernant la banque où travaillait son mari.

Puisque c'était comme ça, Renata décida de poser un piège au chien de berger. Ce type d'hommes adore les femmes faibles et sans défense. Ils n'aspirent qu'à une seule chose, vous protéger et vous défendre. Une excellente catégorie, très utile et facile d'utilisation. L'essentiel étant ici de ne pas forcer sur le côté maladif – les hommes se méfient des femmes souffreteuses.

A deux reprises, Renata défaillit à cause de la chaleur et s'appuya avec grâce sur l'épaule vigoureuse de son cavalier et protecteur. Une autre fois, elle ne put ouvrir la porte de sa cabine, sa clé était bloquée dans la serrure. Le soir, au bal, elle demanda à Fandorine de la protéger d'un commandant de cavalerie éméché (et parfaitement inoffensif).

Le Russe offrit aimablement son épaule, ouvrit la porte, repoussa l'officier de la manière qui convenait. Pour autant, le gredin ne manifesta pas le moindre signe de tendre inclination.

Est-ce possible qu'il soit de la race des mâtins ? s'étonna Renata. A le voir, on ne dirait pas.

Les hommes de cette troisième catégorie étaient les moins compliqués et se montraient totalement dépourvus d'imagination. Seul un geste ouvertement provocant, comme une cheville découverte par mégarde, était à même de les faire réagir. D'un autre côté, nombreux étaient les grands hommes et les sommités de la culture qui se rattachaient à cette catégorie, si bien que cela valait le coup d'essayer.

Avec les mâtins, inutile de finasser. Renata demanda au diplomate de passer la voir à midi précise. Elle lui montrerait ses aquarelles (lesquelles n'avaient jamais existé). A midi moins une, la chasseresse était déjà devant son miroir, en chemise et culotte.

Entendant frapper à la porte, elle cria :

— Mais entrez donc, vite, j'en ai assez de vous attendre !

Fandorine entra et se figea sur le seuil. Renata, sans se retourner, lui présenta son arrière-train et cambra avantageusement son dos nu. Déjà, les sages beautés du dix-huitième siècle avaient découvert que ce qui produisait le plus d'effet sur les hommes n'était pas un décolleté jusqu'au nombril mais une nuque découverte et un dos nu. Apparemment, la vue d'une épine dorsale vulnérable réveille, chez les mâles humains, un instinct carnassier.

Manifestement, le diplomate n'échappait pas à la règle : il resta immobile, regarda, ne se tourna pas. Satisfaite de son effet, Renata dit d'un ton capricieux :

— Enfin, Jenny, qu'attendez-vous ? Venez m'aider à passer ma robe. J'attends un invité de marque d'une minute à l'autre.

Comment aurait agi tout homme normal dans pareille situation ?

Le plus hardi se serait avancé en silence et aurait embrassé les tendres boucles sur son cou.

L'homme entre les deux, disons mi-figue, mi-raisin, lui aurait tendu sa robe en ricanant timidement.

Dans les deux cas, Renata aurait considéré sa chasse comme fructueuse. Faussement confuse, elle aurait mis l'effronté à la porte et il aurait alors perdu pour elle toute espèce d'intérêt. Mais la conduite de Fandorine échappa à toute norme.

– Ce n'est pas Jenny, dit-il d'une voix odieusement calme. C'est moi, Eraste Fandorine. Je vais p-patienter dehors, le temps que vous vous habilliez.

Bref, soit il était un des rares représentants de la race des individus réfractaires à toute séduction, soit il s'agissait d'un pervers inavoué. Dans ce deuxième cas, les petites Anglaises se donnaient du mal pour rien. Pourtant, l'œil acéré de Renata n'avait découvert chez ce spécimen aucun signe caractéristique de perversité. Si ce n'était une étrange tendance à s'isoler en compagnie du Cabot.

Mais laissons ces enfantillages. Renata avait des raisons autrement plus sérieuses d'être de mauvaise humeur.

Au moment précis où, enfin, elle se décida à remuer son sauté refroidi du bout de sa fourchette, les portes s'ouvrirent avec fracas, et le professeur binoclard fit irruption dans le salon. Il avait toujours quelque chose qui clochait – tantôt sa veste était boutonnée de travers, tantôt ses lacets étaient défaits – et, pour l'heure, il avait tout d'un épouvantail : barbichette hirsute, cravate de guingois, yeux exorbités, bretelle dépassant de sous sa veste. Visiblement, il lui était arrivé quelque chose de très inhabituel. Renata oublia instantanément sa déconvenue et fixa avec curiosité l'épouvantail savant.

Sweetchild ouvrit les bras tel un danseur étoile et cria :

— Eurêka, messieurs ! L'énigme du Rajah d'Emeraude est résolue !

— *Oh no*, gémit Mrs Truffo. *Not again*[1] !

— Désormais, tout est à sa place ! déclara le professeur en se lançant dans des explications embrouillées. J'avais pourtant été au palais, comment cela ne m'est-il pas venu plus tôt à l'esprit ? ! Je n'arrêtais pas de me creuser la tête, de tourner autour du pot, mais ça ne collait pas ! A Aden, j'ai reçu un télégramme d'un ami qui travaille au ministère français de l'Intérieur. Il a confirmé mes suppositions, mais néanmoins je n'arrivais toujours pas à comprendre pourquoi l'œil et, surtout, qui cela pouvait-il être ? Enfin si, en gros j'avais compris qui, mais comment ? De quelle façon ? Et brusquement, cela vient de me sauter aux yeux ! (Il s'approcha à grands pas de la fenêtre. Soulevé par le vent, le rideau l'enveloppa d'un linceul blanc, que le professeur repoussa d'un geste impatient.) Je nouais ma cravate, debout devant la fenêtre de ma cabine. Je regardais les vagues. Crête après crête, jusqu'à l'horizon. Et soudain, l'étincelle ! Et tout s'est agencé : l'histoire du foulard, le fils du rajah ! Le reste est un pur travail de routine. Il suf-

1. Oh non ! Vous n'allez pas recommencer !

fit de consulter les listes de l'Ecole maritime, la solution est là !

— Je ne comprends rien, ronchonna le Cabot. Un vrai délire. Maritime, maritime...

— Mais si, justement, il y a là quelque chose de très, très intéressant ! s'exclama Renata. J'adore déchiffrer les énigmes. Seulement, professeur, cher ami, ça ne peut pas marcher comme ça. Asseyez-vous à table, terminez votre vin, reprenez votre souffle et racontez-nous tout dans l'ordre, calmement et clairement. Et surtout, en commençant par le début et non par la fin. Vous êtes un si merveilleux conteur ! Mais d'abord, que quelqu'un m'apporte mon châle, sinon je vais prendre froid avec ce courant d'air.

— Tenez, je vais fermer la fenêtre du côté d'où vient le vent, et le courant d'air cessera immédiatement, proposa Sweetchild. Vous avez raison, madame, mieux vaut tout reprendre dans l'ordre.

— Non, il ne faut pas fermer, on va étouffer. Mais enfin, messieurs, fit Renata de sa voix vibrante et capricieuse, qui va chercher mon châle dans ma cabine ? Voici la clé. Monsieur le baronet !

Le rouquin fou, comme de bien entendu, ne remua pas d'un pouce. En revanche, Reynier bondit de sa chaise.

— Professeur, je vous en supplie, ne commencez pas sans moi ! demanda-t-il. Je reviens tout de suite.

— *And I'll go get my knitting* [1], soupira la femme du docteur.

---

1. Et moi, je vais aller chercher mon tricot.

Elle fut de retour la première, et aussitôt l'on entendit le bruit régulier des aiguilles maniées avec habileté. Elle fit un signe de la main à son mari, signifiant qu'il pouvait s'abstenir de traduire.

Quant à Sweetchild, il se préparait à savourer son triomphe. Il avait apparemment décidé de tenir compte de la recommandation de Renata et s'apprêtait à exposer ses découvertes en ménageant au mieux ses effets.

Autour de la table régnait le plus complet silence, tous regardaient l'orateur, attentifs à chacun de ses gestes.

Sweetchild trempa les lèvres dans son vin rouge et se mit à arpenter le salon. Puis il s'immobilisa dans une pose théâtrale et, se tenant de profil par rapport à l'auditoire, il commença :

— Je vous ai déjà parlé de ce jour inoubliable où Bagdassar m'invita au palais de Brahmapur. C'était il y a un quart de siècle, mais je me souviens très précisément de tout, jusqu'aux moindres détails. La première chose qui me frappa fut le palais lui-même. Sachant que Bagdassar était un des hommes les plus riches de la terre, je m'attendais à découvrir le luxe oriental dans toute son ampleur. Rien de tout cela ! Les bâtiments constituant le palais étaient somme toute modestes, sans aucune recherche ornementale. Je pensai alors que cet engouement pour les pierres précieuses, qui dans cette famille se transmettait de père en fils, avait occulté toute autre passion jugée vaine. Pourquoi dépenser de l'argent à édifier des murs de marbre quand, pour la même somme, on pouvait acquérir un saphir ou un diamant de plus ? Trapu, ne payant pas de mine, le palais de Brahmapur était semblable au coffret de terre cuite à l'intérieur duquel était gardé ce fabuleux condensé d'indescriptible éclat. Aucun marbre et aucun albâtre n'aurait de toute façon pu rivaliser avec la lumière aveuglante des pierreries.

Le professeur but une autre gorgée de vin en prenant un air rêveur.

Reynier reparut, tout essoufflé, posa respectueusement son châle sur les épaules de Renata et resta debout près d'elle.

— Quel marbre, quel albâtre ? demanda-t-il à voix basse.

— C'est à propos du palais de Brahmapur, mais ne m'empêchez pas d'écouter, fit la jeune femme avec un mouvement impatient du menton.

— L'agencement intérieur du palais était également des plus simples, dit Sweetchild, poursuivant son récit. Au cours des siècles, les salles et les chambres avaient maintes fois été remaniées et, du point de vue historique, seul me parut intéressant le niveau supérieur, composé de quatre salles, dont chacune était orientée vers un des points cardinaux. Ces salles étaient jadis des galeries ouvertes sur l'extérieur, mais, au siècle passé, elles avaient été vitrées. A la même période, les murs avaient été décorés de fresques absolument étonnantes, représentant les montagnes qui encerclaient la vallée. Le paysage était rendu avec un réalisme stupéfiant, au point qu'on aurait dit que les montagnes se reflétaient dans une glace. Sous l'angle philosophique, cette impression de miroir devait symboliser la dualité de toute chose et...

Quelque part, tout près, la cloche du bateau se mit à sonner de façon inquiétante, des cris se firent entendre, une femme poussa des hurlements désespérés.

— Seigneur, l'alerte à l'incendie ! s'écria le lieutenant en se précipitant vers la porte. Il ne manquait plus que ça !

Tous s'élancèrent à sa suite tel un troupeau.

— *What's happening* ? interrogea vainement Mrs Truffo, affolée. *Are we boarded by pirates*[1] ?

Renata resta un instant clouée à sa chaise, la bouche ouverte, puis elle poussa un hurlement éperdu. Elle agrippa fermement le pan de veste du commissaire, l'empêchant de s'enfuir avec les autres.

— Monsieur Gauche, ne m'abandonnez pas ! implora-t-elle. Je sais ce qu'est un incendie sur un bateau, je l'ai lu quelque part ! Tous vont se jeter sur les canots de sauvetage et commencer à se piétiner les uns les autres, et moi, faible femme enceinte, ils vont à tout coup m'évincer ! Promettez de vous occuper de moi !

— Mais enfin, quels canots de sauvetage ? grommela le vieux d'une voix troublée. C'est quoi, cette ineptie ? On m'a dit que le *Léviathan* possédait un système infaillible de protection contre l'incendie et qu'il avait même son propre chef des pompiers. Et ne tremblez pas comme ça, tout ira bien.

Il essaya de se dégager, mais Renata se cramponnait avec obstination à sa veste et claquait des dents.

— Lâche-moi, petite, dit affectueusement le Cabot. Je ne vais pas m'envoler. Je veux seulement aller à la fenêtre, jeter un coup d'œil sur le pont.

1. Que se passe-t-il ? Nous sommes attaqués par des pirates ?

Mais non, les doigts de Renata refusaient de se desserrer.

Toutefois, il apparut bientôt que le commissaire avait raison. Deux ou trois minutes plus tard, dans le couloir, résonnèrent des pas sans hâte et un brouhaha de voix, puis, un à un, les windsoriens regagnèrent le salon.

Ils ne s'étaient pas encore remis de leur frayeur et, pour cette raison, riaient beaucoup et parlaient plus fort qu'à l'accoutumée.

Les premiers à entrer furent Clarice Stamp, le couple Truffo et Reynier, le visage tout rouge.

— C'est un incident complètement stupide, déclara le lieutenant. Quelqu'un a jeté un cigare mal éteint dans la poubelle, où se trouvait un vieux journal. Le feu s'est propagé à la portière, mais des matelots étaient sur leur garde, ils ont eu raison des flammes en une minute... Mais, à ce que je vois, vous étiez tous fin prêts pour le naufrage, plaisanta-t-il avec un regard plus appuyé à Clarice.

Cette dernière tenait dans ses mains son porte-monnaie et une bouteille d'orangeade.

– L'orangeade, d'accord, pour ne pas mourir de soif au milieu des flots, supputa Reynier. Mais pourquoi un porte-monnaie ? Il n'aurait pas pu vous servir à grand-chose dans le canot.

Renata eut un ricanement hystérique, tandis que miss Vieille Fille, gênée, posait la bouteille sur la table.

Le docteur et sa femme étaient eux aussi équipés de pied en cap : mister Truffo avait eu le temps de prendre le sac contenant ses instruments médicaux, tandis que sa femme serrait une couverture sur sa poitrine.

— Nous sommes dans l'océan Indien, madame, vous ne risquiez guère d'avoir froid, dit Reynier d'un air sérieux.

Mais, ne comprenant pas, la chèvre se contenta d'un hochement de tête ahuri.

Le Japonais fit alors son apparition, muni d'un petit baluchon bariolé. Que pouvait-il bien avoir là-dedans ? Un nécessaire de voyage pour se faire hara-kiri ?

Le Toqué entra, les cheveux ébouriffés, un coffret à la main. Un de ces coffrets renfermant habituellement tout ce qu'il faut pour écrire.

— A qui comptiez-vous donc écrire, monsieur Milford-Stoakes ? Ah oui, je comprends ! Lorsque miss Stamp aurait terminé son orangeade, vous auriez mis une lettre dans la bouteille vide et l'auriez jetée à la mer, continua de plaisanter le lieutenant, que l'évident soulagement portait à l'excès.

Toute l'équipe était maintenant au complet, à l'exception du professeur et du diplomate.

– Monsieur Sweetchild est sans doute en train d'empaqueter ses travaux scientifiques, et monsieur le Russe de mettre en route son samovar pour un ultime petit thé, fit Renata, gagnée par l'humeur enjouée du lieutenant.

Et quand on parle du loup... Le Russe entra et s'immobilisa près de la porte. Son beau visage plus sombre qu'une nuée d'orage.

— Eh bien, monsieur Fandorine, vous avez décidé de prendre votre prix avec vous dans le canot de sauvetage ? le titilla Renata.

Tous partirent à rire, mais le Russe n'apprécia pas la plaisanterie (au demeurant très spirituelle).

— Commissaire Gauche, dit-il doucement. Si cela ne vous dérange pas, veuillez, s'il vous plaît, sortir dans le couloir. Et vite.

Chose curieuse, en prononçant ces mots, le diplomate ne bégaya pas une seule fois. Le choc nerveux l'aurait-il guéri ? Ce sont des choses qui arrivent.

Renata était sur le point de lancer une plaisanterie à ce propos, mais elle se mordit la langue. Il ne fallait peut-être pas trop exagérer.

– Pourquoi cette précipitation ? demanda le Cabot, mécontent. Encore des messes basses. Plus tard, jeune homme, plus tard. Je veux d'abord écouter le professeur jusqu'au bout. Mais où diable se cache-t-il ?

Le Russe regardait le commissaire d'un air insistant. Puis, ayant compris que le vieil entêté n'avait pas la moindre intention d'aller dans le couloir, il haussa les épaules et dit laconiquement :

— Le professeur ne viendra pas.

Gauche fronça les sourcils :

— Et pourquoi donc ?

— Comment cela, il ne viendra pas ? s'insurgea Renata. Mais il s'est arrêté au moment le plus intéressant ! Ce n'est pas juste !

— Monsieur Sweetchild vient d'être assassiné, déclara sèchement le diplomate.

— Quoi ? ! rugit le Cabot. Assassiné ? ! Comment cela, assassiné ? !

— Avec un scalpel, je suppose, répondit le Russe avec un sang-froid surprenant. Sa gorge a été tranchée avec une exceptionnelle précision.

— Quand va-t-on enfin nous laisser descendre à terre ? demanda plaintivement madame Kléber. Tous les autres sont déjà en train de se promener dans Bombay, et nous, nous restons là, assis, assis...

Les rideaux aux fenêtres étaient tirés, car le soleil, en arrivant à son zénith, avait chauffé le pont et rendu l'air incandescent. En dépit de la chaleur étouffante qui régnait dans le Windsor, tous restaient patiemment à leur place, dans l'attente du dénouement.

Gauche sortit sa montre de son gousset – une gratification, ornée du profil de Napoléon III – et répondit de façon nébuleuse :

— Bientôt, mesdames et messieurs. Je vous lâcherai bientôt. Mais pas tous.

Lui seul savait ce qu'il attendait : l'inspecteur Jackson et ses hommes étaient en train de procéder à la perquisition. L'arme du crime gisait sans doute au fond de l'océan, mais il pouvait rester des preuves. Il devait en rester. Certes, les preuves indirectes auraient pu suffire, mais des preuves directes valaient toujours mieux. Il était grand temps que Jackson se montre...

Le *Léviathan* avait accosté à Bombay alors que le jour se levait. Depuis la veille au soir, tous les windsoriens étaient restés consignés dans leur cabine. A l'arrivée au port, Gauche s'était entretenu avec les représentants des autorités, il leur avait fait part de ses conclusions et demandé leur soutien. Aussitôt, on lui avait envoyé Jackson avec une équipe de constables. Allez, Jackson, remue-toi, s'était dit Gauche, activant mentalement l'inspecteur, trop lent à son goût. Après une nuit sans sommeil, il avait la tête comme un chaudron et l'estomac barbouillé. Mais son humeur n'était pas mauvaise : il avait démêlé l'écheveau et, cette fois, il en voyait le bout.

A huit heures et demie, après avoir tout réglé avec la police locale et pris le temps de passer au télégraphe, Gauche avait consigné tout le monde dans le Windsor, cela, afin de faciliter la perquisition. Il n'avait même pas épargné la femme enceinte, alors que celle-ci se trouvait à côté de lui au moment du crime et qu'elle n'avait donc en aucun cas pu égorger le professeur. Et maintenant, cela faisait plus de trois heures que le commissaire gardait ses prisonniers. Il s'était installé au point stratégique, dans un confortable fauteuil face à son *client*, tandis que, derrière la porte, invisibles depuis le salon, se tenaient deux policiers en armes.

Dans le salon, la conversation languissait, les prisonniers transpiraient et s'énervaient. De temps à autre, Reynier venait jeter un coup d'œil, adressait un signe de tête compatissant à Renata, puis repartait aussitôt à ses occupations. Par deux fois le capitaine passa les voir, mais il ne dit rien, se contentant de foudroyer des yeux le commissaire. Comme si le père Gauche était pour quelque chose dans ce micmac !

A la table, la chaise vide du professeur faisait l'effet d'une dent arrachée. L'indianiste avait été débarqué et, pour l'heure, reposait dans la glacière de la morgue municipale de Bombay. En imaginant la pénombre et les blocs de glace, c'est tout juste si Gauche n'enviait pas le défunt. Il était tranquillement allongé, avec tous ses soucis derrière lui et sans un col détrempé pour lui taillader le cou...

Le commissaire regarda le docteur Truffo, qui lui non plus n'avait pas l'air d'être à la fête : son visage basané ruisselait de sueur, et la furie anglaise était en permanence en train de chuchoter quelque chose à l'oreille du pauvre martyr.

— Pourquoi me regardez-vous comme ça, monsieur ? explosa Truffo, surprenant le regard du policier. Qu'est-ce que vous avez à me fixer tout le temps ? C'est exaspérant à la fin ! De quel droit ? Je peux m'enorgueillir de quinze années de bons et loyaux services... (Il était au bord du sanglot.) Tout cela à cause du scalpel, hein ? N'importe qui pouvait faire ça !

— Parce qu'on s'est effectivement servi d'un scalpel ? demanda craintivement mademoiselle Stamp.

Depuis tout le temps qu'ils étaient là, c'était la première allusion au drame.

— Oui, seul un excellent scalpel peut faire une entaille aussi nette, répondit Truffo, l'air furieux. J'ai examiné le corps. Manifestement, quelqu'un a attrapé Sweetchild par-derrière, lui a couvert la bouche avec une main, tandis que, de l'autre, il le saignait comme un porc. Le mur du couloir était éclaboussé de sang, à une hauteur légèrement supérieure à la taille d'un individu. Cela parce qu'on lui a tenu la tête en arrière...

— Un tel acte n'exige-t-il pas une force p-particulière ? demanda le Russe (encore un qui s'était découvert une vocation de criminaliste). Ou bien sa soudaineté était-elle suffisante ?

Le docteur haussa les épaules, l'air abattu.

— Je l'ignore, monsieur. Je n'ai jamais essayé.

Ah, enfin ! La porte s'entrouvrit, et dans l'embrasure apparut la silhouette efflanquée de l'inspecteur. D'un doigt il fit signe à Gauche de venir, mais celui-ci s'était déjà extirpé de son fauteuil en gémissant.

Dans le couloir, une heureuse surprise attendait le commissaire. Tout s'arrangeait à merveille ! Rigueur, efficacité... du travail d'artiste. Et maintenant, direct aux assises. Il n'y aurait pas un seul avocat pour démolir de pareilles preuves. Décidément, le vieux Gauche pouvait en remontrer à n'importe quel jeunot. Quant à Jackson, bravo, il s'était bien débrouillé.

Ils revinrent à quatre dans le salon : le capitaine, Reynier, Jackson, et Gauche qui fermait la marche. Il se sentait si bien en cet instant qu'il se mit à fredonner une chanson. Sa douleur à l'estomac avait presque disparu.

— Eh bien, voilà qui est terminé, mesdames et messieurs, annonça joyeusement Gauche en allant se placer au beau milieu du salon.

Il croisa ses mains dans le dos et se balança légèrement sur ses talons. C'était tout de même bien agréable de se sentir quelqu'un d'important, et même, dans une certaine mesure, maître des destinées. Le chemin avait été long et difficile, mais il avait vaincu. Restait le plus agréable.

— Le père Gauche a dû pas mal casser sa tête chenue, mais on a beau brouiller les pistes, le vieux flic flaire quand même la tanière du renard. En tuant le professeur Sweetchild, le criminel s'est définitivement dévoilé, c'était un acte désespéré.

Mais je pense que, lors de son interrogatoire, l'assassin aura encore beaucoup à m'apprendre, à propos du foulard indien et de bien d'autres choses encore. Au fait, je tiens à remercier monsieur le diplomate russe qui, par certaines de ses remarques et questions, m'a inconsciemment aidé à prendre la bonne direction.

En cet instant de triomphe, Gauche pouvait se permettre d'être magnanime. Il fit un signe de tête condescendant à Fandorine. Celui-ci courba légèrement le buste sans rien dire. Ils étaient vraiment odieux, ces aristocrates, avec leurs simagrées. Ils avaient de la morgue à revendre, mais impossible de leur tirer une parole humaine.

— Je ne continuerai pas le voyage avec vous. Comme on dit, merci la compagnie, mais il ne faut pas abuser des bonnes choses. L'assassin descendra également à terre, après que je l'aurai remis ici même entre les mains de l'inspecteur Jackson.

L'assistance regarda avec intérêt l'escogriffe à la mine sombre qui gardait les deux mains dans ses poches.

— Je suis heureux que ce cauchemar soit derrière nous, dit le capitaine Cliff. Je sais que vous avez dû subir nombre de désagréments, mais maintenant tout est arrangé. Si vous le souhaitez, le steward en chef vous répartira dans d'autres salons. J'espère que la suite de votre voyage à bord de notre *Léviathan* vous aidera à oublier cette pénible histoire.

— Cela m'étonnerait, répondit madame Kléber au nom de tous. Avec toutes ces contrariétés, notre croisière est définitivement gâchée ! Mais ne nous faites pas languir, monsieur le commissaire, dites-nous vite qui est l'assassin.

Le capitaine était sur le point d'ajouter quelque chose, mais Gauche leva la main en signe d'avertissement : c'était à lui de parler et à lui seul, il l'avait bien mérité.

— J'avoue qu'au début je vous soupçonnais tous. La procédure d'élimination a été longue et pénible. Je peux maintenant vous donner l'information la plus importante : près du cadavre de lord Littleby, nous avons retrouvé l'emblème en or du *Léviathan*. Tenez, celui-ci, dit-il en tapotant l'insigne accroché à son revers. Cette petite chose appartient à l'assassin. Comme vous n'êtes pas sans le savoir, l'insigne en or a été remis exclusivement aux officiers supérieurs du navire et aux passagers de première classe. Les officiers ont été d'emblée exclus du cercle des suspects, car tous portaient leur emblème et aucun ne s'était présenté à la compagnie de navigation pour en réclamer un autre sous prétexte d'avoir perdu le premier. En revanche, quatre passagers ne l'avaient pas : mademoiselle Stamp, madame Kléber, monsieur Milford-Stoakes et monsieur Aono. C'est donc ces quatre personnes que j'avais particulièrement à l'œil. Le docteur Truffo s'est retrouvé ici, parce que, étant médecin, il n'avait pas lieu de posséder l'insigne, Mrs Truffo, parce qu'on ne sépare pas les couples mariés, et monsieur le diplomate russe, parce qu'il est snob et craignait que le port de l'insigne ne lui donne l'air d'un portier.

Le commissaire alluma sa pipe et se mit à arpenter le salon.

— Je me dois ici de faire amende honorable. Au tout début j'ai soupçonné monsieur le baronet, mais j'ai reçu à temps une information sur sa...

situation et j'ai choisi une autre cible. Vous, madame, fit-il en se tournant vers mademoiselle Stamp.

— J'avais remarqué, répliqua dignement cette dernière. Sinon que je n'arrivais vraiment pas à comprendre ce qui me rendait tellement suspecte.

— Vraiment ? s'étonna Gauche. Premièrement, tout indiquait que vous vous étiez récemment enrichie. Ce qui en soi est déjà suspect. Deuxièmement, vous avez menti en affirmant que vous n'aviez jamais mis les pieds à Paris. Car, sur votre éventail, en lettres dorées, était écrit « Hôtel Ambassador ». Certes, vous avez cessé de vous montrer avec cet éventail, mais Gauche n'a pas les yeux dans sa poche. Il a immédiatement remarqué ce petit détail. Les grands hôtels offrent ce genre de babioles en souvenir à leurs clients. Or l'*Ambassador* est justement situé rue de Grenelle, à cinq minutes à pied du lieu du crime. L'hôtel est chic, vaste, des foules de gens y séjournent, pourquoi mademoiselle Stamp fait-elle des cachotteries ? me suis-je demandé. Il y a quelque chose de louche. Par ailleurs, cette Marie Sanfon me trottait dans la tête... (Le commissaire adressa à Clarice Stamp un sourire désarmant.) Que voulez-vous, j'ai zigzagué, tourné en rond, mais j'ai fini par trouver la bonne piste, si bien qu'il ne faut pas trop m'en vouloir, mademoiselle.

C'est alors que Gauche remarqua que le baronet aux cheveux roux était devenu blanc comme un linge : sa mâchoire tremblait, ses petits yeux verts lançaient des regards assassins.

— C'est quoi exactement... ma « situation » ? demanda-t-il lentement en s'étouffant de rage. A quoi faites-vous allusion, monsieur le flic ?

— Doucement, doucement, fit Gauche avec un geste apaisant. Avant tout, calmez-vous. Vous n'avez pas à vous inquiéter. Une situation ou une autre, qui cela regarde-t-il ? Je vous ai déjà dit que je vous avais retiré de ma liste de suspects. A propos, où est votre insigne ?

— Je l'ai jeté, répondit sèchement le baronet, continuant de foudroyer des yeux le commissaire. C'est une horreur ! On dirait une sangsue ! Et en plus...

— Et en plus il ne seyait pas au baronet Milford-Stoakes de porter la même pacotille que n'importe quel nouveau riche, c'est ça ? fit remarquer le commissaire, perspicace. Encore un snob.

Apparemment, mademoiselle Stamp s'estimait également offensée :

— Commissaire, vous avez de manière fort pittoresque décrit en quoi ma personne était suspecte. Je vous en remercie, fit-elle, sarcastique, en tirant en avant son menton pointu. Mais vous avez tout de même fini par revenir à de meilleurs sentiments.

— A Aden, j'ai envoyé à la préfecture toute une série de questions par télégraphe. Je n'ai pas reçu les réponses tout de suite, car il fallait du temps pour réunir les informations, mais à Bombay plusieurs dépêches m'attendaient. L'une d'elles vous concernait, mademoiselle. Je sais maintenant que, depuis l'âge de quatorze ans, à la suite de la mort de vos parents, vous viviez à la campagne, chez une tante éloignée. Elle était riche mais avare. Elle avait fait de vous sa demoiselle de compagnie et vous menait la vie dure, en vous laissant pratiquement au pain sec et à l'eau.

L'Anglaise piqua un fard. Visiblement, elle s'en voulait de sa remarque. Ce n'est encore rien, ma petite, pensa Gauche, c'est maintenant que tu vas pouvoir rougir.

– Il y a environ deux mois, la vieille meurt, et vous apprenez qu'elle vous a légué toute sa fortune. Rien d'étonnant à ce que, après tant d'années passées recluse, vous ayez eu envie d'aller voir ailleurs, de faire le tour du monde. Il est probable que vous ne connaissiez rien de la vie à part ce que vous en aviez lu dans les livres.

— Mais pourquoi a-t-elle caché le fait qu'elle soit allée à Paris ? demanda cavalièrement madame Kléber. Parce que son hôtel se trouvait dans la rue où un tas de gens avaient été assassinés ? Elle avait peur d'être soupçonnée, c'est ça ?

— Non, répondit Gauche avec un sourire malicieux. La question n'est pas là. Devenue subitement riche, mademoiselle Stamp a fait ce qu'aurait fait n'importe quelle femme à sa place : elle est partie visiter Paris, capitale du monde. La Ville Lumière avec ses merveilles, ses magasins à la dernière mode et, disons... ses aventures romantiques.

L'Anglaise serra les mains nerveusement, son regard se fit implorant, mais il n'était déjà plus possible d'arrêter Gauche. Il allait lui apprendre, à cette fichue milady, à jouer les fiers-à-bras avec un commissaire de la police parisienne.

— Et pour ce qui est du romantisme, madame Stamp a été gâtée. A l'hôtel *Ambassador* elle fit la connaissance d'un galant cavalier, incroyablement beau, répertorié dans le fichier de la police sous le surnom de « Vampire ». Un individu connu pour se spécialiser dans les riches étrangères d'âge mûr. Ce fut une explosion de passion fulgurante qui, comme toujours avec le Vampire, se termina sans préavis. Un beau matin, le 13 mars pour être précis, vous, madame, vous êtes réveillée, seule dans votre lit, sans reconnaître votre chambre : elle était vide. Votre tendre ami avait tout emporté sauf les meubles. On m'a envoyé la liste des objets qui vous ont été dérobés. (Gauche jeta un coup d'œil dans son dossier.) Sous le numéro 38 est indiqué « broche en or en forme de baleine ». En lisant cela, j'ai tout de suite compris pourquoi mademoiselle Stamp préférait oublier Paris.

La pauvre idiote faisait peine à voir. Elle se cachait le visage dans les mains. Ses épaules étaient agitées de soubresauts.

— Je ne soupçonnais pas sérieusement madame Kléber, poursuivit Gauche, passant au point suivant de son ordre du jour. Même si elle n'a jamais été capable de donner une explication claire quant à l'absence de son insigne.

— Et poulquoi avez-vous ignolé mon infolmation ? demanda soudain le Japonais. Dze vous ai poultant dit quelque chose de tlès impoltant.

— Ignoré ? fit le commissaire en se tournant brusquement vers celui qui venait de prononcer ces mots. Pas du tout. J'ai eu une discussion avec madame Kléber, et elle m'a donné des explications exhaustives. Elle supportait si difficilement les premiers temps de sa grossesse que le médecin lui avait prescrit... certains analgésiques. Par la suite, les malaises disparurent, mais la pauvre enfant était déjà sous l'empire du produit, qu'elle utilisait contre la nervosité ou encore l'insomnie. Les doses augmentaient, la pernicieuse habitude s'installait. J'ai parlé à madame Kléber comme l'aurait fait un père, et, sous mes yeux, elle a jeté cette saleté à la mer. (Gauche jeta un regard faussement sévère à Renata, laquelle arborait une moue boudeuse de gamine prise en faute.) Mais attention, petite, vous avez donné votre parole d'honneur au père Gauche.

Renata baissa les yeux et acquiesça d'un signe de tête.

— Oh, mais quelle touchante délicatesse à l'égard de madame Kléber ! explosa Clarice. Et pour quelle raison, moi, n'ai-je pas été épargnée, monsieur le policier ? Vous m'avez couverte de honte devant tout le monde !

Mais Gauche avait autre chose en tête : il ne quittait pas des yeux le Japonais, et son regard était pesant, tenace. Fine mouche, Jackson comprit sans qu'il fût besoin de mots : c'était le moment. Sa main émergea de sa poche, et elle n'était pas vide : l'acier bruni d'un revolver y luisait d'un éclat lugubre. Le canon était dirigé directement sur le front de l'Asiate.

— Vous, les Japonais, vous nous considérez comme des singes à poils roux, hein ? demanda Gauche d'un air mauvais. J'ai entendu dire que c'est comme ça que vous appeliez les Européens, pas vrai ? On est des barbares chevelus, c'est ça ? Vous, vous êtes malins, raffinés, hautement cultivés, et les Blancs ne vous arrivent pas à la cheville ! (Le commissaire gonfla les joues d'un air goguenard et lâcha de côté un gros nuage de fumée.) Liquider une dizaine de singes, c'est une babiole, ça n'a rien de répréhensible chez vous.

Aono se redressa, le visage comme pétrifié.

— Vous m'accusez d'avoil tué lod Littleby et ses vassaux... c'est-à-dile ses selviteuls ? demanda l'Asiate d'une voix égale, éteinte. Au nom de quoi m'accusez-vous ?

— De tout, mon petit ami, de la science criminelle dans son ensemble, prononça avec autorité le commissaire.

Puis Gauche se détourna du Japonais, car le discours qu'il s'apprêtait à prononcer n'était pas destiné à cet avorton jaune à tête d'iguane, mais à l'Histoire. Et, avant peu, on le retrouverait imprimé dans les manuels de criminologie !

— Pour commencer, messieurs, j'exposerai les faits indirects qui prouvent que cet homme *pouvait* commettre les crimes dont je l'accuse. (Ah, ce n'est pas ici, devant un public d'une dizaine de personnes, qu'il faudrait faire ce discours, mais au Palais de Justice, face à une salle comble !) Ensuite, je vous présenterai les preuves absolument irréfutables que monsieur Aono non seulement pouvait être, mais est effectivement l'auteur de l'assassinat de onze personnes : dix, le 15 mars rue de Grenelle, plus un hier, 14 avril, à bord du paquebot *Léviathan*.

Pendant qu'il parlait, un espace vide s'était formé autour d'Aono. Seul le Russe était resté assis à côté de l'accusé. L'inspecteur pour sa part se tenait légèrement à l'arrière, son revolver prêt à faire feu.

— J'espère qu'il ne fait de doute pour personne que la mort du professeur Sweetchild est directement liée au crime de la rue de Grenelle. Ainsi que l'a montré l'enquête, le but de cet acte scélérat n'était pas le vol du Shiva en or, mais celui du foulard de soie... (Gauche fronça les sourcils d'un air sévère : oui, oui, l'enquête, et inutile de tordre le nez, monsieur le diplomate) ... clé du trésor caché de Bagdassar, ancien rajah de Brahmapur. Nous ignorons encore comment l'accusé a connu le secret du foulard. Nous savons tous que l'Orient recèle bien des mystères inaccessibles à nous autres, Européens. Mais, authentique connaisseur de l'Orient, feu le professeur était parvenu à déchiffrer l'énigme. Il était même sur le point de nous faire partager sa découverte quand, brusquement, l'alarme a retenti. Le criminel a sans doute eu le sentiment que c'était le destin qui lui fournissait cette merveilleuse occasion de faire taire Sweetchild. Et, de nouveau, ni vu ni connu, comme rue de Grenelle. Mais l'assassin a négligé un point fondamental. Cette fois-ci, le commissaire Gauche se trouvait à proximité, et, avec lui, ce genre de tour de passe-passe ne marche pas. L'entreprise était risquée, mais pas dénuée de chance de succès. L'assassin savait que la première chose que ferait le savant serait de se précipiter dans sa cabine pour sauver ses paperasses... je veux dire, ses manuscrits. C'est là, au tournant du couloir, que l'assassin s'est livré à sa vile besogne. Et maintenant, voici le fait indirect numéro un, dit le commissaire en levant le pouce. Monsieur Aono est sorti en courant du salon, il était donc en mesure de commettre ce crime.

— Je n'étais pas le seul, objecta le Japonais. Six autles pelsonnes sont solties du salon en coulant : monsieur Leynier, monsieur et madame Tluffo, monsieur Fandoline, monsieur Milfod-Stoakes et mademoiselle Stampo.

— C'est exact, reconnut Gauche. Mais je souhaitais seulement démontrer aux jurés, enfin, aux présents, le lien qui existe entre les deux crimes, ainsi que la *possibilité* que vous ayez commis le crime d'hier. Et maintenant revenons au « crime du siècle ». A cette période, monsieur Aono se trouvait à Paris. Ce fait n'est sujet à aucun doute, il m'a été confirmé par une dépêche.

— A palt moi, à Palis, se tlouvaient encole un million et demi de pelsonnes, fit valoir le Japonais.

— Cela n'empêche pas que c'est le fait indirect numéro deux, dit le commissaire, jouant à qui perd gagne avec une feinte bonhomie.

— Tlop indilect, objecta aussitôt le Japonais.

— J'en conviens, fit Gauche en bourrant sa pipe avant d'avancer le pion suivant. Cependant, l'injection qui a tué les serviteurs de lord Littleby était le fait d'un médecin. Or il n'y a pas un million et demi de médecins à Paris mais beaucoup moins, pas vrai ?

Personne ne songea à contester cette affirmation. Le capitaine Cliff demanda :

— Certes, mais quel rapport ?

— Cela a comme rapport, monsieur le capitaine, expliqua Gauche, l'œil luisant, que notre petit ami n'est nullement officier, ainsi qu'il s'est présenté à nous, mais chirurgien, récemment diplômé de la faculté de médecine de Paris ! Cette information figurait également dans la dépêche dont j'ai parlé.

Pose théâtrale. Brouhaha de voix étouffées dans la salle du Palais de Justice, bruissement de crayons dans les carnets de croquis des dessinateurs judiciaires : « Le commissaire Gauche sort son atout maître. » Patience, mes chers, ce n'est pas encore l'atout maître, mais c'est pour bientôt.

— Et maintenant, mesdames et messieurs, passons des faits indirects aux preuves. Que monsieur

Aono nous explique pourquoi lui, médecin, représentant d'une profession aussi respectable que prestigieuse, a éprouvé le besoin de se faire passer pour officier. Pour quelle raison ce mensonge ?

Le long de la tempe cireuse du Japonais roula une goutte de sueur. Aono se taisait. Il allait flancher avant longtemps.

— Il n'y a qu'une réponse : pour détourner les soupçons. Parce que l'assassin était médecin ! résuma le commissaire, content de lui. Et maintenant, la preuve numéro deux. Avez-vous eu l'occasion d'entendre parler de la lutte japonaise ?

— Pas seulement d'en entendre parler, mais d'en voir, dit le capitaine. Une fois, à Macao, j'ai vu un navigateur japonais avoir raison de trois matelots américains. Il était tellement malingre qu'on avait l'impression qu'il suffisait de souffler dessus pour le faire tomber, mais il s'est mis à bondir en agitant bras et jambes et a envoyé au tapis les trois solides pêcheurs de baleine. Du tranchant de la main, il a frappé l'un d'eux au bras, si fort qu'il lui a dévissé le coude, vous vous rendez compte ? Pour un coup, c'était un sacré coup !

Gauche approuva d'un signe de tête :

— J'ai également entendu dire que les Japonais possédaient le secret du combat au corps à corps, l'art de tuer sans aucune arme. D'une simple pression du doigt, ils vous envoient un homme dans l'autre monde. Nous avons tous eu à maintes reprises l'occasion de voir monsieur Aono faire sa gymnastique. Dans sa cabine, sous le lit, ont été retrouvés des morceaux de courges brisées. A l'écorce étonnamment dure. Il y en avait également quelques-unes entières, dans un sac. De toute évidence, l'accusé s'en servait pour travailler ses coups en force et en précision. J'ai du mal à imaginer la puissance qu'il faut avoir pour briser à main nue une courge aussi résistante, et en plusieurs morceaux encore...

Le commissaire promena un regard éloquent sur l'assistance, puis lâcha sa preuve numéro deux :

— Je vous rappelle, mesdames et messieurs, que le crâne du malheureux lord Littleby a été fracassé en plusieurs morceaux par un coup d'une force exceptionnelle, porté au moyen d'un objet lourd et contondant. Et maintenant jetez un coup d'œil aux tranchants couverts de callosités des mains de l'accusé.

Le Japonais s'empressa de retirer de la table ses mains courtes et noueuses.

— Ne le quittez pas des yeux, Jackson. Cet homme est très dangereux, prévint Gauche. Au moindre geste, tirez à la jambe ou dans l'épaule. Et maintenant, je demanderai à monsieur Aono de me dire ce qu'il a fait de son insigne en or. Vous ne dites rien ? Dans ce cas, je répondrai moi-même à la question : c'est lord Littleby qui a arraché l'insigne de votre poitrine au moment précis où, du tranchant de la main, vous lui portiez un coup mortel à la tête !

Aono entrouvrit la bouche comme pour dire quelque chose, au lieu de quoi il se mordit la lèvre de ses dents solides et mal alignées, puis ferma les yeux. Son visage revêtit un étrange détachement.

— On peut reconstituer le tableau du crime de la rue de Grenelle de la façon suivante, poursuivit Gauche, annonçant ses conclusions. Le soir du 15 mars, Gintaro Aono s'est présenté à l'hôtel particulier de lord Littleby, avec l'intention préméditée de liquider tous les occupants de la maison et de s'emparer du foulard triangulaire appartenant à la collection du maître des lieux. Il était alors déjà en possession d'une place sur le *Léviathan*, qui devait quitter Southampton quatre jours plus tard. De toute évidence, l'accusé partait en Inde à la recherche du trésor de Brahmapur. Nous ignorons comment il est arrivé à convaincre les serviteurs de se soumettre à la « vaccination contre le choléra ». Il est très probable que l'accusé leur a présenté un faux document émanant prétendument de la mairie. Tout cela pouvait sembler parfaitement vraisemblable car, comme l'indique la dépêche que j'ai reçue, les étudiants en médecine de dernière année sont assez fréquemment réquisitionnés pour la mise en œuvre de mesures prophylactiques de masse. La faculté de médecine comptant un nombre non négligeable d'Asiatiques parmi ses étudiants et ses internes, la peau jaune du visiteur nocturne n'a pas dû éveiller les soupçons des malheureux serviteurs. Le plus monstrueux de tout est la cruauté inhumaine avec laquelle ont été massacrés les deux innocents enfants. J'ai, mesdames et messieurs, une certaine expérience dans la fréquentation des rebuts de la société. Il y a chez nous des vauriens capables, sous le coup de la fureur, de jeter un bébé dans une cheminée allumée, mais une telle monstruosité froidement calculée et commise sans le moindre tremblement de la main... Non, reconnaissez, messieurs, qu'il y a là-dedans quelque chose de pas français, ni d'européen, d'ailleurs.

— Très juste ! s'écria Reynier avec courroux, soutenu de tout cœur par le docteur Truffo.

— La suite est simple, continua Gauche. Après s'être assuré que les serviteurs empoisonnés par ses piqûres avaient sombré dans le sommeil, dont ils ne devaient plus jamais sortir, l'assassin, le plus tranquillement du monde, est monté au premier étage, dans la salle où était conservée la collection, et s'est mis à l'œuvre. Persuadé, bien sûr, que le maître de maison n'était pas là. Or, terrassé par une crise de goutte, au lieu d'être à Spa, l'infortuné lord se trouvait chez lui. Entendant le bruit de verre brisé, il est entré dans la salle, où il a été tué de la manière la plus barbare qui soit. Cet imprévu a fait perdre à l'assassin son sang-froid diabolique. Sans doute avait-il initialement l'intention d'emporter plusieurs des pièces exposées afin de ne pas attirer l'attention sur le fameux foulard, seulement, maintenant, il fallait faire vite. Qui sait, peut-être qu'avant de mourir le lord a crié et que l'assassin a eu peur que les passants n'entendent. Quoi qu'il en soit, il s'est emparé du Shiva, qui n'avait d'autre utilité que de brouiller les pistes, et s'est enfui en toute hâte, sans même remarquer que son insigne du *Léviathan* était resté dans la main de sa victime. Pour tromper les enquêteurs, Aono est reparti par la fenêtre de l'orangerie... Mais non, ce n'est pas pour ça ! s'exclama Gauche en se donnant une tape sur le front. Comment n'y ai-je pas pensé avant ! Il ne pouvait pas ressortir par la porte à cause des cris. Rien ne disait que des passants n'étaient pas déjà agglutinés devant l'entrée ! Voilà la raison pour laquelle Aono a cassé la vitre de l'orangerie, a sauté dans le jardin et a filé en escaladant la palissade. Mais il s'était inquiété à tort : à cette heure tardive, la rue de Grenelle était vide. Même s'il y a effectivement eu des cris, personne n'était là pour les entendre...

L'impressionnable madame Kléber poussa un sanglot. Mrs Truffo finit d'écouter la traduction et, émue aux larmes, se moucha.

Probant, concret, indiscutable, pensa Gauche. Les preuves et les hypothèses de l'enquête se complètent parfaitement. Cela étant, les petits gars, vous n'êtes pas encore au bout des surprises que vous a réservées ce bon vieux Gustave.

— Venons-en à présent au meurtre du professeur Sweetchild. Comme l'a justement fait remarquer l'accusé, à part lui, six autres personnes étaient en mesure de le commettre. Du calme, du calme, mesdames et messieurs ! fit Gauche en levant la main pour endiguer les protestations. Je vais tout de suite démontrer que vous n'avez pas tué le professeur, que le criminel n'est autre que notre ami aux yeux bridés.

Le diabolique Asiate était complètement pétrifié. Il s'était endormi ou quoi ? Ou bien priait-il son dieu japonais ? Eh bien, mon gars, tu peux prier tant que tu veux, n'empêche que tu es bon pour la Veuve.

C'est alors que, brusquement, une idée fort déplaisante vint à l'esprit du commissaire. Et si jamais les Anglais lui piquaient le Japonais pour le meurtre de Sweetchild ? Après tout le professeur était citoyen britannique ! Dans ce cas, l'assassin serait jugé devant un tribunal britannique et, au lieu de la bonne vieille guillotine française, c'était le gibet anglais qui l'attendait. Tout mais pas ça ! Qu'avait-on à faire d'un procès à l'étranger ? Le « crime du siècle » devait être jugé au Palais de

Justice et nulle part ailleurs ! Peu importait que Sweetchild ait été assassiné sur un bateau anglais ! Il y avait dix cadavres à Paris et, ici, un seul. Sans compter que le paquebot n'était pas une propriété exclusivement britannique, il appartenait à un consortium mixte franco-anglais !

Gauche était tellement inquiet qu'il en avait perdu le fil. Ah ça, vous pouvez toujours courir, pensa-t-il, pas question que je vous cède mon client. Je vais tout de suite en terminer avec cette comédie, et direct chez le consul de France. Et c'est moi-même qui ramènerai l'assassin chez nous. Aussitôt, une image se forma dans son esprit : le port du Havre noir de monde, les autorités policières, les journalistes...

Mais, en attendant, il fallait boucler l'enquête.

— Que l'inspecteur Jackson nous expose les résultats de la perquisition effectuée par ses soins dans la cabine de l'accusé.

D'un geste de la main, Gauche invita Jackson à prendre la parole.

Ce dernier, concis et professionnel, commença son exposé en anglais, mais le commissaire mit tout de suite le holà :

— C'est la police française qui mène l'enquête, dit-il sévèrement, et la langue officielle de cette affaire est le français. En outre, monsieur, tout le monde ici ne comprend pas votre langue. Et, surtout, je ne suis pas certain que l'accusé maîtrise l'anglais. Or, reconnaissez qu'il a le droit de connaître les résultats de vos investigations.

Cette protestation avait un caractère de principe : dès le départ il fallait remettre les Anglais à leur place. Qu'ils sachent que, dans cette affaire, ils n'étaient pas les premiers.

Reynier se proposa pour faire l'interprète. Il se posta près de l'Anglais, traduisant au fur et à mesure ses phrases courtes et hachées, qu'il agrémentait d'intonations théâtrales et de gestes éloquents.

— Conformément aux instructions reçues, il a été procédé à la perquisition. Dans la cabine numéro 24. Identité du passager : Gintaro Aono. Nous avons opéré selon les « Règles de procédures relatives à la perquisition en lieu clos ». Pièce triangulaire d'une surface de 200 pieds carrés. Elle a été divisée en 20 carrés horizontaux et 44 verticaux. (Le lieutenant demanda des explications, qu'il retransmit :) On décompose également les murs en carrés, puis on sonde la paroi afin d'y déceler d'éventuelles cachettes. Même si on se demande bien quelles cachettes il pourrait y avoir dans une cabine de paquebot... La perquisition a été menée de façon méthodique : d'abord verticalement, ensuite horizontalement. Aucune cachette n'a été trouvée dans les murs. (A ce point, Reynier écarta les mains, l'air de dire : comme si quelqu'un imaginait autre chose...) Lors de l'inspection de la surface horizontale, les objets suivants ont été saisis et joints au dossier. Un : des documents écrits en idéogrammes. Ils seront traduits et étudiés. Deux : un long poignard de type asiatique avec une lame extrêmement aiguisée. Trois : un sac contenant onze courges provenant d'Egypte. Quatre : sous le lit, des éclats de courges brisées. Et enfin, cinq : un sac de voyage contenant des instruments chirurgicaux. Le logement réservé à un grand scalpel était vide.

L'auditoire poussa un ah ! Le Japonais ouvrit les yeux, lança un bref regard au commissaire, mais, de nouveau, ne dit rien.

Il est sur le point de céder, pensa Gauche. A tort. Sans se lever de sa chaise, l'Asiate se tourna brusquement vers l'inspecteur debout derrière lui et, d'un geste incisif, il frappa par en dessous la main qui tenait le revolver. Alors que l'arme décrivait dans l'air un arc pittoresque, le Japonais, vif comme l'éclair, s'élança vers la porte. Il l'ouvrit d'un coup et... sa poitrine se heurta à deux colts : ceux des policiers qui montaient la garde dans le couloir. La seconde suivante, ayant terminé sa trajectoire, le revolver de l'inspecteur s'écrasa au beau milieu de la table, et le coup partit dans un fracas assourdissant. Un tintement, un cri perçant, de la fumée.

Gauche évalua rapidement la situation : l'accusé reculait en direction de sa chaise ; Mrs Truffo était évanouie ; on n'observait pas d'autres victimes ; Big Ben montrait un trou juste en dessous de son cadran, ses aiguilles s'étaient immobilisées. Les heures sonnaient. Les dames poussaient des cris aigus. Mais dans l'ensemble la situation était sous contrôle.

Quand le Japonais fut remis sur sa chaise et, par précaution, menotté, quand on eut ranimé la femme du docteur et que chacun eut repris sa place, le commissaire sourit et dit, avec un sang-froid quelque peu affecté :

— Vous venez à l'instant d'assister, messieurs les jurés, à la scène des aveux. Aveux faits, il est vrai, d'une manière assez inhabituelle.

Il avait réitéré son lapsus à propos des jurés, mais, cette fois, ne se reprit pas. Tant qu'à faire, puisque c'était une répétition...

— C'était la dernière des preuves, la dernière et la plus directe qui puisse être, conclut Gauche, satisfait. Et à vous, Jackson, un blâme. Je vous avais pourtant prévenu que ce bonhomme était dangereux.

L'inspecteur était rouge comme une écrevisse. Qu'il apprenne à rester à sa place, celui-là.

Bref, tout s'arrangeait pour le mieux.

Le Japonais était assis avec trois canons braqués sur lui, ses mains menottées serrées sur sa poitrine. Il avait de nouveau fermé les yeux.

— C'est tout, monsieur l'inspecteur. Vous pouvez l'emmener. Qu'en attendant il reste quelque temps chez vous, au violon. Ensuite, quand les formalités seront terminées, je me chargerai de le ramener en France. Adieu, mesdames et messieurs. Le vieux Gauche descend à terre et vous souhaite à tous un excellent voyage.

— Je crains, c-commissaire, qu'il ne vous faille rester avec nous, prononça le Russe d'un ton habituel.

Tout d'abord, Gauche crut avoir mal entendu.

— Pardon ?

— Monsieur Aono n'est en rien coupable, et l'enquête va devoir être p-poursuivie.

Gauche devait avoir l'air complètement idiot : les yeux lui sortaient de la tête, le sang affluait à ses joues.

Sans attendre l'explosion, le Russe dit avec un aplomb réellement inimitable :

— Monsieur le capitaine, c'est vous le maître à bord. Le commissaire vient de jouer devant nous une p-parodie de procès d'assises, dans laquelle il s'est attribué le rôle du procureur, qu'il a au demeurant interprété de façon extrêmement convaincante. Cependant, dans tout procès civilisé, après l'accusation, la p-parole est donnée à la défense. Si vous me le permettez, je m'arrogerai ce rôle.

— Pourquoi perdre du temps ? s'étonna le capitaine. Tout m'a l'air parfaitement clair. Monsieur le policier a fort bien tout expliqué.

— Débarquer un p-passager n'est pas un acte anodin. En fin de compte, toute la responsabilité incombe au capitaine. Pensez au préjudice que vous feriez subir à la réputation de la c-compagnie de navigation s'il s'avérait qu'une erreur a été commise. Or, je vous affirme (Fandorine éleva légèrement la voix) que le commissaire est dans l'erreur.

— C'est absurde ! s'exclama Gauche. Mais je ne discuterai pas. C'est même très intéressant. Parlez, monsieur, je vous écouterai avec plaisir.

Puisque c'était une répétition, autant aller jusqu'au bout. Ce gamin était loin d'être bête et il était possible qu'il ait découvert, dans la logique de l'accusation, des failles qu'il faudrait combler. Si, au cours du procès, le procureur se trouvait en difficulté, le commissaire Gauche pourrait venir à sa rescousse.

Fandorine croisa les jambes et entoura son genou de ses mains.

— Vous avez prononcé un discours aussi brillant que p-persuasif. A première vue, l'argumentation semble exhaustive. Votre enchaînement logique paraît presque irréprochable, quoique les p-prétendus « faits indirects » n'aient, cela va sans dire, aucune espèce de valeur. Oui, monsieur Aono était à Paris le 15 mars. Oui, il est exact que monsieur Aono n'était pas présent dans le salon au moment du meurtre du p-professeur. En soi, ces deux faits ne signifient rien, inutile donc de nous y attarder.

— D'accord, d'accord, approuva sarcastiquement Gauche. Passons directement aux preuves.

— Avec plaisir. J'ai compté cinq preuves plus ou moins valables. Monsieur Aono est médecin, mais, pour une raison quelconque, il a dissimulé ce fait. Et d'un. Monsieur Aono est capable, d'un coup, de fracasser un objet dur : une courge, et éventuellement une tête. Et de deux. Monsieur Aono ne porte pas l'emblème du *Léviathan*. Et de trois. Dans le sac de voyage de l'accusé manquait un scalpel susceptible d'avoir servi à égorger le professeur Sweetchild. Et de quatre. Et, enfin, cinq : l'accusé vient à l'instant, sous nos yeux, de faire une tentative de fuite, se démasquant par là même définitivement. Je pense n'avoir rien oublié ?

— Il faudrait ajouter un sixième point, intervint le commissaire. Il ne peut fournir d'explication pour aucun des cinq précédents.

— Bien, disons six, consentit volontiers le Russe.

Gauche eut un sourire goguenard :

— D'après moi, c'est plus qu'il n'en faut à n'importe quel jury d'assises pour envoyer ce cher monsieur à la guillotine.

L'inspecteur Jackson secoua subitement la tête et grommela :

— *To the gallows*.

— Non, à la potence, traduisit Reynier.

Ah, le perfide Anglais ! Voilà bien le serpent qu'il avait réchauffé en son sein !

— Si vous permettez, s'échauffa Gauche, c'est la partie française qui a mené l'enquête, et ce loustic sera envoyé à la guillotine !

— Mais la preuve décisive, l'absence du scalpel, a été découverte par la partie britannique. Il ira à la potence, traduisit le lieutenant.

— Le crime principal a été commis à Paris. A la guillotine !

— Mais lord Littleby était citoyen britannique. Le professeur Sweetchild également. Donc, à la potence.

Le Japonais semblait ne pas entendre cette dispute, qui menaçait de tourner au conflit mondial. Ses yeux restaient fermés, son visage était dénué de toute expression. Tout de même, ces Jaunes, ils ne sont pas comme nous, pensa Gauche. Et quand on songe à tout ce monde qu'il va falloir mobiliser pour lui : le procureur, l'avocat, les jurés, les magistrats en grande tenue. Bon, bien sûr, tout cela est normal, la démocratie est la démocratie, mais c'est quand même ce qui s'appelle donner de la confiture aux cochons.

Après une pause, Fandorine demanda :

— Ça y est, le débat est clos ? Je p-peux poursuivre ?

— Allez-y, fit Gauche d'un air maussade en songeant aux futures bagarres avec les Britanniques.

— Si vous n'y voyez pas d'inconvénient, laissons également les courges de côté. Cela non plus ne p-prouve rien.

Le commissaire commençait à en avoir assez de toute cette comédie.

— D'accord. Nous n'allons pas ergoter.

— P-parfait. Il reste cinq points : il a caché le fait qu'il soit médecin ; il n'a pas son insigne ; il lui manque un scalpel ; il a tenté de s'enfuir ; il ne donne pas d'explications.

— Et chaque point suffit à lui seul pour l'envoyer... à l'échafaud.

— Le problème, commissaire, est que vous p-pensez à l'européenne, alors que monsieur Aono a une autre logique, japonaise, que vous n'avez pas eu le temps de p-pénétrer. Il se trouve que j'ai eu plus d'une fois l'honneur de discuter avec cet homme et que j'appréhende mieux que vous son état d'esprit. Monsieur Aono n'est pas seulement un Japonais, c'est un samouraï, de surcroît issu d'une f-famille très ancienne et influente. Ce qui est important pour l'affaire qui nous occupe. Durant cinq cents ans, les hommes de la famille Aono ont été exclusivement des guerriers, toutes les autres p-professions étant considérées comme indignes des membres d'une aussi noble lignée. L'accusé est le troisième fils de la famille. Quand le Japon décida de faire un p-pas décisif en direction de l'Europe, beaucoup de familles nobles commencèrent à envoyer leurs fils étudier à l'étranger. Ce que fit également le père de monsieur Aono. Il envoya son fils aîné en Angleterre pour qu'il fasse ses études d'officier de marine. Il faut savoir que la province de Satsuma, où réside la famille Aono, fournit des c-cadres à la flotte de guerre du Japon et que l'engagement dans la marine y est considéré comme ce qu'il y a de plus prestigieux. Monsieur Aono père envoya son second fils en Allemagne, à l'académie militaire. Après la guerre de 1870 entre la France et l'Allemagne, les Japonais avaient en effet décidé de s'inspirer du m-modèle allemand pour l'organisation de leur armée, et tous leurs conseillers militaires étaient allemands. Ces informations concernant la famille Aono m'ont été communiquées par l'accusé lui-même.

— Bon, mais qu'est-ce qu'on en a à faire de toutes ces histoires d'aristocrates ? demanda Gauche avec irritation.

— Mon attention a été attirée par le fait que l'accusé parlait avec f-fierté de ses ancêtres et de ses frères aînés, alors qu'il préférait ne pas s'étendre sur lui-même. J'avais depuis longtemps noté que, p-pour un ancien élève de Saint-Cyr, monsieur Aono était singulièrement peu versé dans les questions militaires. Et d'ailleurs, pour quelle raison l'aurait-on envoyé à l'académie militaire française alors qu'il expliquait lui-même que l'armée j-japonaise se structurait sur le modèle allemand ? Et maintenant, voici l'aboutissement de ma réflexion. Conformément à l'air du temps, monsieur Aono père décida de donner à son troisième fils une profession foncièrement pacifique, en faisant de lui un médecin. Pour autant que je le sache d'après mes lectures, il n'est pas de c-coutume au Japon de contester une décision du chef de famille, si bien que l'accusé partit docilement à Paris, pour y faire ses études à la faculté de médecine. Cela, toutefois, ne l'empêcha pas de se sentir p-profondément malheureux, voire déshonoré. Lui, un Aono, rejeton d'une lignée de guerriers, obligé de manipuler des pansements et des c-clystères ! Voilà pourquoi il s'est présenté à nous comme étant officier. Il avait tout simplement honte d'avouer sa profession indigne d'un chevalier. D'un point de vue européen, cela peut paraître aberrant, mais essayez de voir les choses avec ses yeux. Qu'aurait éprouvé votre compatriote d'Artagnan si, rêvant d'endosser la cape des mousquetaires, il s'était retrouvé médecin ?

Gauche remarqua un changement chez le Japonais. Il avait ouvert les yeux et regardait Fandorine avec un trouble évident, tandis que des taches pourpres étaient apparues sur ses joues. Il rougit ou quoi ? C'est quand même fou !

— Mon Dieu, que d'égards, fit Gauche avec un ricanement mauvais. Mais je ne veux pas chicaner. Parlez-moi plutôt, monsieur l'avocat de la défense, de l'emblème du *Léviathan*. Où votre timide client l'a-t-il donc fourré ? Il avait honte de le porter ?

— Vous avez absolument raison, fit le soi-disant avocat en hochant la tête d'un air impassible. P-précisément, il avait honte. Vous voyez ce qui est écrit sur cet insigne ?

Gauche regarda son revers.

— Il n'y a rien d'écrit. Seulement les trois initiales de la compagnie de navigation *Jasper-Arto partnership*.

— Exactement, dit Fandorine en dessinant trois grandes lettres dans l'espace. J – A – P. Ce qui donne « Jap », sobriquet méprisant qu'utilisent les Européens pour désigner les Japonais. Tenez, vous, commissaire, vous seriez d'accord pour porter un insigne sur lequel serait inscrit « grenouille » ?

Le capitaine Cliff renversa la tête en arrière et partit d'un rire sonore. Même Jackson avec sa tête de croque-mort et la guindée miss Stamp sourirent. En revanche, les taches pourpres s'élargirent sur le visage du Japonais.

Le cœur de Gauche se serra, en proie à un mauvais pressentiment. Sa voix se voila ridiculement.

— Et il ne pouvait pas expliquer ça tout seul ?

— Non, impossible. Voyez-vous, d'après ce que j'ai pu comprendre à la lecture de divers ouvrages, la d-différence majeure qui oppose les Européens et les Japonais a trait au fondement moral du comportement social.

— Un peu trop subtil, fit remarquer le capitaine.

Le diplomate se tourna vers lui :

— Nullement. La culture chrétienne est bâtie sur le sentiment de la faute. Il est mal de p-pécher, parce que ensuite on sera tourmenté par le remords. Pour éviter la culpabilité, tout Européen normal essaie d'agir conformément à la morale. Exactement de la même manière, les Japonais s'efforcent de ne pas violer les normes éthiques, mais pour une raison différente. Dans leur société, c'est la honte qui joue le rôle de rempart moral. Rien n'est plus pénible pour le Japonais que de se trouver dans une situation humiliante, d'être exposé à la v-vindicte ou, pis, à la risée publique. C'est pour cela que le Japonais craint énormément de commettre des mauvaises actions. Croyez-moi, en tant que civilisateur social, la honte est plus efficace que la conscience. De son point de vue, il était absolument inconcevable pour monsieur Aono d'évoquer à haute voix l'objet de sa honte, a fortiori en présence d'étrangers. Etre médecin plutôt que militaire est quelque chose de honteux. Avouer qu'il avait menti était plus honteux encore. Admettre que lui, un samouraï japonais, puisse donner ne serait-ce qu'une once de justification à des surnoms injurieux, était à plus forte raison exclu.

— Merci pour le cours magistral, ironisa Gauche en s'inclinant. Et c'est aussi la honte qui a amené votre client à essayer d'échapper à ses gardes ?

— *That's the point*[1], approuva Jackson, repassant du camp des ennemis à celui des alliés. *The yellow bastard almost broke my wrist*[2].

---

1. Voilà le hic.
2. Ce sale jaune a failli me casser le poignet.

— De nouveau vous tombez juste, c-commissaire. Il n'avait aucune chance de s'enfuir du bateau, et d'ailleurs pour aller où ? Jugeant sa situation désespérée et ne p-prévoyant que de nouvelles humiliations, mon client (puisqu'il vous plaît de l'appeler ainsi) voulait sans doute aller s'enfermer dans sa cabine et en finir avec la vie selon le rituel des samouraïs. N'est-ce pas, monsieur Aono ? demanda Fandorine, s'adressant directement au Japonais pour la première fois.

Celui-ci ne répondit pas, mais baissa la tête.

— Une déception vous aurait attendu, lui dit le diplomate d'une voix douce. Sans doute cela vous a-t-il échappé : votre p-poignard rituel vous a été confisqué par la police au cours de la perquisition.

— Ah oui, vous voulez parler de... comment diton déjà ? Hirakira, harikari, fit Gauche souriant dans ses moustaches, l'air moqueur. C'est de la blague, je ne peux pas croire qu'un homme puisse tout seul s'ouvrir le ventre. Ce sont des sornettes. Tant qu'à précipiter le grand voyage, mieux vaut se fracasser la caboche contre un mur. Mais là-dessus non plus je n'irai pas discuter avec vous. Cela étant, j'ai une preuve qui n'admet aucune discussion : l'absence du scalpel parmi les instruments chirurgicaux. Qu'est-ce que vous avez à dire à ça ? Que le véritable assassin a chipé son scalpel à votre client, avec l'idée de commettre un meurtre et de faire porter le chapeau à Aono ? Ça ne tient pas debout ! Comment l'assassin aurait-il pu savoir que le professeur avait l'intention de nous faire part de sa découverte au cours du déjeuner ? Sweetchild lui-même venait tout juste de comprendre le mystère du foulard. Rappelez-vous sa façon d'entrer en courant dans le salon, complètement ébouriffé.

— A vrai dire, rien n'est plus f-facile pour moi que d'expliquer l'absence du scalpel. En outre, nous sortons ici du domaine des suppositions pour entrer dans celui des faits concrets. Vous vous rappelez qu'après Port-Saïd des objets ont tout à coup commencé à disparaître de façon incompréhensible. Puis la mystérieuse épidémie a cessé aussi b-brusquement qu'elle avait commencé. Et vous savez quand ? Après la mort de notre passager clandestin à la peau noire. J'ai longuement réfléchi : pourquoi et comment s'était-il retrouvé sur le *Léviathan* ? Eh bien, voici ma réponse. Ce nègre a, selon toute p-probabilité, été ramené du fin fond de l'Afrique par des marchands d'esclaves arabes et conduit par bateau jusqu'à Port-Saïd. Pourquoi je pense cela ? Parce que après avoir échappé à ses maîtres, le nègre ne s'est pas caché n'importe où, mais sur un bateau. M-manifestement, il se disait que, puisqu'un bateau l'avait amené de chez lui, un bateau pourrait le remmener.

— Quel rapport avec notre affaire ? intervint Gauche, n'en pouvant plus. Votre nègre est mort le 5 avril, alors que Sweetchild a été tué hier ! Et puis allez au diable avec vos histoires à dormir debout ! Jackson, emmenez le prévenu !

Alors qu'il se dirigeait résolument vers la sortie, le diplomate attrapa fermement le commissaire par le coude et dit avec une odieuse politesse :

— Cher monsieur Gauche, j'aimerais mener ma d-démonstration à son terme. Patientez encore un tout petit peu, il n'y en a plus pour longtemps.

Gauche voulut se dégager, mais les doigts du blanc-bec le serraient comme un étau. Après avoir tiré brusquement son bras une fois, puis une autre, le policier préféra ne pas se ridiculiser et se tourna vers Fandorine.

— D'accord, encore cinq minutes, concéda-t-il du bout des lèvres en fixant haineusement les yeux bleus et sereins de l'impertinent.

— Merci b-beaucoup. Pour anéantir votre dernière preuve, cinq minutes sont amplement suffisantes... Je pensais que le fugitif devait avoir une cachette quelque part. Contrairement à vous, capitaine, je n'ai pas commencé par les cales et les soutes à charbon mais par le p-pont supérieur. En effet, seuls les passagers de première classe avaient vu « l'homme noir ». On pouvait donc raisonnablement supposer qu'il se cachait quelque part par ici. Et, effectivement, dans le troisième des canots situés à t-tribord, j'ai trouvé ce que je cherchais : des restes de nourriture et un baluchon, dans lequel se trouvaient des chiffons de couleurs vives, un rang de perles et divers autres objets brillants : un miroir, un sextant, un pince-nez et, notamment, un grand scalpel.

— Pourquoi devrais-je vous croire ? rugit Gauche.

L'enquête était en train d'être réduite en poussière sous ses yeux.

— Parce que je n'ai aucun intérêt à dire cela et que je suis p-prêt à réitérer mes déclarations sous serment. Vous m'autorisez à continuer ? dit le Russe avec son écœurant petit sourire. Merci. De toute évidence, le pauvre nègre se distinguait par un esprit de sage économie et ne comptait pas rentrer chez lui les mains vides.

— Stop, stop ! intervint Reynier en fronçant les sourcils. Mais pourquoi donc, monsieur Fandorine, n'avez-vous pas fait part de votre découverte au capitaine ? De quel droit l'avez-vous cachée ?

— Je ne l'ai pas cachée. J'ai laissé le b-baluchon là où il était. Mais lorsque je suis revenu au canot quelques heures plus tard, alors que les recherches avaient pris fin, je ne l'ai plus retrouvé. J'étais p-persuadé que vos marins étaient tombés dessus. En fait, il est clair maintenant que vous avez été devancé par l'assassin du professeur, lequel s'est emparé de tous les trophées du nègre, y compris le scalpel de monsieur Aono. Il est p-probable que le criminel envisageait l'éventualité de... mesures extrêmes et, à tout hasard, gardait sur lui le scalpel, afin d'engager l'enquête sur une fausse voie. Dites-nous, monsieur Aono, vous a-t-on volé un scalpel ?

Le Japonais tarda à répondre, puis finit par acquiescer d'un signe de tête.

— Mais vous n'en avez rien dit parce qu'un officier de l'armée impériale n'avait aucune raison de p-posséder un scalpel, n'est-ce pas ?

— Le sextant est à moi ! déclara le baronet. Je pensais que... d'ailleurs, peu importe. C'était donc ce sauvage qui l'avait volé. Messieurs, si quelqu'un a la tête défoncée avec mon sextant, sachez que je n'y serai pour rien.

C'était le fiasco le plus complet. Gauche, désemparé, jeta un regard en biais à Jackson.

— Très désolé, commissaire, mais vous devoir continuer votre voyage, dit l'inspecteur en français, en tordant ses lèvres fines avec commisération. *My apologies, Mr Aono. If you just strech your hands... Thank you* [1].

---

1. Mes excuses, mister Aono. Tendez vos mains, s'il vous plaît... Merci.

Les menottes émirent un grincement plaintif.

Au milieu du silence qui s'ensuivit, retentit brusquement la voix sonore et affolée de Renata Kléber :

– Permettez, messieurs, mais alors qui est donc l'assassin ?

Troisième partie

BOMBAY – DETROIT DE PALK

Gintaro Aono

4e mois 18e jour
En vue de l'extrémité sud de la péninsule indienne

Voilà trois jours que nous avons quitté Bombay, et depuis tout ce temps je n'ai pas ouvert mon journal. C'est la première fois que cela m'arrive, j'avais pourtant pris la ferme résolution d'écrire chaque jour. Mais cette interruption était délibérée de ma part. J'avais besoin d'y voir clair dans les sentiments et les pensées qui m'avaient assailli.

Rien ne peut mieux rendre le sens profond du bouleversement qui se produisit en moi que ce haïku né au moment précis où l'inspecteur de police m'ôta les fers.

Solitaire est le vol
Du ver luisant dans la nuit.
Mais dans le ciel brillent les étoiles.

Je compris immédiatement que c'était un bon poème, le meilleur de tous ceux que j'aie jamais écrits, mais sa signification n'est pas évidente et nécessite des éclaircissements. J'ai réfléchi pendant trois jours, à l'écoute de moi-même, et il me semble que je viens enfin de comprendre.

Il m'est arrivé le grand miracle dont rêve tout homme : je viens de connaître le satori ou, ainsi que les anciens Grecs appelaient cet état de béatitude, la catharsis. Combien de fois le Maître ne m'a-t-il pas répété que le satori arrive – pour autant qu'il arrive effectivement – seul, sans effort ni avertissement ! Un homme peut être un juste et un sage, rester chaque jour assis pendant des heures dans la position du zazen, lire des montagnes de textes sacrés et pourtant mourir sans connaître la révélation, tandis qu'à un quelconque vaurien errant bêtement et sans but dans la vie, le satori apparaîtra soudain dans son grandiose rayonnement en transformant d'un coup son existence stérile ! J'ai eu de la chance. A vingt-sept ans, je viens de renaître.

L'illumination et la purification ne me sont pas venues à un moment de concentration physique et spirituelle mais à cet instant où je me suis retrouvé écrasé, pitoyable, anéanti, où, tel un ballon éclaté, il ne restait plus de moi que l'enveloppe. Mais le fer stupide, instrument de ma transformation, a cliqueté et, brusquement, j'ai ressenti avec une indicible acuité que je n'étais plus moi, mais... Non, ce n'est pas ça. Que je n'étais plus seulement moi, mais également un nombre incalculable d'autres vies. Que je n'étais plus l'obscur Gintaro Aono, troisième fils du conseiller supérieur de Son Altesse le prince Simadzu, mais une parcelle du Grand Tout, qui pour être petite n'en est pas moins précieuse. Je suis en toute chose, et toute chose est en moi. Combien de fois n'ai-je pas entendu ces paroles, que pourtant je n'ai comprises, non, senties, que le 15e jour du 4e mois de la 11e année de Meiji, à Bombay, à bord d'un énorme paquebot européen. Bien singulière est la volonté du Très-Haut.

Quel est donc le sens de ce tercet né de mon intuition ? L'homme est un ver luisant solitaire dans l'obscurité infinie de la nuit. Sa lumière est si faible qu'elle n'éclaire qu'une infime portion de l'espace, tandis qu'autour, tout n'est que froid, ténèbres et peur. Mais il suffit de détourner son regard apeuré de la terre sombre et de regarder dans les airs (il n'y a pour cela qu'à lever la tête !) pour voir que le ciel est couvert d'étoiles. Elles brillent d'une lumière égale, vive, éternelle. Tu n'es pas seul dans les ténèbres. Les étoiles sont tes amies, elles t'aident et ne t'abandonnent pas au malheur. Et, sitôt après, tu comprends une autre chose, non moins importante : le ver luisant est aussi une étoile, semblable à toutes les autres. Celles qui se trouvent dans le ciel voient également ta lumière, et celle-ci les aide à supporter le froid et le noir de l'Univers.

Ma vie ne changera sans doute pas. Je resterai le même qu'auparavant : vain, absurde, dominé par les passions. Mais au fond de mon âme, vivra désormais un authentique savoir. Il me sauvera et me soutiendra dans les moments difficiles. Je ne suis plus une flaque d'eau qu'un brusque coup de vent peut répandre à la surface de la terre. Je suis l'océan, et la tempête qui, tel un tsunami dévastateur, a déferlé sur moi n'atteindra pas mes profondeurs secrètes.

Quand, enfin, je compris tout cela et que mon esprit se fut empli de joie, je me souvins que la plus haute des vertus est la reconnaissance. La première étoile dont j'ai distingué le rayonnement dans la nuit noire est Fandorine-san. C'est précisément grâce à lui que j'ai compris que moi, Gintaro Aono, je n'étais pas indifférent au Monde, que le Grand Ailleurs ne m'abandonnait pas dans le malheur.

Mais comment expliquer à un homme d'une autre culture qu'il est à jamais mon ondzin ? Un tel mot n'existe pas dans les langues européennes. Aujourd'hui, m'armant de courage, j'ai commencé à parler de cela avec lui mais, apparemment, rien qui vaille n'est sorti de l'entretien.

J'avais attendu Fandorine-san sur le pont des embarcations, sachant qu'il y viendrait à huit heures précises muni de ses haltères.

Quand il apparut, moulé dans son tricot à rayures (il faudra que je lui dise que, pour les exercices physiques, une tenue ample est plus appropriée que des vêtements serrés), je m'approchai de lui et me prosternai bien bas. « Qu'avez-vous, monsieur Aono ? demanda-t-il, étonné. Pourquoi êtes-vous plié en deux et ne vous relevez-vous pas ? » Comme il était impossible de discuter dans cette position, je me redressai, bien que, en pareille situation, il eût été bien sûr souhaitable de prolonger mon salut. « Je tenais à vous exprimer mon infinie reconnaissance », dis-je, très ému. « Laissons cela, je vous prie », répondit-il en balayant ma déclaration d'un revers de la main. Ce geste me plut énormément. Par là même, Fandorine-san voulait minimiser le service qu'il m'avait rendu et délivrer son obligé d'un sentiment de reconnaissance excessif. Tout Japonais de noble éducation eût agi de même à sa place. Mais l'effet fut l'inverse de celui escompté : mon esprit s'emplit d'une reconnaissance plus vive encore. Je lui déclarai que j'étais désormais son débiteur pour la vie. « Voilà de bien grands mots, fit-il en haussant les épaules. Je voulais simplement rabattre le caquet à ce dindon prétentieux. » (Le dindon est un volatile américain à la démarche ridicule et imbu de sa supériorité ; au sens figuré, il désigne un homme fat et sot.) J'appréciai une fois de plus la délicatesse de mon interlocuteur, mais il me fallait absolument lui expliquer à quel point je lui étais redevable.

« Merci à vous d'avoir sauvé ma misérable vie, dis-je en m'inclinant de nouveau. Trois fois merci pour avoir sauvé mon honneur. Et une infinité de mercis pour avoir ouvert mon troisième œil, grâce auquel je vois maintenant ce que je ne voyais pas auparavant. » Fandorine-san regarda mon front (avec une certaine crainte, me sembla-t-il), comme s'il s'attendait à y voir un nouvel œil s'ouvrir et lui faire signe.

Je lui déclarai qu'il était mon ondzin, que désormais ma vie lui appartenait, ce qui, selon moi, l'effraya plus encore. « Oh, comme je rêve que vous vous retrouviez face à un péril mortel pour vous sauver, comme vous m'avez moi-même sauvé ! » m'exclamai-je. Il fit un signe de croix et dit : « J'aimerais mieux pas. Si cela ne vous dérange pas, je vous saurais vraiment gré de rêver d'autre chose. »

Décidément, la discussion n'aboutissait à rien. En désespoir de cause, je m'écriai : « Sachez que je ferai n'importe quoi pour vous ! » Et je précisai mon serment afin d'éviter tout malentendu ultérieur : « Pour autant que cela ne porte pas préjudice à Sa Majesté, à mon pays et à l'honneur de ma famille. »

Mes paroles déclenchèrent chez Fandorine-san une curieuse réaction. Il se mit à rire ! Non, je n'arriverai sans doute jamais à comprendre les Cheveux Rouges. « Eh bien, dit-il en me serrant la main. Si vous insistez, je vous en prie. Sans doute prendrons-nous le même bateau pour rejoindre le Japon depuis Calcutta. Vous pourrez me payer votre dette en leçons de japonais. »

Hélas, cet homme ne me prend pas au sérieux. Je voulais me lier d'amitié avec lui, mais, plus qu'à moi, Fandorine-san s'intéresse à Fox, le pilote, un homme borné et inintelligent. Mon bienfaiteur passe pas mal de temps en compagnie de ce bavard, prête une oreille attentive à ses rodomontades concernant ses aventures maritimes et amoureuses et reste même avec lui pendant son quart ! Pour être franc, cela m'offense. Aujourd'hui j'ai été témoin de la façon dont Fox dépeignait son aventure avec « une aristocrate japonaise » de Nagasaki. Il parla de ses petits seins, de ses lèvres vermeilles et autres particularités de cette « poupée miniature ». Il devait s'agir d'une de ces putains bon marché du quartier fréquenté par les marins. Une jeune fille de bonne famille n'échangera jamais un seul mot avec un barbare ! Le plus vexant est que Fandorine-san écoutait ce délire avec un intérêt manifeste. J'étais sur le point d'intervenir quand le capitaine Reynier s'est approché et a envoyé Fox s'occuper de quelque chose.

Ah oui, au fait ! J'en oubliais de raconter un événement important qui est venu troubler la vie du bateau ! Malgré tout, sa petite lueur aveugle le ver luisant, elle l'empêche de voir le monde environnant dans sa dimension réelle.

Or, à la veille de quitter Bombay, eut lieu une véritable tragédie, auprès de laquelle mes tourments paraîtront bien insignifiants.

A huit heures et demie du matin, alors que le paquebot levait déjà l'ancre et s'apprêtait à larguer les amarres, quelqu'un se présenta au bateau, porteur d'une dépêche pour le capitaine Cliff. Je me tenais sur le pont et je regardais Bombay, ville qui venait de jouer un rôle crucial dans mon destin. Je voulais que ce spectacle s'imprime à tout jamais dans mon cœur. Voilà pourquoi je me retrouvai témoin de l'événement.

Le capitaine lut la dépêche et, brusquement, son visage se transforma de manière saisissante. Je n'avais encore jamais rien vu de pareil ! On aurait dit un acteur de nô enlevant son masque de redoutable guerrier pour enfiler celui de la folle douleur. Le visage tanné, aux traits grossiers, du vieux loup de mer se mit à trembler. Le capitaine émit un son entre la plainte et le sanglot et commença à aller et venir sur le pont. « *Oh God* ! cria-t-il d'une voix rauque. *My poor girl*[1] ! » Puis, quittant la passerelle, il descendit à la hâte – pour rejoindre sa cabine, ainsi que je l'appris plus tard.

Les préparatifs du départ furent interrompus. Le petit déjeuner fut servi à l'heure habituelle, en l'absence toutefois du lieutenant Reynier. On ne parla que de l'étrange conduite du capitaine en essayant de deviner ce que pouvait bien contenir le télégramme. Le second fit une courte apparition alors que le repas touchait à sa fin. Reynier-san avait une mine affligée. Il nous apprit que la fille unique de Cliff-san (j'ai déjà eu l'occasion de dire que le capitaine chérissait sa fille plus que tout au monde) avait été gravement brûlée dans l'incendie de son pensionnat. Les médecins craignaient pour sa vie. Le lieutenant expliqua que mister Cliff était dans tous ses états. Il avait décidé de quitter immédiatement le *Léviathan* et de rentrer en Angleterre par le premier paquebot. Il n'arrêtait pas de répéter que sa place était auprès de sa chère petite. Pour sa part, le lieutenant ne cessait de dire : « Et maintenant qu'est-ce qui nous attend ? Ce voyage est maudit ! » Nous avons fait de notre mieux pour le consoler.

J'avoue que la décision du capitaine a suscité ma réprobation. Je peux comprendre son chagrin, mais un homme à qui une tâche a été confiée n'a pas le droit de se

1. Oh, Dieu ! Ma pauvre petite fille !

laisser guider par ses sentiments personnels. A plus forte raison un capitaine dans l'exercice de ses fonctions. Où irait la société si l'empereur, le président ou encore le Premier ministre faisaient passer leur intérêt personnel avant leur devoir ? Ce serait le chaos, alors que le sens et l'objet du pouvoir consistent à lutter contre le chaos et à maintenir l'harmonie.

Je suis ressorti sur le pont pour voir mister Cliff quitter le navire qui lui avait été confié. Et le Très-Haut m'infligea une nouvelle leçon, une leçon de compassion.

Le capitaine, le dos voûté, marchant et courant tout à la fois, descendit la passerelle. Il tenait à la main un sac de voyage, un matelot le suivait, chargé d'une unique valise. Sur le quai, le capitaine s'arrêta, tourna la tête vers le *Léviathan*, et je vis son large visage qui luisait de larmes. L'instant suivant, il tituba puis s'écroula, face contre terre.

Je m'élançai vers l'homme qui venait de tomber. A en juger par sa respiration saccadée et les mouvements convulsifs de ses extrémités, il s'agissait d'une grave hémorragie cérébrale. Le docteur Truffo, accouru à son tour, confirma mon diagnostic.

En effet, ce sont des choses qui arrivent fréquemment quand le cerveau d'un homme ne peut supporter le conflit entre la voix du cœur et l'appel du devoir. Je suis coupable devant le capitaine Cliff.

On emmena le malade à l'hôpital, tandis que le *Léviathan* s'éternisait à quai. Le visage livide tant il était bouleversé, Reynier-san se rendit au télégraphe, afin de s'entretenir avec la compagnie de navigation, à Londres. Il ne revint qu'à la nuit tombée. Les nouvelles étaient les suivantes : Cliff-san était toujours inconscient ; Reynier-san prendrait provisoirement le commandement du navire, et, à Calcutta, un nouveau capitaine monterait à bord.

Nous quittâmes Bombay avec dix heures de retard.

Ces jours-ci, je ne marche pas, je vole. Tout m'enchante, l'éclat du soleil, les paysages de la côte indienne, la lenteur et l'oisiveté de la vie sur ce grand navire. Même le salon Windsor, où je venais comme au supplice, la gorge serrée, m'est maintenant devenu presque familier. Mes compagnons de table se comportent à mon égard de manière toute différente – sans cette méfiance ni ce mépris teinté de dégoût. Tous se montrent charmants et aimables, et moi-même j'ai avec eux une attitude différente. Même Kléber-san, que j'étais prêt à étrangler de mes propres mains (la pauvrette !), ne me semble plus repoussante. C'est simplement une jeune femme qui, se préparant pour la première fois à être mère, est entièrement dominée par l'égoïsme puéril de cet état nouveau pour elle. Depuis qu'elle a appris que j'étais médecin, elle me pose constamment des questions d'ordre médical et se plaint à moi de ses moindres petits malaises. Auparavant, son unique victime était le docteur Truffo, mais maintenant nous sommes deux à écoper. Le plus curieux est que cela ne me pèse aucunement. Au contraire, mon statut est maintenant infiniment plus élevé qu'au temps où l'on me croyait officier. Stupéfiant !

Au Windsor, je bénéficie d'une situation privilégiée, qui ne tient pas uniquement au fait que je sois médecin ou encore, pour reprendre l'expression de Mrs Truffo, un *innocent martyr* de l'arbitraire policier. Non, le point le plus important est que *je ne peux en aucun cas être l'assassin*. Cela a été prouvé et officiellement confirmé. Et, par ce fait, je me retrouve dans la caste supérieure, aux côtés du commissaire de police et du capitaine nouvellement promu (qui, d'ailleurs, a pratiquement cessé de fréquenter notre salon : il est très occupé, et un steward lui porte ses repas directement sur la passerelle). Nous sommes tous les trois hors de cause, et il n'y a personne pour nous regarder par en dessous d'un air craintif.

J'ai de la peine pour toute cette assemblée du Windsor, sincèrement de la peine. Grâce à ma clairvoyance fraîchement acquise, je discerne nettement ce que d'autres ne voient pas, même le perspicace Fandorine-san.

Parmi mes compagnons de table il n'y a pas d'assassin. Aucun d'entre eux ne convient au rôle du malfaiteur. J'observe attentivement ces gens : ils ont des défauts et des faiblesses, mais il n'y a pas ici d'homme à l'âme assez noire pour tuer de sang-froid onze innocents, dont deux enfants. J'aurais repéré son haleine fétide. J'ignore de la main de qui a été tué Sweetchild-sensei, mais je suis sûr que le coupable est ailleurs. Le commissaire s'est quelque peu trompé dans ses suppositions : le criminel se trouve sur le paquebot, mais pas dans le Windsor. Peut-être écoutait-il à la porte lorsque le professeur a commencé à nous faire part de ses découvertes.

Si Gauche-san n'était pas aussi têtu et avait considéré les windsoriens sans idées préconçues, il aurait compris qu'il perdait inutilement son temps.

Je passe en revue notre tablée.

Fandorine-san. Son innocence est évidente. Sinon aurait-il détourné les soupçons qui pesaient sur moi, alors que ma culpabilité ne faisait de doute pour personne ?

Les époux Truffo. Le docteur est quelque peu comique, mais c'est un très brave homme. Il ne ferait pas de mal à une cigale. Sa femme est l'incarnation de la bienséance anglaise. Elle serait incapable de tuer qui que ce soit, tout simplement parce que cela ne se fait pas.

M.-S.-san. C'est un personnage étrange, il n'arrête pas de marmonner dans sa barbe et peut se montrer brusque, mais une profonde et sincère souffrance habite son regard. Un homme avec de tels yeux ne commet pas des crimes de sang-froid.

Kléber-san. Avec elle, tout est clair comme le jour. Premièrement, dans l'espèce humaine, il n'est guère usuel qu'une femme qui s'apprête à mettre un nouvel être au monde anéantisse d'autres vies humaines avec une telle légèreté. La grossesse est un mystère qui incite à la sollicitude à l'égard de l'être humain. Deuxièmement, au moment de l'assassinat du savant, Kléber-san se trouvait auprès du policier.

Et, pour finir, Stamp-san. Elle n'a pas d'alibi, mais l'imaginer se glissant furtivement derrière son compagnon de table, le bâillonnant de sa petite main frêle, tandis que de l'autre main elle brandit mon funeste scalpel... Du délire complet. C'est exclu.

Ouvrez les yeux, commissaire-san. Vous êtes dans l'impasse.

J'ai comme du mal à respirer. Ne serait-ce pas la tempête qui approche ?

Commissaire Gauche

Cette maudite insomnie avait atteint des sommets. C'était la cinquième nuit qu'il était au supplice, et plus ça allait, pire c'était. Il ne s'assoupissait qu'au petit matin, et c'étaient alors d'épouvantables cauchemars. Il se réveillait complètement fourbu, et toutes sortes d'inepties s'imposaient à son esprit embrumé par les visions nocturnes. N'était-il pas effectivement temps pour lui de prendre sa retraite ? Il aurait bien tout envoyé promener, mais c'était impossible. Rien n'était pire que de finir sa vie dans la misère et le dénuement. Quelqu'un s'apprêtait à mettre la main sur un trésor d'un milliard et demi de francs, et lui, pauvre vieux, il allait terminer son existence avec cent vingt-cinq malheureux francs par mois.

Dans la soirée, des éclairs avaient commencé à sillonner le ciel, le vent à hurler dans les mâts et le *Léviathan* à tanguer lourdement au rythme des lames noires et vigoureuses. Gauche était resté allongé sur son lit à regarder en l'air. Le plafond était tantôt noir, tantôt d'un blanc surnaturel quand fusait un éclair. Sur le pont, la pluie crépitait ; sur la table, un verre oublié contenant une potion contre le mal d'estomac allait et venait en faisant tinter la petite cuillère qui s'y trouvait.

C'était la première fois de sa vie que Gauche se retrouvait dans une tempête en mer, mais il n'avait pas peur. Comme si pareil mastodonte pouvait faire naufrage ! Il allait tanguer, gronder, et puis tout reprendrait son cours normal. Le seul problème, c'était ces roulements de tonnerre qui empêchaient de s'endormir. A peine commençait-on à fermer l'œil que de nouveau : tram-tararam !

Pourtant, il avait tout de même dû s'assoupir, car il venait de se relever d'un bond dans son lit, sans comprendre ce qui se passait. Son cœur frappait des coups secs qui se répercutaient dans toute la cabine.

Non, ce n'était pas son cœur, c'était à la porte.

— Commissaire ! (Toc, toc, toc.) Commissaire ! (Toc, toc, toc.) Ouvrez ! Vite !

De qui était-ce la voix ? Celle de Fandorine apparemment.

— Qui est-ce ? Que voulez-vous ? cria le commissaire en pressant sa main sur le côté gauche de sa poitrine. Vous n'êtes pas bien ou quoi ?

— Ouvrez, nom d'un chien !

Oh, oh ! Il en avait une façon de parler tout d'un coup, le diplomate ! Visiblement, il s'était passé quelque chose de grave.

— Tout de suite !

Gauche ôta pudiquement son bonnet de nuit à pompon (c'était cette bonne vieille Blanche qui le lui avait tricoté), passa sa robe de chambre et enfila ses mules.

Il jeta un coup d'œil par la porte entrouverte : eh oui, c'était bien Fandorine. En redingote et cravate, avec, à la main, une canne à pommeau d'ivoire. Ses yeux lançaient des éclairs.

— Quoi ? demanda Gauche, sur ses gardes, s'attendant à quelque insanité de la part de son visiteur nocturne.

Le diplomate se mit à parler d'une manière inhabituelle pour lui : rapidement, par phrases hachées et sans bégaiement.

— Habillez-vous. Prenez une arme. Il faut arrêter le capitaine Reynier. Au plus vite. Il nous conduit droit sur les rochers.

Gauche secoua la tête. C'était quoi encore, cette histoire à dormir debout ?

— Vous avez abusé du haschich, monsieur le Russe, ou quoi ?

— Je ne suis pas seul ici, répondit Fandorine.

Le commissaire se pencha dans le couloir et vit deux hommes qui faisaient le pied de grue non loin. L'un était le baronet maboul. Quant à l'autre, qui était-ce ? Ah oui, le pilote. Comment s'appelait-il déjà... Fox.

— Dépêchez-vous un peu de comprendre, continuait d'assener le diplomate. Le temps presse. Je lisais dans ma cabine. On frappe. Sir Reginald. A une heure du matin, il a fait le point. Avec son sextant. On ne suit pas le bon cap. On devrait contourner l'île de Mannar par la gauche. Et on est en train de la prendre par la droite. Il a réveillé le pilote. Fox, parlez.

Le pilote avança d'un pas. Il avait l'air complètement affolé.

— Hauts-fonds, monsieur, là-bas, baragouina-t-il en français. Et rochers. *Léviathan* très lourd. Seize mille tonnes, monsieur ! Sur hauts-fonds, se casser en deux, comme une pain français. Comme baguette, vous comprenez ? Si garder ce cap encore un demi-heure, fini, impossible revenir en arrière !

Ça, c'était la meilleure ! Comme si ça ne suffisait pas, il fallait maintenant que le vieux Gustave se mêle de la navigation ! Il ne lui manquait plus que cette fichue île de Mannar !

— Et pourquoi vous n'allez pas dire vous-même au capitaine qu'il... enfin... qu'il ne va pas où il faut ?

Le pilote se tourna vers le Russe.

— Monsieur Fandorine dire que non.

— Reynier est de toute évidence en train de jouer son va-tout, recommença à marteler le diplomate. Il est prêt à n'importe quoi. Il mettra le pilote aux arrêts. Pour insubordination. Il pourrait même faire usage de son arme. Il est le capitaine. Sur le bateau, sa parole a force de loi. A part nous trois, personne n'est au courant de ce qui se trame. Il faut un représentant de l'autorité. Vous, commissaire. Allez, montons !

— Doucement, doucement ! fit Gauche en se prenant le front. Je ne sais plus où j'en suis, avec vos histoires. Reynier est devenu fou, c'est ça ?

— Non. Mais il a l'intention de couler le navire. Et tous les gens qui se trouvent à bord.

— Pour quelle raison ? Au nom de quoi ?

Non, des choses pareilles n'avaient pas lieu dans la réalité. Il rêvait, il faisait un cauchemar.

Comprenant qu'il ne ferait pas bouger Gauche aussi facilement, Fandorine reprit de façon plus claire et plus explicite :

— Je n'ai qu'une explication possible. Elle est monstrueuse. Reynier veut couler le paquebot avec ses passagers afin d'effacer toute trace du crime, de faire tomber l'enquête à l'eau. Au sens propre. Que quelqu'un puisse envoyer un millier de personnes dans l'autre monde sans sourciller est difficile à croire, n'est-ce pas ? Mais rappelez-vous la rue de Grenelle, rappelez-vous Sweetchild, et vous comprendrez alors que, dans la chasse au trésor de Brahmapur, les vies humaines ne valent pas cher.

Gauche avala sa salive.

— La chasse au trésor de Brahmapur ?

— Oui, répondit Fandorine, essayant de se contenir. Reynier est le fils du rajah Bagdassar. Je le soupçonnais, mais je n'en avais pas la certitude. Maintenant je n'ai plus aucun doute.

— Mais comment cela, le fils ? C'est inepte ! Le rajah était indien, alors que Reynier est français de pure souche.

— Vous avez remarqué qu'il ne mange ni bœuf ni porc ? Vous savez pourquoi ? C'est une habitude qui lui vient de son enfance. En Inde, la vache est un animal sacré, et, quant au porc, les musulmans n'en mangent pas. Le rajah était indien, mais adepte de l'islam.

— Cela ne prouve pas grand-chose, fit Gauche en haussant les épaules. Reynier disait qu'il suivait un régime.

— Et son teint basané ?

— Il a bruni dans les mers du Sud.

— Au cours des deux dernières années, Reynier a uniquement navigué sur les lignes Londres–New York et Londres–Stockholm. Demandez à monsieur Fox. Non, Gauche, Reynier est à demi indien. La femme du rajah de Bagdassar était française. Au moment de la révolte des cipayes, leur fils poursuivait son éducation en Europe. Ou plutôt en France, dans la patrie de sa mère. Vous avez eu l'occasion d'aller dans la cabine de Reynier ?

— Oui, j'y ai été invité, comme d'autres.

— Vous avez vu la photographie posée sur sa table ? « Bon vent... Françoise B. » ?

— Oui, bien sûr, je l'ai vue. C'est sa mère.

— Si c'est sa mère, pourquoi B., et non R. ? Le fils et la mère devraient porter le même nom de famille.

— Peut-être s'est-elle remariée.

— Peut-être. Je n'ai pas eu le temps de vérifier. Mais si « Françoise B. » signifiait « Françoise Bagdassar » ? Les rajahs indiens, on le sait, n'ont pas de nom de famille, comme cela se fait en Europe.

— Et, dans ce cas, d'où vient le nom de Reynier ?

— Je l'ignore. Mais l'on peut supposer que, lors de sa naturalisation, il a pris le nom de jeune fille de sa mère.

— Tout cela, ce sont des conjectures, objecta Gauche d'un ton tranchant. Il n'y a pas un seul fait avéré. Que des « si » et des « peut-être ».

— D'accord. Mais la conduite de Reynier lors de l'assassinat de Sweetchild n'est-elle pas suspecte ? Vous vous souvenez de la façon dont le lieutenant a offert d'aller chercher le châle de madame Kléber ? Et a demandé au professeur de ne pas commencer sans lui ? Je pense que, durant ces quelques minutes d'absence, Reynier a eu le temps de mettre le feu à la poubelle et de faire un saut dans sa cabine pour y prendre le scalpel.

— Mais qu'est-ce qui vous prouve que le scalpel était justement chez lui ?

— Je vous ai dit que le baluchon du nègre avait disparu du canot après les recherches. Or, qui les conduisait ? Reynier !

Gauche secoua la tête d'un air sceptique. Le paquebot fit une embardée telle qu'il se cogna douloureusement l'épaule au chambranle. Ce qui ne contribua guère à améliorer son humeur.

— Vous vous rappelez les paroles de Sweetchild ? continua Fandorine. (Il sortit sa montre de sa poche, et son débit s'accéléra.) Il a déclaré : « Et tout s'est agencé : l'histoire du foulard, le fils du rajah. Il suffit de consulter les listes de l'Ecole maritime, la solution est là. » Autrement dit, non seulement il avait découvert le secret du foulard, mais encore avait-il appris quelque chose d'important à propos du fils du rajah. Par exemple, qu'il avait fait ses études à l'Ecole maritime de Marseille. Car, en effet, Reynier est bien sorti de cette école. L'indianiste a parlé d'un télégramme envoyé à un de ses amis du ministère français de l'Intérieur. Il est possible que Sweetchild ait voulu se renseigner sur ce qu'était devenu le garçon. Et, visiblement, il avait trouvé quelque chose, mais il est peu probable qu'il ait deviné que Reynier était l'héritier de Bagdassar, sinon il se serait montré plus méfiant.

— Et qu'avait-il flairé concernant le foulard ? demanda Gauche, avide de savoir.

— Je crois être en mesure de répondre à cette question. Mais pas maintenant, après. Il est plus que temps d'y aller !

— Ainsi, selon vous, Reynier a lui-même manigancé ce petit incendie et, profitant de la panique, a réduit au silence le professeur ? demanda Gauche, pensif.

— Oui, bon Dieu, oui ! Faites un peu travailler vos méninges ! Les preuves sont minces, je sais, mais encore vingt minutes, et le *Léviathan* entrera dans la passe.

Cependant, le commissaire continuait d'hésiter.

— L'arrestation d'un capitaine en pleine mer, c'est une mutinerie. Pourquoi prenez-vous pour argent comptant les déclarations de ce monsieur ? demanda-t-il avec un mouvement du menton en direction du baronet loufoque. Il ne fait que raconter des fariboles.

Le rouquin eut un petit rire méprisant et regarda Gauche comme s'il était un cloporte ou un tas de boue. Il ne méritait même pas qu'on lui réponde.

— Parce que j'ai depuis longtemps des soupçons sur Reynier, prononça le Russe à toute vitesse. Et parce que cette histoire avec le capitaine Cliff m'a semblé bizarre. Pourquoi le lieutenant a-t-il eu besoin de discuter aussi longuement par télégraphe avec la compagnie de navigation ? Ne peut-on en conclure que personne à Londres n'était au courant de l'accident dont avait été victime la fille de Cliff ? Et, dans ce cas, qui a envoyé le télégramme à Bombay ? La direction du pensionnat ? On doute qu'elle ait été informée de l'itinéraire au jour le jour du *Léviathan*. N'est-ce pas Reynier qui a lui-même envoyé cette dépêche ? Dans mon guide il est écrit que Bombay possède pas moins d'une douzaine de stations télégraphiques. Envoyer un télégramme d'un point à un autre de la ville est un jeu d'enfant.

— Et pourquoi diable avait-il besoin d'envoyer un tel télégramme ?

— Pour s'emparer du bateau. Il savait qu'après une pareille nouvelle, Cliff ne pourrait continuer le voyage. Mais demandez plutôt pourquoi Reynier a pris un tel risque. Pour flatter bêtement son amour-propre, pour le plaisir de commander un paquebot pendant une petite semaine, et après, advienne que pourra ? Non, il n'y a qu'une réponse : pour envoyer le *Léviathan* par le fond, avec ses passagers et son équipage. L'enquête s'approchait dangereusement de lui, l'étau se refermait. Il ne pouvait pas ne pas comprendre que la police aurait à l'œil tous les suspects. Il a alors eu l'idée d'un naufrage où tous périraient, ni vu ni connu. Et il n'aurait plus qu'à partir tranquillement à la recherche du coffret aux pierres précieuses.

— Mais il périrait avec nous !

— Non, pas lui. Nous venons de vérifier : la chaloupe du capitaine est prête à être mise à l'eau. C'est une petite mais solide embarcation qui ne craint pas la tempête. Il y a déjà tout ce qu'il faut à l'intérieur : réserve d'eau, un panier contenant des provisions et même, détail particulièrement touchant, un sac de voyage avec des vêtements. Il est probable que Reynier s'apprête à quitter le navire dès que nous serons entrés dans l'étroite passe, d'où le *Léviathan* n'aura plus aucune chance de sortir. Le paquebot sera dans l'impossibilité de virer et, même si on stoppe les machines, le courant l'enverra de toute façon sur les rochers. La terre n'étant pas loin, il est possible que quelques-uns en réchappent, mais tous les autres seront portés disparus.

— Ne soyez pas aussi bouché, monsieur le policier ! intervint le pilote. Nous avons assez perdu le temps. Monsieur Fandorine m'a réveillé. Il m'a dit que le bateau ne va pas où il faut. Je voulais dormir, j'ai envoyé monsieur Fandorine au diable. Il m'a proposé une pari : cent livres contre un que le capitaine se tromper de route. J'ai pensé le Russe devenu fou, tout le monde savoir que les Russes être très excentriques, et je gagner argent facilement. Je monter sur le passerelle. Tout est normal. Le capitaine est de quart, le timonier tient le barre.

Pour cent livres je vérifier tout de même la cap et là, j'ai eu une sueur ! Mais je n'ai rien dit au capitaine. Mister Fandorine m'avait prévenu qu'il ne faut rien dire. J'ai obéi. J'ai souhaité bon quart et suis parti. Depuis (le pilote consulta sa montre), vingt-cinq minutes sont passées.

Puis il ajouta en anglais quelque chose de manifestement désobligeant pour les Français en général et les policiers français en particulier. Gauche ne comprit que le mot *frog*[1].

Après encore une seconde d'hésitation, le policier prit enfin une décision. Et aussitôt se métamorphosa. Ses mouvements se firent rapides et impétueux. Le père Gauche n'aimait pas agir dans la précipitation, mais, une fois lancé, plus rien ne l'arrêtait.

Enfilant à la hâte une veste et un pantalon, il dit au pilote :

— Fox, emmenez deux matelots sur le pont supérieur. Avec des carabines. Que le second vienne également. Non, mieux vaut pas, on n'a pas le temps de tout expliquer à nouveau.

Il fourra son fidèle Lefaucheux dans sa poche et tendit au diplomate un Mariette à quadruple canon.

— Vous savez vous en servir ?

— J'ai mon Herstal, répondit Fandorine en montrant à Gauche un joli revolver très compact, d'un modèle qu'il n'avait encore jamais eu l'occasion de voir. Et j'ai aussi ça.

Avec la vitesse de l'éclair, il sortit de sa canne une lame fine et flexible.

---

1. Grenouille.

— Dans ce cas, en avant.

Gauche choisit de ne pas donner d'arme au baronet : savait-on jamais avec ce timbré.

Alors que tous les trois longeaient à grands pas l'immense corridor désert, la porte d'une des cabines s'entrouvrit, et Renata Kléber apparut, vêtue d'une robe d'un brun sombre, sur laquelle elle avait jeté un châle.

— Enfin, messieurs, vous pourriez être plus discrets, on dirait un troupeau d'éléphants ! lança-t-elle, furieuse. Déjà qu'avec cet orage je n'arrive pas à dormir !

— Fermez la porte et ne sortez sous aucun prétexte, répliqua sévèrement Gauche.

Sans s'arrêter, il poussa Renata à l'intérieur de sa cabine. L'heure n'était pas aux civilités.

Le commissaire crut également voir bouger la porte de la cabine 24, occupée par mademoiselle Stamp, mais le moment était trop grave pour s'attarder à des vétilles.

Sur le pont, la pluie et le vent cinglaient le visage. Il fallait crier, sinon impossible de s'entendre.

Il repéra l'escalier métallique qui menait au poste de pilotage et à la passerelle. Fox était déjà là à attendre en bas des marches, flanqué de deux matelots de quart.

— Avec des carabines, je vous avais dit ! cria Gauche.

— Elles sont dans l'arsenal ! lui brailla à l'oreille le pilote. Et c'est le capitaine qui a la clé !

« Tans pis, on monte », fit comprendre par gestes Fandorine. Son visage scintillait de gouttes d'eau.

Gauche regarda autour de lui et eut un frisson : la nuit était striée par un rideau de pluie aux reflets d'acier, blanchie par les crêtes écumantes des vagues, déchirée par les éclairs. Sinistre !

Dans le fracas de leurs talons résonnant sur les marches de fonte, ils gravirent l'escalier, les yeux plissés sous les assauts de la pluie. Gauche ouvrait la marche. En cet instant, il était l'homme le plus important de l'énorme *Léviathan*, qui, confiant, était en train de conduire à sa perte sa carcasse longue de deux cents mètres. A la dernière marche, le policier glissa et se rattrapa de justesse à la main courante. Il se redressa, reprit son souffle.

Voilà, il y était. Au-delà ne restaient plus que les cheminées crachotant des étincelles et les mâts, silhouettes à peine visibles dans l'obscurité.

Près d'une porte blindée, Gauche leva un doigt en signe d'avertissement : doucement ! Mesure de précaution sans doute superflue, car la mer faisait un tel vacarme qu'on n'aurait de toute façon rien entendu à l'intérieur.

— Ici est l'entrée au passerelle et poste de manœuvres ! cria Fox. Sans invitation du capitaine, il est interdit d'entrer !

Gauche sortit son revolver de sa poche, leva le chien. Fandorine en fit autant.

— Vous, taisez-vous ! lança à tout hasard le policier, désireux de mettre en garde le diplomate par trop entreprenant. C'est moi qui parle ! Oh, j'aurais mieux fait de ne pas vous écouter !

Sur quoi il poussa résolument la porte.

Bon, ça commençait bien, la porte résistait.

— Il s'est enfermé, constata Fandorine. Fox, donnez de la voix.

Le pilote tambourina contre la porte et cria :

— *Captain, it's me, Jeremy Fox ! Please open ! We have an emergency*[1] !

De derrière la porte, parvint la voix assourdie de Reynier.

— *What happened, Jeremy*[2] ?

La porte resta fermée.

Décontenancé, le pilote se tourna vers Fandorine. Ce dernier indiqua le commissaire, puis appuya deux doigts sur sa tempe et mima le geste de presser la détente. Gauche ne comprit pas le sens de cette pantomime, mais Fox acquiesça et hurla à tue-tête :

— *The French cop shot himself*[3] !

Immédiatement la porte s'ouvrit en grand, et Gauche se fit un plaisir de présenter au capitaine sa physionomie certes mouillée mais bien vivante. Et, par la même occasion, le trou noir du canon de son Lefaucheux.

Reynier poussa un cri et fit un bond en arrière comme s'il avait été atteint par une balle. Comme preuve, on ne faisait pas mieux : un homme à la conscience tranquille ne reculait pas comme ça devant la police, et Gauche, sans plus aucune hésitation, saisit le marin par le col de sa veste de grosse toile enduite.

— Je suis heureux que l'annonce de ma mort ait produit sur vous un tel effet, monsieur le rajah, déclara le commissaire d'une voix doucereuse, avant de lancer son fameux « Mains au-dessus des

1. Capitaine, c'est moi, Jeremy Fox ! Ouvrez, s'il vous plaît ! Nous avons une urgence !

2. Que se passe-t-il, Jeremy ?

3. Le policier français s'est tiré une balle dans la tête !

oreilles ! Vous êtes en état d'arrestation ! », célèbre dans tout Paris.

Généralement, à ces mots, les coupe-jarrets les plus farouches s'évanouissaient.

La barre s'immobilisa entre les mains du timonier à demi retourné. Puis l'homme leva également les mains, et la roue partit légèrement sur la droite.

— Tiens ta barre, crétin ! brailla Gauche. Eh, toi ! ajouta-t-il en pointant du doigt un des deux matelots de quart. File chercher le premier lieutenant, qu'il prenne le commandement du navire. En attendant, Fox, faites le nécessaire. Et plus vite que ça, bon Dieu ! Envoyez un ordre à la salle des machines : « Arrière toute » ou « Stoppez les machines », ce que vous voulez, mais ne restez pas là planté comme une bûche !

— Il faut voir, dit le pilote en se penchant sur la carte. Il n'est peut-être pas trop tard pour prendre à bâbord.

Du côté de Reynier, tout était clair. Le brave petit n'essayait même pas de feindre l'indignation, il se contentait de rester debout, la tête baissée. Ses mains levées étaient agitées de légers tremblements.

— Et maintenant, nous allons avoir une petite discussion, tous les deux, dit Gauche d'un ton mielleux. Une bonne petite discussion.

Renata Kléber

Renata arriva au petit déjeuner après tout le monde et fut donc la dernière à être informée des événements de la nuit. C'était à qui serait le premier à lui raconter les nouvelles, aussi ahurissantes que monstrueuses.

Donc, le capitaine Reynier n'était déjà plus capitaine.

Donc, Reynier n'était pas Reynier.

Donc, il était le fils du fameux rajah.

Donc, c'était lui qui avait tué tout le monde.

Donc, durant la nuit, le paquebot avait de peu échappé au naufrage.

— Nous dormions d'un sommeil paisible dans nos cabines, murmurait Clarice Stamp, les yeux écarquillés d'effroi, alors que *cet homme* était dans le même temps en train de conduire le bateau droit sur les rochers. Vous imaginez ce qu'aurait pu être la suite ? Un grincement à fendre l'âme, le choc, le craquement de la coque qui se déchire ! La secousse vous éjecte de votre lit et vous vous retrouvez par terre, tout d'abord sans rien comprendre à ce qui se passe. Puis ce sont les cris, les bruits de pas dans le couloir. Le sol qui penche de plus en plus. Et, plus effrayant que tout, alors que jusque-là il avançait régulièrement, le paquebot est maintenant arrêté ! Tous les passagers se précipitent sur le pont en tenue légère...

— *Not me*[1] ! protesta vigoureusement madame Truffo.

1. Pas moi !

— ... Les marins essaient de mettre les chaloupes à l'eau, continuait l'impressionnable Clarice, de sa même voix étouffée aux accents mystiques, sans prêter attention à la remarque de la femme du docteur. Mais la foule des passagers affolés qui a envahi le pont les en empêche. A chaque nouvelle vague, le paquebot se couche un peu plus sur le flanc. Nous commençons à avoir du mal à tenir sur nos jambes, il faut s'accrocher à quelque chose. La nuit est noire, la mer hurle, dans le ciel gronde l'orage... Enfin, on a pu mettre un canot à l'eau, mais, rendus fous par la peur, les gens se sont tellement entassés dedans qu'il se retourne. Les jeunes enfants...

— C'est p-peut-être suffisant, dit doucement mais fermement Fandorine, interrompant le pittoresque récit.

— Vous devriez écrire des récits de mer, madame, fit remarquer Truffo d'un ton désapprobateur.

Renata, quant à elle, s'était figée, la main sur le cœur. Si elle était déjà pâle à cause du manque de sommeil, toutes ces nouvelles l'avaient rendue carrément verte.

— Mon Dieu ! Mon Dieu ! répéta-t-elle en soupirant avant de s'en prendre sévèrement à Clarice : Pourquoi me racontez-vous toutes ces horreurs ? Ignorez-vous donc que cela est très fâcheux dans mon état ?

Le Cabot n'était pas à table. Pourtant, cela ne lui ressemblait pas de sauter le petit déjeuner.

— Et où est passé monsieur Gauche ? demanda Renata.

— Il continue d'inteloger le plévenu, déclara le Japonais.

Depuis quelques jours, ce dernier avait cessé de faire la tête et de regarder Renata d'un œil noir.

— Est-ce possible que monsieur Reynier ait avoué toutes ces choses inimaginables ? dit-elle en soupirant. Il s'accable lui-même ! Il doit tout simplement avoir l'esprit dérangé. Vous savez, j'avais remarqué depuis longtemps qu'il y avait quelque chose chez lui qui ne tournait pas rond. C'est lui-même qui a dit qu'il était le fils du rajah ? Encore heureux qu'il ne se prenne pas pour le fils de Napoléon Bonaparte. Le pauvre a perdu les pédales, c'est évident !

— C'est bien possible, madame, c'est bien possible, retentit, derrière elle, la voix lasse du commissaire Gauche.

Renata ne l'avait pas entendu entrer. Ce qui n'avait rien d'étonnant car, bien que la tempête fût terminée, la mer restait agitée, et il y avait en permanence quelque chose qui grinçait, qui tintait ou craquait. Quant à Big Ben, si son balancier avait cessé son va-et-vient depuis qu'elle avait reçu une balle, elle continuait en revanche d'osciller sur sa base. Tôt ou tard, le monstre de chêne allait se fracasser par terre, songea au passage Renata, puis elle se concentra sur le Cabot.

— Alors, où en est-on, racontez ! demanda-t-elle.

Le policier se dirigea lentement vers sa place et s'assit. Il fit signe au steward de lui servir du café.

— Eh bien, je suis complètement vidé, se plaignit le commissaire. Au fait, les passagers ? Est-ce qu'ils sont au courant ?

— Tout le paquebot bruit de rumeurs mais, pour l'instant, peu de gens connaissent les détails, répondit le docteur. Mister Fox m'a tout raconté, et j'ai jugé de mon devoir d'informer les présents.

Le Cabot regarda Fandorine puis le Toqué, et hocha la tête avec étonnement :

— On peut dire, messieurs, que vous n'êtes pas du genre bavard.

Renata comprit le sens de la remarque, mais ne vit pas le rapport immédiat avec l'affaire.

— Alors, Reynier ? demanda-t-elle. Est-ce bien vrai qu'il a avoué tous ces horribles méfaits ?

Le Cabot but avec délectation une gorgée de café. Curieux, il n'était pas comme d'habitude, aujourd'hui. Il ne ressemblait plus à un vieux chien aboyeur, mais finalement pas méchant. Celui-là semblait capable de mordre. Vous étiez tranquillement en train de baguenauder et, hop, il vous arrachait un morceau de viande. Renata décida de rebaptiser le commissaire Bouledogue.

— Délicieux, ce petit café, apprécia le Bouledogue. Il a avoué, bien sûr qu'il a avoué. Il n'avait guère le choix. Il va de soi qu'il m'a donné du fil à retordre, mais le vieux Gauche n'en est pas à son coup d'essai. Pour l'heure, votre ami Reynier est enfermé, il rédige sa déposition. Maintenant qu'il a commencé, on ne peut plus l'arrêter. Je suis parti pour ne pas le déranger.

— Pourquoi « mon » ami ? s'alarma Renata. Arrêtez, avec ça. C'est simplement un homme courtois, toujours prêt à rendre service à une femme enceinte. Et, personnellement, je refuse de croire qu'il soit un tel monstre.

— Il va d'un moment à l'autre terminer sa confession, je vous la donnerai à lire, promit le Bouledogue. Au nom de notre vieille amitié. Nous avons passé tant d'heures ensemble assis à la même table. Mais maintenant, terminé, l'enquête est close. J'espère, monsieur Fandorine, que vous n'allez pas vous remettre à jouer les avocats. Ce client-là n'échappera pas à la guillotine.

— Ou plutôt à la maison de fous, dit Renata.

Le Russe voulut également dire quelque chose mais s'en abstint. Renata le regarda avec un intérêt marqué. Il était frais comme une rose, mignon tout plein, comme s'il avait passé toute la nuit à dormir paisiblement dans son petit lit douillet. Et, comme toujours, tiré à quatre épingles : veste blanche, gilet de soie parsemé de minuscules étoiles. Un type vraiment étonnant. Renata n'en avait encore jamais rencontré de pareil.

La porte s'ouvrit si brutalement qu'elle faillit sauter de ses gonds. Sur le seuil, se tenait un matelot roulant des yeux hagards. Voyant Gauche, il courut vers lui et lui chuchota quelque chose à l'oreille en faisant des gestes désespérés.

Renata tendit l'oreille, mais ne distingua que « *bastard* » et « *by my mother's grave* [1] ».

Qu'est-ce qui avait encore bien pu se produire ?

— Docteur, allons dans le couloir, fit le Bouledogue en repoussant son omelette d'un air contrarié. Traduisez-moi ce que baragouine ce garçon.

Ils sortirent tous les trois.

— Quoi ? ! ! ! entendit-on hurler le commissaire. Et où avais-tu l'œil, espèce d'abruti ? !

Bruit de pas qui s'éloignent. Silence.

— Je ne bougerai pas d'ici tant que monsieur Gauche ne sera pas de retour, déclara fermement Renata.

1. Salaud... Sur la tombe de ma mère.

Les autres, apparemment, étaient du même avis. Un silence tendu plana sur le salon Windsor.

Le commissaire et Truffo revinrent une demi-heure plus tard. L'un et l'autre affichaient une mine sombre.

— Il est arrivé ce qui devait arriver, déclara triomphalement le petit docteur, sans attendre les questions. Un point final vient de clore cette tragique histoire. Et c'est le criminel lui-même qui l'a mis.

— Il est mort ? s'exclama Renata en se levant d'un bond.

— Il s'est suicidé ? demanda Fandorine. Mais comment ? Est-il possible que vous n'ayez pris aucune mesure de p-précaution ?

— Pardi, bien sûr que j'en avais pris, fit Gauche en écartant les bras d'un air désemparé. Dans le cachot où je l'ai interrogé, il n'y avait pour tout mobilier qu'une table, deux chaises et un lit. Avec tous les pieds vissés au sol. Mais si un homme s'est mis en tête d'en finir avec la vie, on peut faire tout ce qu'on veut, rien ne l'arrêtera. Reynier s'est fracassé le crâne contre un angle saillant du mur. Il y en a effectivement un dans un coin de ce cachot... Et il s'est tellement bien débrouillé que le garde n'a même pas entendu un bruit. Quand on a ouvert la porte pour lui apporter son petit déjeuner, il gisait par terre, au milieu d'une mare de sang. J'ai ordonné qu'on ne le touche pas, il n'a qu'à rester où il est pour l'instant.

— Je peux aller y jeter un coup d'œil ? demanda Fandorine.

— Allez-y si ça vous chante. Vous pouvez admirer le tableau autant que vous voudrez, moi, en attendant, je termine mon petit déjeuner.

Et, avec un calme olympien, le Bouledogue approcha son omelette refroidie.

Ils furent quatre à partir pour aller voir le suicidé : Fandorine, Renata, le Japonais et, si curieux que cela paraisse, la femme du docteur. Qui se serait attendu à une telle curiosité de la part de cette vieille chèvre collet monté ?

Par-dessus l'épaule de Fandorine, claquant des dents, Renata coula un regard à l'intérieur du cachot. Elle reconnut, allongée en biais, la silhouette carrée de Reynier, sa tête brune effleurant la saillie du mur. Il reposait face contre terre, sa main droite retournée de façon peu naturelle.

Renata s'abstint d'entrer, elle en avait suffisamment vu comme ça. Les autres pénétrèrent à l'intérieur et s'accroupirent autour du corps.

Le Japonais souleva la tête du mort et, pour une raison quelconque, toucha du doigt son front ensanglanté. Mais oui, c'est vrai, il était médecin.

— *Oh Lord, have mercy upon this sinful creature* [1], prononça pieusement madame Truffo.

— Amen, dit Renata avant de se détourner pour échapper à ce pénible spectacle.

Ils regagnèrent le salon sans dire un mot.

Et arrivèrent au bon moment : ayant terminé son repas, le Bouledogue essuya avec une serviette ses lèvres grasses et approcha de lui son dossier noir.

— J'avais promis de vous montrer la déposition de feu notre voisin de table, dit-il, imperturbable, en posant devant lui trois feuilles de papier – deux entières plus une demie – noircies d'une écriture

1. Oh, Seigneur, aie pitié de cette créature pécheresse.

serrée. Ainsi, il apparaît qu'il ne s'agit pas seulement d'une confession mais d'une lettre d'adieu. Ce qui ne change rien sur le fond. Vous désirez l'entendre ?

Il n'eut pas besoin de renouveler sa proposition. Tous se groupèrent autour du commissaire et retinrent leur souffle. Le Bouledogue prit la première feuille, l'éloigna de ses yeux et commença à lire :

Au représentant de la police française
M. le commissaire Gustave Gauche

19 avril 1878, 6 h 15 du matin
***A bord du* Léviathan**

Moi, Charles Reynier, fais la confession ci-dessous de mon plein gré et sans aucune contrainte, par unique souci de soulager ma conscience et d'expliquer les motifs qui m'ont amené à commettre des crimes atroces.

Le destin s'est toujours montré cruel à mon égard...

» Cette chanson-là, je l'ai entendue mille fois, commenta le commissaire, interrompant sa lecture. Il n'est pas un seul individu coupable d'assassinat, cambriolage ou autre détournement de mineur qui ait dit, au cours de son procès, que le destin l'avait comblé de ses bienfaits, mais que lui, fils de chienne qu'il était, n'avait pas su s'en montrer digne. Bref, continuons.

Le destin s'est toujours montré cruel avec moi, et s'il m'a souri à l'aube de ma vie, c'est uniquement pour m'accabler encore plus durement par la suite. Mes jeunes années se sont déroulées dans un luxe indescriptible. J'étais le fils et unique héritier d'un rajah fabuleusement riche, un homme très bon, qui alliait la sagesse de l'Orient et celle de l'Occident. Jusqu'à l'âge de sept ans, j'ai ignoré ce qu'étaient le mal, la peur, la honte, un désir non satisfait. Ma mère se languissait loin de sa terre natale et passait tout son temps avec moi, à me parler de sa merveilleuse France et du gai Paris où elle avait grandi. Mon père l'avait rencontrée au club de Bagatelle, où elle était première danseuse, et s'en était follement épris. Françoise Reynier (tel est le nom de jeune fille de ma mère, nom que j'ai adopté lorsque j'ai obtenu la nationalité française) ne put résister aux tentations que lui offrait un mariage avec un prince d'Orient et devint sa femme. Mais ce mariage ne la rendit pas heureuse, même si elle respectait sincèrement mon père et lui resta fidèle jusqu'à ce jour.

Lorsque la vague sanglante de la révolte déferla sur l'Inde, mon père pressentit le danger et envoya sa femme et son fils en France. Le rajah savait que les Anglais lorgnaient depuis longtemps sur son précieux coffret et qu'ils allaient forcément inventer quelque vilenie pour s'emparer des trésors de Brahmapur.

Durant les premiers temps, ma mère et moi vécûmes richement – dans un hôtel particulier, entourés d'une multitude de serviteurs. Je fis mes études dans un lycée pour nantis, avec pour condisciples des enfants de têtes couronnées et de millionnaires. Puis tout a basculé, et j'ai bu jusqu'à la lie la coupe de la pauvreté et de l'humiliation.

Jamais je n'oublierai ce jour noir où ma mère, en larmes, m'annonça que je n'avais plus ni père, ni titre, ni patrie. C'est seulement un an plus tard que, par l'intermédiaire de l'ambassade britannique à Paris, me fut transmis l'unique héritage légué par mon père : un petit Coran. A cette époque, ma mère m'avait déjà fait baptiser et j'allais à la messe. Cependant, je m'étais juré d'apprendre à lire l'arabe afin de déchiffrer les annotations écrites de la main de mon père, en marge du livre saint. Bien des années plus tard, je réalisai ce vœu, mais j'y reviendrai plus tard.

» Patience, patience, dit Gauche avec un sourire malicieux. Nous n'en sommes pas encore là. Pour l'heure, continuons les envolées lyriques.

Nous quittâmes l'hôtel particulier sitôt reçue la triste nouvelle. Nous nous installâmes d'abord dans un palace, puis dans un établissement plus modeste, puis dans un meublé. Le nombre de nos serviteurs se réduisait peu à peu, et, finalement, nous restâmes tous les deux. Ma mère n'a jamais eu le sens pratique, ni du temps de son impétueuse jeunesse ni plus tard. Les bijoux qu'elle avait emportés avec elle en Europe nous permirent de vivre pendant deux ou trois ans, après quoi nous nous retrouvâmes réellement dans le besoin. Je fréquentais une école communale, où j'étais battu et traité de « noiraud ». Cette vie fit de moi un être dissimulateur et vindicatif. Je tenais un journal secret dans lequel je notais le nom de ceux qui m'avaient offensé, avec l'idée de me venger de chacun d'eux lorsque, tôt ou tard, l'occasion se présenterait. Ce qui ne manqua pas d'arriver. Bien des années plus tard, à New York, je rencontrai un de mes ennemis de cette période douloureuse de ma jeunesse. Il ne me reconnut pas : j'avais alors changé de nom et n'avais plus rien à voir avec le gamin maigrichon et persécuté, le « sale petit Indien », comme ils disaient à l'école pour me faire enrager. J'attendis ma vieille connaissance un soir, alors qu'elle sortait, ivre, d'une boîte de nuit. Je me présentai sous mon ancien nom et interrompis son exclamation étonnée par un coup de canif dans l'œil droit, un procédé que j'avais appris dans les bouges d'Alexandrie. J'avoue ce crime, parce qu'il est peu probable que cela change quoi que ce soit à mon sort.

» Très juste, approuva le Bouledogue. Au point où il en est, un cadavre de plus ou de moins...

Alors que j'avais treize ans, nous quittâmes Paris pour Marseille, parce que la vie y était moins chère et que ma mère y avait de la famille. A l'âge de seize ans, après avoir com-

mis un acte que je préfère oublier, je m'enfuis de la maison et m'engageai comme mousse sur une goélette. Je naviguai pendant deux ans en Méditerranée. Ce fut une expérience rude mais utile. Je devins fort, impitoyable, en même temps que flexible. Par la suite, cela allait me permettre d'être le meilleur élève de l'Ecole maritime de Marseille. J'en sortis avec la médaille d'honneur et, dès lors, ne naviguai plus que sur les meilleurs bâtiments de la flotte marchande française. Quand, à la fin de l'année dernière, fut ouvert un concours pour le poste de premier lieutenant du prestigieux Léviathan, *mes états de service et mes excellentes recommandations m'assurèrent la victoire. Mais à ce moment-là, mon But s'était déjà fait jour.*

Gauche prit la deuxième feuille et annonça :
— Voilà, on arrive au plus intéressant.

Petit, on me donnait des leçons d'arabe. Toutefois, mes maîtres étant par trop complaisants à l'égard du prince héritier, je n'appris pas grand-chose. Plus tard, lorsque je me retrouvai en France avec ma mère, il ne fut plus question de cours d'arabe, et j'oubliai rapidement le peu que je savais. Pendant de longues années, le Coran annoté par mon père me parut un livre enchanté, dont les arabesques magiques étaient inaccessibles au commun des mortels. Combien, par la suite, j'ai remercié le ciel de ne pas avoir demandé à quelque arabisant de lire les annotations en marge ! Non, il fallait coûte que coûte que ce soit moi et moi seul qui perce ce secret. Je me remis à l'arabe alors que je naviguais dans les régions du Maghreb et du Levant. Peu à peu, le Coran commença à me parler avec la voix de mon père. Mais il fallut de longues années avant que les notes manuscrites – aphorismes fleuris des sages, fragments de poèmes et conseils d'un père à son bien-aimé fils – me laissent entrevoir le code qu'elles renfermaient. Prises dans un certain ordre, les annotations constituaient un ensemble d'instructions précises et détaillées, que seul pouvait comprendre celui qui avait appris les notes par cœur, y avait beaucoup réfléchi et s'en était imprégné. Plus que sur tout le reste, je peinai longuement sur une phrase extraite d'un poème inconnu de moi :

Un foulard, rouge du sang paternel,
Le messager de la mort t'apportera.

C'est seulement il y a un an, en lisant les Mémoires d'un général anglais qui se vantait de ses « exploits » pendant le Grand Soulèvement (mon intérêt pour ce sujet est bien compréhensible), que je découvris un intéressant détail sur le cadeau fait avant de mourir à son jeune fils par le rajah de Brahmapur. Ainsi, le Coran avait été enveloppé dans un foulard ! J'eus l'impression que mes yeux se dessillaient. Quelques mois plus tard, lord Littleby présenta sa collection au Louvre. Je fus le plus attentif des visiteurs de cette exposition. Quand, enfin, je vis le foulard de mon père, le sens de ces lignes me sauta aux yeux :

Et par sa forme pointue
Il est semblable au dessin et à la montagne.

Et aussi :

Mais de l'oiseau de paradis, l'œil sans fond
Est propre à percer le mystère.

Faut-il expliquer que, durant toutes ces années d'exil, je ne rêvais de rien d'autre que du coffret en argile renfermant toute la richesse du monde ? Combien de fois ai-je vu en songe se soulever le couvercle de terre, tandis que de nouveau, comme dans ma lointaine jeunesse, un éclat surnaturel se déversait sur l'univers !

Le trésor me revient de droit, je suis l'héritier légal ! Les Anglais m'ont dépouillé, mais ils n'ont pas su profiter des fruits de leur perfidie. Cet infâme charognard de Littleby, qui se targuait de ses « raretés », n'était en fait qu'un vulgaire receleur d'objets volés. Je n'ai pas un seul instant douté de mon bon droit et ne craignais qu'une seule chose : ne pas venir à bout de la tâche que je m'étais assignée.

Et j'ai effectivement commis une série d'impardonnables, de terribles erreurs. La première est la mort des serviteurs et, en particulier, des malheureux enfants. Je n'avais, bien sûr, aucune intention de tuer ces gens en rien coupables. Comme vous l'avez fort justement deviné, je me suis fait passer pour médecin et leur ai administré une injection d'opium. Je voulais seulement les endormir, mais, par manque d'expérience et par crainte que le narcotique n'agisse pas suffisamment, j'ai mal évalué la dose.

Un second choc m'attendait à l'étage. Quand j'ai cassé la vitrine et que, les mains tremblantes d'une émotion empreinte de vénération, j'ai pressé le foulard de mon père contre mon visage, une des portes s'est brusquement ouverte et, boitant, est entré le maître de maison. Selon les informations en ma possession, le lord était en déplacement, or voilà qu'il surgissait devant moi, de surcroît armé d'un pistolet ! Je n'avais pas le choix. J'attrapai la statuette de Shiva et, de toutes mes forces, en frappai le lord à la tête. Au lieu de partir à la renverse, il tomba en avant, en m'enserrant de ses bras et en éclaboussant de sang mes vêtements. Sous une blouse blanche, je portais mon uniforme d'apparat, dont le pantalon bleu marine à passepoil rouge ressemble énormément à celui des personnels sanitaires municipaux. J'étais très fier de ma ruse, mais, en fin de compte, c'est elle qui m'a perdu. Dans une ultime convulsion, sous ma blouse grande ouverte, le malheureux arracha de ma poitrine l'emblème du Léviathan. *Ce n'est qu'à mon retour sur le paquebot que je remarquai la disparition de l'insigne. Je parvins à m'en procurer un autre, mais je n'en avais pas moins laissé derrière moi une trace fatale.*

Je ne me souviens plus comment j'ai fui la maison. Plutôt que de sortir par la porte, j'ai choisi d'escalader la palissade depuis le jar-

din. Ensuite, je n'ai repris mes sens qu'une fois arrivé à la Seine. Dans une main, je tenais la statuette ensanglantée, dans l'autre, le pistolet. J'ignore moi-même pourquoi je l'avais ramassé. Avec un frémissement d'horreur, j'ai jeté l'un et l'autre dans l'eau. Dans la poche de ma tunique, sous la blouse blanche, le foulard me réchauffait le cœur.

Et le lendemain, j'appris par les journaux que je n'étais pas seulement l'assassin de lord Littleby mais également celui de neuf autres personnes. Je passe sur mes tourments à ce sujet.

» Ben voyons, fit le commissaire avec un hochement de tête. C'est touchant à pleurer. Il se croit devant une cour d'assises : « Jugez vous-même, messieurs les jurés, pouvais-je agir autrement ? A ma place, vous auriez fait pareil. » Répugnant ! conclut Gauche, et il reprit sa lecture :

Le foulard m'a rendu fou. L'oiseau enchanteur avec ce trou à la place de l'œil prit sur moi un étrange ascendant. C'était comme si je n'agissais pas de ma propre volonté, mais obéissais à la petite voix qui, désormais, me dirigeait.

» On le voit venir avec son idée d'irresponsabilité, fit remarquer le Bouledogue en souriant d'un air entendu. On connaît la chanson.

Alors que nous longions le canal de Suez, le foulard disparut de mon secrétaire. Je me sentis le jouet du sort. Il ne me vint pas à l'esprit que le foulard avait été volé. A ce moment-là, j'étais déjà à tel point sous l'influence d'un sentiment mystique que ce triangle de soie me paraissait un être vivant et doué d'une âme. Il m'avait trouvé indigne et m'avait quitté. J'étais inconsolable et, si je n'ai pas mis fin à mes jours, c'est uniquement dans l'espoir que le foulard aurait pitié de moi et reviendrait. Cacher mon désespoir, à vous comme à mes collègues, exigea de moi un effort considérable.

Puis, à la veille de notre arrivée à Aden, eut lieu le miracle ! Ayant entendu le cri d'effroi poussé par madame Kléber, j'accourus dans sa cabine, et là, je vis un nègre surgi d'on ne sait où, portant autour du cou mon foulard mystérieusement disparu. Il était maintenant clair pour moi que, deux jours plus tôt, le sauvage avait pénétré dans ma cabine et s'était tout simplement emparé d'un morceau de tissu aux couleurs vives. Pourtant, en cet instant, j'éprouvai une terreur irrationnelle, sans comparaison avec tout ce que j'avais pu connaître jusque-là. Comme si l'ange noir des Ténèbres était remonté de l'enfer pour me rendre mon trésor !

Dans la lutte qui s'ensuivit, je tuai le Noir et, profitant de ce que madame Kléber était à demi évanouie, je lui enlevai discrètement le foulard. Dès lors, je le portai en permanence contre ma poitrine, sans m'en séparer un seul instant.

Quant au professeur Sweetchild, je l'ai tué froidement, avec une détermination qui m'emplit moi-même d'admiration. J'attribue entièrement à l'influence magique du foulard la clairvoyance et la vitesse de réaction exceptionnelles dont j'ai fait preuve. Dès les premières paroles pourtant confuses de Sweetchild, j'ai compris qu'il avait fini par découvrir le secret du foulard et retrouvé la trace du fils du rajah – ma trace. Il fallait faire taire le professeur, et c'est ce que j'ai fait. Le foulard était satisfait de moi, je le sentais à la façon dont le tissu de soie s'était réchauffé, caressant mon cœur exténué.

Toutefois, l'élimination de Sweetchild ne m'apportait qu'un répit. Vous, commissaire, me cerniez de tous côtés. Avant l'arrivée à Calcutta, vous et surtout votre perspicace assistant Fandorine...

Gauche eut un toussotement contrarié et glissa un regard de biais à Fandorine :

— Je vous félicite, monsieur. Vous avez droit aux compliments d'un assassin. Encore heureux qu'il vous mentionne comme mon assistant et non l'inverse.

On imagine avec quel plaisir le Bouledogue aurait rayé cette ligne afin qu'elle ne tombât pas sous les yeux de ses chefs parisiens. Malheureusement, si les paroles s'envolent, les écrits restent. Renata regarda le Russe. Celui-ci tira le petit bout pointu de sa moustache et, d'un geste, invita le policier à poursuivre.

... votre assistant Fandorine auriez éliminé les uns après les autres tous les sus-

pects, et il ne serait alors resté que moi. Un simple et unique télégramme au service des naturalisations du ministère de l'Intérieur aurait suffi à établir l'actuelle identité du fils du rajah Bagdassar. Sans compter qu'en consultant les registres des anciens élèves de l'Ecole maritime, il serait apparu que j'y étais entré sous un nom et en étais sorti sous un autre.

Et je compris alors que l'œil vide de l'oiseau de paradis n'était pas la voie de la félicité terrestre, mais le chemin du Néant éternel. Je pris la décision de disparaître dans les profondeurs abyssales, et de le faire non comme un pitoyable raté, mais comme un grand rajah. Mes nobles ancêtres ne mouraient jamais seuls. A leur suite, sur le bûcher de la crémation, montaient leurs serviteurs, leurs épouses et leurs concubines. Je n'avais pas vécu comme un seigneur, mais j'allais, en revanche, mourir comme il convient à un authentique souverain – ainsi en avais-je décidé. Pour mon dernier voyage, je me ferais accompagner non pas d'esclaves et de serviteurs mais de la fine fleur de la société européenne. Et, pour char funèbre, j'aurais un gigantesque navire, merveille du progrès technique ! L'ampleur et la majesté de ce projet m'emplirent d'exaltation. N'était-ce pas encore plus grandiose que de posséder une fabuleuse richesse ?

» Là, il ment, fit Gauche d'un ton tranchant. Il voulait nous noyer, nous. Pour lui il avait préparé un canot.

Le commissaire prit la dernière feuille ou, plus exactement, demi-feuille.

La supercherie à laquelle j'ai eu recours avec le capitaine Cliff était vile, je le confesse. A ma décharge, je dirai que je n'avais pas prévu une aussi triste issue. J'éprouve pour Cliff un respect sincère. Et en m'emparant du Léviathan, *je désirais également épargner la vie de cet excellent homme. Certes, inquiet pour sa fille, il aurait connu quelques tourments, mais bientôt il aurait su que tout allait bien pour elle. Hélas, le mauvais sort me poursuit en toute chose. Pouvais-je prévoir que le capitaine serait terrassé par une embolie ? Maudit foulard, c'est lui le responsable de tout !*

Le jour où nous avons quitté le port de Bombay, j'ai brûlé le triangle de soie bariolée. J'ai « brûlé » les ponts.

— Brûlé ! s'exclama Clarice Stamp. Alors, il n'y a plus de foulard ?

Renata scruta le Bouledogue du regard. Celui-ci haussa les épaules avec indifférence et dit :

— Et Dieu merci ! Qu'ils aillent au diable, avec leur foulard, voilà ce que j'ai à vous dire, mesdames et messieurs. Nous ne nous en porterons que mieux.

Oh, mais c'est qu'il se prenait pour Sénèque, tout à coup. Renata se frotta le menton, l'air pensif.

Vous avez du mal à le croire ? Eh bien, pour preuve de ma sincérité, je vais vous révéler le secret du foulard. Désormais, je n'ai plus besoin de le cacher.

Le commissaire s'interrompit et regarda malicieusement le Russe.

— Pour autant que je me souvienne, monsieur, la nuit dernière, vous vous êtes vanté d'avoir percé ce secret. Faites-nous donc part de votre découverte, et nous pourrons vérifier si vous êtes aussi perspicace que le prétend le défunt.

Fandorine ne sourcilla même pas.

— Cela n'est p-pas très compliqué, répondit-il négligemment.

Poseur, pensa Renata, mais vraiment beau tout de même. Est-il possible qu'il ait réellement percé le mystère ?

— Donc, que savons-nous du foulard ? Il est de forme t-triangulaire, avec un côté droit et les deux autres légèrement sinueux. Et d'un. Sur le foulard est représenté un oiseau dont l'œil est figuré par un trou. Et de deux. Vous vous souvenez, bien sûr, de la description du palais de Brahmapur, en particulier de l'étage supérieur : une chaîne de montagnes à l'horizon, des fresques qui la reflètent comme dans un miroir. Et de t-trois.

— Bon, on se souvient, et alors ? demanda le Toqué.

— Mais enfin, sir Reginald, fit mine de s'étonner le Russe. Vous et moi avons v-vu le dessin de Sweetchild ! Tout ce qui était nécessaire pour découvrir le secret s'y trouvait : le foulard triangulaire, une ligne brisée, le mot « palais ».

Il sortit un mouchoir de sa poche, le plia en diagonale, ce qui donnait un triangle.

— Le foulard est l'astuce utilisée pour indiquer l'endroit où est caché le t-trésor. Sa forme correspond au contour d'une des montagnes représentées sur les fresques. Il suffit tout simplement d'appliquer l'angle supérieur du f-foulard sur le sommet de cette montagne. Comme ça. (Il posa le triangle sur la table et en dessina le contour avec son doigt.) Alors, l'œil de Kalavinka indiquera le p-point précis où il convient de chercher. Bien entendu, pas sur la montagne dessinée mais sur la vraie. Il doit s'y trouver une grotte ou quelque chose dans ce genre. Commissaire, j'ai raison ou je me trompe ?

Tous se tournèrent vers Gauche. Celui-ci gonfla ses bajoues, remua ses épais sourcils, ce qui acheva de lui donner l'air d'un vieux bouledogue acariâtre.

— Je me demande vraiment comment vous vous débrouillez, grommela-t-il. J'ai lu cette lettre là-bas, dans le cachot, et je ne l'ai pas quittée des mains une seule seconde... Enfin, bref, écoutez.

Dans le palais de mon père se trouvent quatre salles où avaient lieu les cérémonies officielles : au nord, celles d'hiver, au sud, celles d'été, à l'ouest, celles de printemps et, à l'est, celles d'automne. Si vous vous rappelez bien, feu Sweetchild en a parlé. Il y a effectivement une fresque murale représentant un paysage de montagnes que l'on peut observer dans la réalité à travers les hautes fenêtres qui vont du sol au plafond. Beaucoup d'années ont passé, mais il me suffit de fermer les yeux pour voir devant moi ce paysage. J'ai beaucoup voyagé, vu bien des choses, et je peux dire que nulle part au monde il n'existe de spectacle plus grandiose ! Mon père avait enfoui le coffret sous un bloc de pierre brune se trouvant sur le versant d'une des montagnes. Pour savoir duquel il s'agissait parmi la multitude de pics montagneux qui s'offrent au regard, il suffisait d'appliquer tour à tour le foulard sur chacune des montagnes représentées sur la fresque. Celle dont la silhouette correspondait parfaitement au foulard était celle recelant le trésor. L'endroit où rechercher la pierre était indiqué par l'œil vide de l'oiseau de paradis. Bien sûr, même un individu sachant dans quel secteur chercher aurait eu besoin de longues heures, sinon de jours, pour découvrir la pierre, car la zone de recherche couvre des centaines de mètres. Mais il ne pouvait y avoir de confusion. Il y a beaucoup de blocs de pierre marron dans les montagnes, mais à l'endroit indiqué du versant une seule est de cette couleur. « Tel un grain de poussière dans l'œil, une pierre brune, seule parmi les pierres grises », disait une annotation du Coran. Combien de fois me suis-je imaginé plantant ma tente sur la montagne sacrée et, sans me presser, le cœur battant, parcourant le flanc de la montagne à la recherche de ce « grain de poussière ». Mais le destin en a décidé autrement.

Eh bien, les émeraudes, les saphirs, les rubis et les diamants étaient visiblement voués à rester enfouis là jusqu'à ce qu'un tremblement de terre fasse tomber le bloc erratique. Mais même dans cent mille ans, cela n'aura aucun effet sur les pierres précieuses – elles sont éternelles.

Et pour moi, c'est fini. Le maudit foulard a épuisé toutes mes forces et toute ma raison. Ma vie a perdu son sens. Je suis terrassé, je suis devenu fou.

» Et sur ce point, il a parfaitement raison, conclut le commissaire, repoussant la demi-page. Tout prend fin avec cette lettre.

— Eh bien, Leynier-san a bien agi, dit le Japonais. Il a vécu dans l'indignité, mais il est molt dans l'honneul. Poul cela, il lui sela beaucoup paldonné, et, dans sa plochaine vie, une nouvelle chance de lépaler ses fautes lui sela offelte.

— Pour ce qui est d'une prochaine vie, je ne sais pas, fit le Bouledogue en pliant soigneusement les feuillets et en les rangeant dans son dossier noir, mais ce qui est sûr, c'est que, Dieu merci, mon enquête est terminée. Je vais me reposer un peu à Calcutta et, ensuite, retour à Paris. L'affaire est close.

C'est alors que le diplomate russe réserva à Renata une surprise.

— Comment cela, c-close ? demanda-t-il d'une voix forte. Vous allez de nouveau trop vite, commissaire. (Il se tourna vers Renata en braquant sur elle, tels deux canons d'acier, ses froids yeux bleus.) Madame Kléber n'a-t-elle vraiment rien à nous raconter ?

La question prit tout le monde au dépourvu. En fait non, pas tout le monde – Clarice remarqua avec étonnement que la future mère n'était nullement décontenancée. Certes, elle pâlit de façon à peine perceptible et mordilla fugitivement sa lèvre charnue, mais elle répondit avec assurance, d'une voix forte et presque d'un seul jet :

— Vous avez raison, monsieur, j'ai quelque chose à dire. Pas à vous toutefois, mais au représentant de la loi.

L'air désarmé, elle regarda le commissaire et dit d'une voix implorante :

— Pour l'amour de Dieu, monsieur, je voudrais vous faire mes aveux en tête à tête.

Apparemment, les événements venaient de prendre pour Gauche une tournure tout à fait inattendue. Le policier afficha un air ahuri, regarda Fandorine avec suspicion et, tirant fièrement en avant son double menton, prononça entre ses dents :

— D'accord, allons dans ma cabine puisque vous avez l'air d'y tenir.

Clarice eut le sentiment que le policier n'avait aucune idée de ce que madame Kléber s'apprêtait à lui avouer.

Cela étant, on ne pouvait guère en faire le reproche au commissaire ; Clarice elle-même n'arrivait pas à suivre le cours impétueux des événements.

La porte à peine refermée sur Gauche et madame Kléber, Clarice lança un regard interrogateur à Fandorine, apparemment le seul à savoir exactement ce qui était en train de se passer. C'était la première fois de la journée qu'elle osait le regarder comme ça, en face, et non de côté ou à travers ses paupières baissées.

Jamais encore elle n'avait vu Eraste (oui, oui, pour elle-même, elle pouvait l'appeler par son prénom) manifester une telle perplexité. Son front était plissé, une inquiétude persistante perçait dans son regard, ses doigts tambourinaient nerveusement sur la table. Etait-il possible que même cet homme sûr de lui, capable de réagir avec la vitesse de l'éclair, ait perdu le contrôle de la situation ? La nuit passée, Clarice l'avait vu déconcerté, mais pas plus d'un instant. Très vite, il avait alors repris contenance.

Et voici dans quelles circonstances.

Après le désastre de Bombay, elle était restée trois jours cloîtrée. Elle s'était fait passer pour malade auprès de la femme de chambre, prenait ses repas dans sa cabine et ne sortait faire un tour qu'à la faveur de la nuit, comme une vulgaire voleuse.

Côté santé, tout allait pour le mieux, mais comment affronter les témoins de sa honte, *lui* en particulier ? L'ignoble Gauche l'avait livrée à la risée générale, l'avait humiliée, couverte de boue. Et le pire de tout était qu'on ne pouvait même pas l'accuser de mensonge : tout était vrai, du premier au dernier mot. Oui, dès qu'elle était officiellement entrée en possession de son héritage, elle s'était précipitée à Paris, sur lequel elle avait lu et entendu tant de choses. Elle s'y était jetée tel le papillon sur la flamme. Et s'y était brûlé les ailes. Comme s'il ne suffisait pas que cette humiliante histoire lui eût ôté le peu qui lui restait d'amour-propre, il avait fallu que tout le monde sache : miss Stamp était une débauchée stupide de crédulité, la méprisable victime d'un gigolo professionnel !

Par deux fois, Mrs Truffo était venue s'enquérir de sa santé. Il va de soi qu'elle voulait se délecter du spectacle de son humiliation : elle avait fait mine de s'apitoyer, s'était plainte de la chaleur, mais dans ses petits yeux ternes brillait une lueur de triomphe. Alors, ma petite, semblait-elle dire, qui de nous deux est la vraie lady ?

Le Japonais était également passé la voir en expliquant que, chez lui, il était de coutume de rendre « une visite de compassion » lorsque quelqu'un était souffrant. Il avait proposé ses services thérapeutiques. L'avait regardée avec sympathie.

Puis, enfin, ç'avait été au tour de Fandorine de venir frapper à sa porte. Clarice avait eu un échange très sec avec lui et ne lui avait pas ouvert, arguant d'une migraine.

Peu importe, s'était-elle dit en mangeant tristement son bifteck dans la plus complète solitude. Il n'y a plus que neuf jours à tenir jusqu'à Calcutta. Et qu'étaient neuf jours à rester enfermée quand elle avait passé près d'un quart de siècle emprisonnée ? Vraiment pas grand-chose. Ici, elle était tout de même mieux que dans la maison de sa tante. Seule, dans une confortable cabine, avec de bons livres. Arrivée à Calcutta, elle se faufilerait discrètement à terre et alors, pour de bon, elle ouvrirait une nouvelle page de sa vie, une page vierge.

Mais le soir du troisième jour, des pensées d'un tout autre ordre s'étaient imposées à son esprit. Oh, comme il avait raison le poète lorsqu'il écrivait :

Il y a le plaisir de recouvrer la liberté,
Quand on a perdu tout ce à quoi l'on tenait !

En somme, elle ne risquait rien à tenter sa chance. Le soir tard (minuit était déjà passé), Clarice mit résolument de l'ordre dans sa coiffure, se poudra légèrement le visage, enfila cette robe ivoire achetée à Paris qui lui allait si bien et sortit dans le couloir. Le roulis la jetait alternativement contre une paroi puis l'autre.

S'efforçant de ne penser à rien, elle s'arrêta devant la porte de la cabine 18, sa main levée s'immobilisa – mais seulement l'espace d'un tout petit instant – et elle frappa.

Eraste ouvrit presque aussitôt. Il était en veste d'intérieur à brandebourgs d'un bleu sombre, largement ouverte sur une chemise blanche.

« J'ai besoin de vous parler, annonça Clarice sur un ton péremptoire, oubliant même les salutations d'usage.

— B-bonsoir, miss Stamp, dit-il rapidement. Quelque chose est arrivé ? »

Et, sans attendre la réponse, il ajouta :

« Je vous prie de patienter une minute, le t-temps que je me change. »

Quand il la fit entrer, il était en redingote et cravate impeccablement nouée. D'un geste, il l'invita à s'asseoir.

Clarice prit place et, le regardant dans les yeux, prononça ces paroles :

« Surtout ne m'interrompez pas. Si je perds le fil, ce sera encore plus affreux... Je sais, je suis beaucoup plus âgée que vous. Quel âge avez-vous ? Vingt-cinq ans ? Moins ? Peu importe. De toute façon, je ne vous demande pas de m'épouser. Cela étant, vous me plaisez. Je suis amoureuse de vous. Toute mon éducation a été orientée de telle façon que jamais, dans aucune circonstance, je ne dise ces mots à un homme, mais désormais cela m'est égal. Je n'ai plus de temps à perdre. Je flétris sans même avoir connu la floraison. Si je vous plais ne serait-ce qu'un tout petit peu, dites-le-moi. Sinon, dites-le-moi également. Après la honte que je viens de subir, je ne vois pas ce qui pourrait me rendre beaucoup plus amère. Et sachez une chose : mon... aventure parisienne a été un cauchemar, mais je ne la regrette pas. Mieux vaut un cauchemar que la torpeur abrutissante dans laquelle j'ai passé toute ma vie. Eh bien, répondez-moi, ne restez pas sans rien dire ! »

Seigneur, était-il possible qu'elle eût prononcé de telles paroles à voix haute ? En un sens, elle pouvait en être fière.

Sur le coup, Fandorine resta bouche bée et battit des cils avec un air ahuri, fort peu romantique. Puis il se décida à répondre, lentement, en bégayant beaucoup plus que d'ordinaire :

« Miss Stamp... C-Clarice... Vous me plaisez. Vous me plaisez beaucoup. Je v-vous admire. Et je v-vous envie.

— Vous m'enviez ? Mais pourquoi ? demanda-t-elle, surprise.

— Pour votre audace. Parce que vous ne c-craignez pas d'essuyer un refus et de p-paraître ridicule. Vous savez, au fond, je suis un homme très t-timide et peu sûr de lui.

— Vous ? s'étonna encore plus Clarice.

— Oui. J'ai très p-peur de deux choses : de me retrouver dans une situation absurde ou ridicule et... de relâcher ma défense. »

Non, elle ne le comprenait décidément pas.

« Quelle défense ?

— Voyez-vous, j'ai très tôt appris ce qu'était la p-perte de l'être cher, et j'ai connu une frayeur qui sans doute ne me quittera jamais. Tant que je suis seul, ma défense face à l'adversité est s-solide, je ne crains rien ni p-personne. Pour un homme tel que moi, le mieux est de rester seul.

— Je vous ai déjà dit, mister Fandorine, répondit sévèrement Clarice, que je ne prétendais aucunement à une place dans votre vie ni même dans votre cœur. Et j'ai encore moins l'intention de porter atteinte à votre "défense". »

Elle se tut, car tout avait désormais été dit.

Et il fallut qu'à cet instant précis quelqu'un tambourinât à la porte. Du corridor, parvint la voix affolée de Milford-Stoakes.

« Mister Fandorine, sir ! Vous ne dormez pas ? Ouvrez ! Vite ! C'est un complot !

— Restez ici, murmura Eraste. Je reviens tout de suite. »

Il sortit dans le couloir. Clarice entendit des voix étouffées, mais ne parvint pas à distinguer les paroles prononcées.

Environ cinq minutes plus tard, Fandorine revint. D'un tiroir, il sortit un objet, petit mais apparemment lourd, qu'il glissa dans sa poche, puis, bizarrement, il s'empara d'une élégante canne et dit, l'air préoccupé :

« Attendez un peu ici et retournez chez vous. L'affaire est proche du dénouement. »

Voilà donc le dénouement qu'il avait en tête... Plus tard, de retour dans sa cabine, Clarice entendit un martèlement de pas dans le couloir, un brouhaha de voix inquiètes, mais, bien sûr, il ne pouvait lui venir à l'esprit qu'au-dessus des mâts du fier *Léviathan* la mort guettait.

— De quoi madame Kléber veut-elle se confesser ? demanda nerveusement le docteur Truffo. Monsieur Fandorine, expliquez-nous ce qui se passe. Est-elle pour quelque chose dans toute cette histoire ?

Mais Fandorine restait silencieux, se contentant d'afficher un air de plus en plus soucieux.

Se balançant au rythme régulier du roulis, le *Léviathan* se dirigeait à toute vapeur vers le nord, fendant les flots du détroit de Palk, rendus troubles par la tempête. Au loin, la côte de Ceylan dessinait une ligne verte. La matinée était maussade, mais étouffante. A travers les fenêtres exposées au vent, des bouffées d'air chaud et malsain pénétraient dans le salon, mais, ne trouvant pas de sortie, le flux retombait, impuissant, en faisant à peine frémir les rideaux.

— Manifestement, j'ai c-commis une erreur, balbutia Eraste en faisant un pas en direction de la porte. J'ai toujours un temps ou un demi-temps de retard sur...

Quand éclata le premier coup de feu, Clarice ne comprit pas de quoi il s'agissait – un craquement quelconque, pensa-t-elle. Il ne manquait pas de choses susceptibles de craquer sur un navire aux prises avec une mer agitée. Mais aussitôt un deuxième bruit sec se fit entendre.

— Des coups de feu ! s'exclama sir Reginald. Mais où ?

— Cela provient de la cabine du commissaire, dit rapidement Fandorine en se précipitant vers la porte.

Tous s'élancèrent à sa suite.

Puis il y eut une troisième déflagration et, alors qu'il ne restait qu'une vingtaine de pas jusqu'à la cabine de Gauche, une quatrième retentit.

— Restez ici ! cria Eraste sans se retourner, en sortant un petit revolver de sa poche arrière.

Les autres ralentirent le pas, mais Clarice n'avait pas peur du tout, elle n'allait pas abandonner Eraste comme ça.

Celui-ci poussa la porte de la cabine et projeta en avant sa main armée du revolver. Clarice se mit sur la pointe des pieds et regarda par-dessus son épaule.

Une chaise renversée, telle fut la première chose qu'elle remarqua. Ensuite, elle vit le commissaire Gauche. Il gisait sur le dos, de l'autre côté de la table ronde vernissée qui occupait la partie centrale de la pièce. Clarice tendit le cou pour mieux voir et eut un frisson d'horreur : le visage de Gauche était monstrueusement déformé et, au milieu de son front, bouillonnait un sang pourpre qui s'écoulait en deux filets jusqu'au sol.

Renata Kléber était blottie dans un coin opposé de la pièce. Elle était d'une pâleur mortelle, poussait des sanglots hystériques, claquait des dents. Dans sa main tremblotait un gros revolver noir au canon encore fumant.

— A-ah ! O-oh ! hurla madame Kléber et, d'un doigt frémissant, elle indiqua le corps sans vie. Je... je l'ai tué !

— J'avais deviné, prononça sèchement Fandorine.

Son revolver toujours braqué sur elle, il s'approcha rapidement et, d'un geste preste, arracha son arme à la Suissesse. Elle ne songea même pas à résister.

— Docteur Truffo ! cria Eraste en suivant chaque geste de Renata. Venez !

Avec une curiosité mêlée de crainte, le petit docteur coula un regard dans la pièce enfumée par les explosions.

— Examinez le corps, dit Fandorine.

Marmonnant des lamentations en italien, Truffo s'agenouilla près du cadavre de Gauche.

— Blessure létale à la tête, annonça-t-il. Mort instantanée. Mais ce n'est pas tout... Le coude droit a été transpercé par une balle. Et là, le poignet gauche également. Trois blessures en tout.

— Cherchez mieux. Il y a eu quatre c-coups de feu.

— Je ne vois rien d'autre. Apparemment, une des balles est passée à côté. Quoique non, attendez ! Tenez, la voilà. Dans le genou droit !

— Je vais tout vous raconter, bredouilla Renata, le corps agité de sanglots. Seulement, je vous en prie, emmenez-moi ailleurs que dans cette horrible pièce !

Fandorine remit son petit revolver dans sa poche, posa le grand sur la table.

— Eh bien, allons-y. Docteur, informez l'officier de quart de ce qui vient d'arriver, qu'il poste un garde devant la porte. Et venez nous rejoindre. A part nous, il n'y a plus personne pour mener l'enquête.

— Ah, quel maudit voyage ! se lamentait Truffo en trottinant dans le couloir. Pauvre *Léviathan* !

Dans le Windsor, on s'installa de la manière suivante : madame Kléber s'assit à la table, face à la porte, les autres, sans s'être donné le mot, prirent place du côté opposé. Seul Fandorine opta pour une chaise à côté de la meurtrière.

— Messieurs, ne me regardez pas comme ça, prononça madame Kléber d'une voix plaintive. Je l'ai tué, mais ce n'est vraiment pas ma faute. Je vais tout, tout vous raconter, et vous verrez... Mais de grâce, donnez-moi de l'eau.

Toujours charitable, le Japonais lui versa de la limonade – la table du petit déjeuner n'avait pas encore été débarrassée.

— Alors, que s'est-il passé ? demanda Clarice.

— *Translate everything she says*, ordonna d'un ton sévère Mrs Truffo à son mari revenu juste à temps. *Everything – word for word*[1].

Le docteur acquiesça d'un hochement de tête, tout en essuyant avec son mouchoir sa calvitie couverte de sueur après cette course.

— Ne craignez rien, madame. Dites toute la vérité, fit sir Reginald, encourageant Renata. Ce monsieur n'est pas un gentleman, il ne sait pas se conduire avec les dames, mais vous serez traitée avec le plus grand respect, je m'en porte garant.

Ces paroles s'accompagnèrent d'un regard en direction de Fandorine, regard chargé d'une haine si féroce que Clarice en eut le souffle coupé. Qu'avait-il bien pu se passer entre Eraste et Milford-Stoakes depuis la veille ? D'où venait cette hostilité ?

1. Traduisez tout ce qu'elle dit. Tout, mot pour mot.

— Merci, cher Reginald, fit Renata dans un sanglot.

Elle but lentement sa limonade, tout en reniflant et pleurnichant. Puis elle laissa courir sur ses vis-à-vis un regard suppliant et commença :

— Gauche n'est pas du tout un gardien de la loi ! C'est un criminel, un fou ! Tout le monde ici a perdu la tête à cause de cet horrible foulard ! Même le commissaire de police !

— Vous avez dit vouloir lui faire des aveux, rappela Clarice avec fiel. Lesquels ?

— Oui, j'ai dissimulé un fait... Un fait essentiel. J'aurais bien sûr tout avoué, mais je voulais tout d'abord confondre le commissaire.

— Le confondre ? Mais pour quelle raison ? demanda sir Reginald, plein de commisération.

Madame Kléber cessa de pleurer et annonça triomphalement :

— Reynier ne s'est pas suicidé. C'est le commissaire Gauche qui l'a tué ! (Et, voyant le choc que sa déclaration venait de produire sur ses auditeurs, elle continua à un rythme accéléré.) C'est absolument évident ! Essayez donc de prendre votre élan pour vous fracasser la tête contre un mur dans une petite pièce de six mètres carrés ! C'est tout simplement impossible. Si Charles avait voulu mettre fin à ses jours, il se serait fait un nœud autour du cou avec sa cravate, l'aurait accrochée à la grille du ventilateur et aurait sauté de la table. Non, c'est Gauche qui l'a tué ! Il l'a frappé à la tête avec quelque chose de lourd, et ensuite il a camouflé son crime en suicide ; c'est alors qu'il était déjà mort qu'il lui a cogné la tête contre l'angle du mur.

— Mais quel intérêt le commissaire avait-il à tuer Reynier ? interrogea Clarice en secouant la tête d'un air sceptique. C'est un vrai galimatias que vient de nous servir madame Kléber.

— Mais puisque je vous dis que la cupidité lui avait fait perdre la boule ! C'est le foulard le responsable de tout ! Soit Gauche était furieux contre Charles parce qu'il avait brûlé le foulard, soit il ne l'a pas cru, je ne sais pas. Mais qu'il l'ait tué, c'est évident. Et quand je lui ai lancé cela bien en face, le commissaire n'a pas songé un instant à nier. Il a saisi son pistolet, a commencé à me l'agiter sous le nez, à me menacer. Il disait que, si je ne tenais pas ma langue, j'irais rejoindre Reynier...

Renata recommença à renifler bruyamment et – ô miracle ! – le baronet lui tendit son mouchoir.

Comment expliquer cette mystérieuse métamorphose, lui qui avait toujours évité Renata comme la peste ?

—... Et voilà, ensuite il a posé le pistolet sur la table et s'est mis à me secouer par les épaules. J'ai eu peur, si peur ! Je ne me souviens plus moi-même comment j'ai fait pour le repousser et saisir l'arme sur la table. C'était affreux ! Je courais autour de la table, et lui essayait de m'attraper. Plusieurs fois, je ne sais plus combien, je me suis retournée et j'ai appuyé sur l'espèce de crochet. Finalement, il est tombé... Ensuite monsieur Fandorine est entré.

Et Renata éclata en sanglots. Milford-Stoakes lui caressa l'épaule avec précaution, comme s'il touchait un serpent à sonnette.

Dans le silence, retentit un applaudissement sonore. Surprise, Clarice eut un sursaut.

— Bravo ! s'exclama Fandorine avec un sourire moqueur en continuant de frapper dans ses mains.

B-bravo, madame Kléber. Vous êtes une grande comédienne.

— Comment osez-vous ! se récria sir Reginald, s'étranglant d'indignation.

Mais Fandorine l'arrêta d'un geste.

— Restez assis et écoutez. Je vais vous raconter comment tout s'est passé. (Fandorine était absolument calme et semblait ne pas douter un instant d'avoir raison.) Madame Kléber est non seulement une c-comédienne remarquable, mais, plus généralement, une personne exceptionnelle et talentueuse à tous égards. Dont l'envergure n'a d'égale que l'imagination. Hélas, pour l'essentiel, elle met ses dons au service de l'action criminelle. Vous êtes la complice de toute une série de crimes, madame. Ou plutôt, non, pas la complice mais l'inspiratrice, le p-personnage principal. C'est Reynier qui était votre complice.

— Voilà autre chose, dit Renata d'une voix plaintive, prenant à témoin sir Reginald. Encore un qui divague. Et lui qui était si calme, si paisible.

— Le p-plus stupéfiant chez vous est cette rapidité de réaction réellement surhumaine, continua Fandorine comme si de rien n'était. Vous ne vous défendez jamais, vous attaquez la p-première, madame Sanfon. Vous me permettez de vous appeler par votre vrai nom ?

— Sanfon ? ! Marie Sanfon ? ! Celle-là même ! ? s'exclama le docteur Truffo.

Clarice se surprit à rester la bouche ouverte. Quant à Milford-Stoakes, il s'empressa de retirer sa main de l'épaule de Renata. Cette dernière, pour sa part, regardait Fandorine avec commisération.

— Oui, vous avez ici d-devant vous la légendaire Marie Sanfon, géniale et impitoyable aventurière internationale. Son style : les entreprises de g-grande ampleur, l'ingéniosité, l'audace. Et aussi son aptitude à ne laisser derrière elle ni preuves ni témoins. Et, *last but not least* [1], son total mépris à l'égard de la vie humaine. Les déclarations de Charles Reynier, sur lesquelles nous aurons l'occasion de revenir, contiennent autant de vérité que de mensonge. J'ignore, madame, quand et dans quelles circonstances vous avez rencontré cet homme, mais deux choses ne font aucun doute. Reynier vous aimait sincèrement et, jusqu'à la dernière minute, il s'est efforcé de détourner de vous les soupçons. Et deuxièmement, c'est vous qui avez incité le fils du rajah d'Emeraude à se mettre en quête de son héritage, sinon on ne voit pas p-pourquoi il aurait attendu pendant tant d'années. Vous avez fait la connaissance de lord Littleby, vous vous êtes procuré toutes les informations nécessaires et avez échafaudé votre p-plan. De toute évidence, au départ, vous comptiez vous emparer du foulard par la ruse, en usant de vos charmes. Après tout, le lord ignorait l'importance de ce bout de tissu. Cependant vous avez vite compris que la tâche était irréalisable : Littleby était tout bonnement toqué de sa collection et pour rien au monde il n'aurait accepté de se défaire d'une seule de ses pièces. Voler le foulard se révélait également impossible, deux gardes en armes étant en permanence postés près de la vitrine. Vous avez donc d-décidé d'agir à coup sûr – avec le minimum de risque et, ainsi que vous l'affectionnez, sans laisser de traces. Dites-moi, vous saviez que le soir fatidi-

1. Enfin et surtout.

que le lord ne serait pas en voyage, mais chez lui ? Je suis certain que oui. Il vous fallait enchaîner Reynier par un c-crime de sang. Car ce n'est pas lui qui a tué les serviteurs, mais vous.

— Impossible ! s'écria le docteur Truffo en levant la main. Sans une solide formation médicale accompagnée d'une grande expérience, comment une femme pourrait-elle faire neuf piqûres en trois minutes ? C'est exclu !

— Premièrement, rien n'empêchait de p-préparer neuf seringues remplies à l'avance. Deuxièmement... (D'un geste élégant, Eraste prit une pomme dans la coupe de fruits et en trancha un morceau.) Si monsieur Reynier n'avait effectivement pas d'expérience, en revanche, ce n'était pas le cas de Marie Sanfon. N'oubliez pas sa jeunesse passée dans un couvent de sœurs de Saint-Vincent-de-Paul, les sœurs de charité. Il est bien connu qu'un des objectifs de cet ordre est l'assistance médicale aux pauvres et que, dès leur jeune âge, les futures religieuses sont préparées à servir dans les hôpitaux, les léproseries et les asiles de vieillards. Toutes ces sœurs sont des infirmières hautement qualifiées, et la jeune Marie, rappelez-vous, était une des meilleures d'entre elles.

— Effectivement, j'avais oublié. Vous avez raison ! reconnut le docteur en penchant la tête, l'air contrit. Mais continuez. Je ne vous interromprai plus.

— Nous sommes donc à Paris, rue de Grenelle, le soir du 15 mars. Deux personnes se p-présentent à l'hôtel particulier de lord Littleby : un jeune médecin au teint basané et une sœur de charité portant une pèlerine grise au capuchon rabattu sur les yeux. Le médecin exhibe un document p-portant le tampon de la mairie, ordonne de rassembler rapidement toutes les personnes présentes dans la maison. Sans doute explique-t-il qu'il est tard et qu'ils ont encore beaucoup de travail. C'est la religieuse qui fait les injections – rapidement, avec habileté et sans douleur. Par la suite, l'anatomopathologiste ne découvrira aucun hématome à l'endroit des piqûres. Marie Sanfon n'avait pas oublié les leçons de sa jeunesse de sœur de charité. La suite est claire, je ne m'attarderai donc pas sur les d-détails : les serviteurs s'endorment, les deux criminels montent à l'étage, courte empoignade entre Reynier et le maître de maison. Les assassins ne remarquent pas que, dans sa main, le lord a gardé l'insigne en or du *Léviathan*. Plus tard, madame, vous avez été amenée à donner votre propre emblème à votre complice. Il vous était en effet plus facile de détourner les soupçons qu'au p-premier lieutenant du capitaine. Et je suppose également que vous étiez plus sûre de vous que de lui.

Clarice, qui, jusque-là, fixait Eraste avec fascination, regarda fugitivement Renata. Celle-ci écoutait attentivement, le visage figé en une expression d'étonnement outragé. Si elle était réellement Marie Sanfon, elle n'en laissait rien paraître pour le moment.

— J'ai commencé à vous soupçonner tous les deux le jour de votre p-prétendue agression par le malheureux Africain, confia à Renata le narrateur, avant d'arracher un petit morceau de pomme de ses dents blanches et régulières. Là, il est vrai, la faute en revient à Reynier : il a paniqué, s'est laissé emporter. Vous auriez imaginé quelque chose d'un peu plus subtil. Je vais retracer l'enchaînement des faits, corrigez-moi si je me t-trompe sur certains détails. D'accord ?

Renata secoua la tête d'un air affligé et appuya sa joue ronde sur sa main.

— Reynier vous a raccompagnée : vous aviez à discuter car, ainsi que le déclare votre complice dans sa confession, le foulard avait m-mystérieusement disparu quelque temps plus tôt. Vous entrez dans votre cabine, découvrez un énorme nègre en train de fouiller dans vos affaires et, dans un premier temps, sans doute prenez-vous peur – pour autant toutefois que ce sentiment ne vous soit pas totalement étranger. Mais l'instant suivant votre cœur se met à palpiter de joie : vous voyez le p-précieux foulard noué au cou du sauvage. Tout s'explique alors : en furetant dans la cabine de Reynier, l'esclave en fuite a eu le coup de foudre pour le bout de tissu bariolé et a décidé d'en parer son cou puissant. En entendant votre cri, Reynier accourt, remarque à son tour le foulard et, incapable de se contrôler, il saisit son couteau... Là, vous avez dû inventer de toutes pièces une prétendue agression, vous allonger par terre, vous couvrir du corps p-pesant et encore chaud du mort. Cela n'a pas dû être très agréable, n'est-ce pas ?

— Excusez-moi, mais tout cela n'est qu'une suite d'inventions de la plus belle eau ! objecta sir Reginald avec véhémence. Bien sûr que ce nègre a agressé madame Kléber, c'est évident ! Vous vous laissez une fois de plus emporter par votre imagination, monsieur le diplomate russe !

— Pas le moins du monde, répondit Eraste sans une ombre d'hostilité en regardant le baronet avec un mélange de tristesse et de pitié. Je vous ai dit que l'occasion m'avait été d-donnée de rencontrer des esclaves de la tribu n'danga, en captivité en Turquie. Savez-vous pourquoi ils valent si cher en Occident ? Parce que, tout en jouissant d'une force et d'une endurance remarquables, ils se caractérisent par leur douceur et leur totale absence d'agressivité. Tribu d'agriculteurs et non de chasseurs, ces gens n'ont jamais été en guerre avec personne. Un N'danga ne pouvait en aucun cas attaquer madame Kléber, même par peur. Et, d'ailleurs, monsieur Aono s'est étonné que les doigts du sauvage n'aient laissé aucune marque sur la peau tendre de votre cou. N'était-ce pas étrange en effet ?

Renata pencha la tête d'un air songeur, comme si elle était elle-même étonnée d'un tel phénomène.

— Maintenant rappelons-nous l'assassinat du professeur Sweetchild. A peine était-il devenu clair que l'indianiste était proche de résoudre l'énigme que vous, madame, lui avez demandé de prendre son temps, de tout raconter par le menu, en recommençant par le début, tandis que vous envoyiez votre complice prétendument chercher votre châle, en réalité, préparer le meurtre. Votre acolyte vous a compris sans qu'il soit besoin de mots.

— Faux ! s'écria Renata d'une voix sonore. Messieurs, vous êtes tous témoins ! Reynier s'est proposé spontanément ! Vous vous souvenez ? Monsieur Milford-Stoakes, n'est-ce pas que je dis la vérité ? Je me suis d'abord adressée à vous, vous vous rappelez ?

— C'est exact, confirma sir Reginald. C'est bien ainsi que cela s'est passé.

— Petite ruse pour naïfs, répliqua Fandorine en fendant l'air de son couteau à fruit. Vous saviez p-parfaitement, madame, que le baronet ne pouvait vous supporter et ne cédait jamais à vos caprices. Vous avez mené l'opération, comme toujours, habilement, mais cette fois, hélas, avec insuffisamment de soin. Vous n'êtes pas arrivée à faire p-porter la faute sur monsieur Aono, quoique vous ayez été très près du but.

A ce point, Eraste baissa modestement les yeux, laissant à son auditoire l'occasion de se rappeler qui, précisément, avait démonté le faisceau de preuves dirigé contre le Japonais.

L'orgueil ne lui est pas étranger, songea Clarice. Elle trouva cependant ce trait de caractère absolument charmant et, curieusement, cela ne fit qu'ajouter au jeune homme encore plus d'attrait. Comme toujours, ce fut la poésie qui l'aida à résoudre ce paradoxe :

Et même la faiblesse chez l'être tant aimé
Aux beaux yeux de l'amour est digne d'être adorée.

Ah, monsieur le diplomate, vous connaissez mal les Anglaises. Je crois que vous allez devoir faire une escale prolongée à Calcutta.

Fandorine observa une pause et, sans soupçonner que « l'être tant aimé » qu'il était rejoindrait plus tard que prévu son lieu d'affectation, il poursuivit :

— Dès lors, votre situation était devenue réellement périlleuse. Ce que Reynier expose avec une certaine éloquence dans sa lettre. Vous prenez alors une décision t-terrifiante, mais à sa façon géniale : couler le bateau en même temps que le vétilleux commissaire de police, les témoins et, en prime, un bon millier de passagers. Qu'est-ce que la vie d'un millier de p-personnes si celles-ci vous empêchent de devenir la femme la plus riche du monde ? Et, plus grave encore, si elles menacent votre vie et votre liberté ?

Clarice regarda Renata avec la même frayeur que si elle avait eu le diable devant elle. Etait-il possible que cette jeune personne un peu garce mais dans l'ensemble tout à fait ordinaire fût capable d'une telle monstruosité ? Impossible ! Et pourtant, comment ne pas croire Eraste ? Il était si convaincant et si beau !

Le long de la joue de Renata roula une énorme larme de la taille d'une fève. Son regard se figea en une prière muette : pourquoi me torturez-vous ainsi ? Vous ai-je fait quelque chose ? Les mains de la pauvre martyre glissèrent vers son ventre, son visage grimaça de souffrance.

— Inutile de vous évanouir, prévint Fandorine, imperturbable. Rien ne vaut quelques b-bonnes paires de claques sur le visage pour faire reprendre connaissance à quelqu'un. Et n'essayez pas de jouer les femmes faibles et sans défense. Le docteur Truffo et le docteur Aono vous estiment plus solide qu'un b-buffle. Restez assis, sir Reginald ! (La voix d'Eraste claqua comme un coup de fouet.) Vous aurez tout le temps de prendre la défense de votre belle dame. Après, quand j'en aurai terminé... A propos, mesdames et messieurs, nous devons tous remercier sir Reginald d'avoir sauvé nos vies. Sans sa... sa singulière habitude de faire le point toutes les trois heures, le repas de ce matin n'aurait pas eu lieu ici mais au f-fond de la mer. Et c'est nous qui aurions servi de petit déjeuner.

— « Où est Polonius ? lança le baronet dans un brusque éclat de rire. Non point à un souper où il mange, mais à un souper où il est mangé. » Très drôle.

Clarice serra ses bras autour d'elle. Une vague plus forte que les autres frappa le bateau de côté, faisant tinter la vaisselle sur la table, tandis que la volumineuse Big Ben oscillait de nouveau.

— Pour vous, madame, les gens sont des figurants, et vous n'avez aucune p-pitié pour les figurants. A fortiori lorsqu'il est question de cinquante millions de livres. Difficile de résister. Le pauvre Gauche, par exemple, n'a pas tenu. Comme il s'est montré maladroit pour accomplir son crime, notre fin limier ! Vous avez b-bien sûr raison, le malheureux Reynier ne s'est pas suicidé. Je l'aurais d'ailleurs compris de moi-même, mais votre tactique offensive m'a momentanément désarçonné. A quoi bon une « lettre d'adieu » ? Le ton n'est manifestement pas celui de quelqu'un qui s'apprête à mourir. En fait, Reynier espère encore gagner du temps, passer pour fou. Et surtout, il compte sur vous, madame Sanfon, il est habitué à vous faire entièrement confiance. Gauche a très tranquillement coupé la troisième page à l'endroit convenant le mieux, selon lui, à la conclusion. Impardonnable faute ! Le trésor de Brahmapur avait complètement fait perdre la tête à notre commissaire. Pensez donc : trois cent mille ans de son salaire ! rappela Fandorine avec un ricanement. Vous vous souvenez avec quelle concupiscence il racontait l'histoire du jardinier vendant pour très cher au banquier son irréprochable réputation ?

— Mais poulquoi devait-il tuer monsieur Leynier puisque le foulald avait été blûlé ? demanda le Japonais.

— C'est ce que Reynier voulait ardemment faire croire au commissaire et, pour preuve, il a même dévoilé le secret du foulard. Mais Gauche ne l'a pas cru. (Fandorine observa une pause avant d'ajouter calmement :) Et il avait raison.

Un silence de mort s'abattit sur le salon. Clarice, qui venait d'inspirer, resta le souffle suspendu. Elle ne saisit pas immédiatement d'où venait ce poids qui soudain l'oppressait, puis, comprenant, elle expira l'air resté dans sa poitrine.

— Ce qui veut dire que le foulard existe toujours ? demanda prudemment le docteur, comme s'il craignait de faire envoler un oiseau rare. Alors, où est-il ?

— Ce petit bout de soie a changé trois fois de p-propriétaire depuis ce matin. Il a d'abord été en possession de Reynier. Ne croyant pas aux affirmations contenues dans la lettre, le commissaire a fouillé le prisonnier et a t-trouvé le foulard sur lui. C'est à cette minute précise que, rendu fou par cette fortune qui lui tombait entre les mains, il a commis le meurtre. La tentation était trop forte. Et tout se combinait si bien : la lettre indiquait que le foulard avait brûlé, l'assassin était passé à des aveux complets, le paquebot serait bientôt à Calcutta et, de là, Brahmapur était à portée de main ! Alors, Gauche joue le tout pour le tout. Saisissant un objet lourd, il frappe à la tête le détenu, qui ne se doute de rien, puis s'empresse de maquiller son crime en suicide avant de venir ici, au salon, en attendant que le garde découvre le corps. Mais là, madame Sanfon entre en jeu et nous roule tous les deux, le policier et moi-même. Vous êtes une femme stupéfiante, madame ! fit Eraste à l'adresse de Renata. Je m'attendais à vous voir vous justifier et tout mettre sur le dos de votre complice, étant donné que celui-ci était mort. Cela aurait été tellement simple ! Mais non, vous avez choisi de p-procéder différemment. Au comportement du commissaire, vous avez deviné que le foulard était en sa possession, et ce n'est pas à vous défendre que vous avez alors songé, oh non ! Il vous fallait récupérer le moyen d'accéder au trésor, et vous l'avez récupéré !

— Au nom de quoi devrais-je continuer à écouter ce tissu d'inepties ? s'exclama Renata, des sanglots dans la voix. D'abord, monsieur, vous n'êtes rien ! Vous n'êtes qu'un étranger ! J'exige que mon cas soit traité par un des officiers supérieurs du paquebot !

Brusquement, le petit docteur se redressa, lissa les rares cheveux qui parsemaient sa calvitie olivâtre et dit avec gravité :

— Il y a ici un officier supérieur, madame. Considérez cet interrogatoire comme étant sanctionné par le commandement du navire. Poursuivez, monsieur Fandorine. Vous avez bien déclaré que cette femme était parvenue à reprendre le foulard au commissaire ?

— J'en ai la certitude. J'ignore comment elle a procédé pour s'emparer du revolver de Gauche. Sans doute le malheureux ne s'est-il pas méfié. Quoi qu'il en soit, elle a mis le commissaire en joue en exigeant qu'il lui donne immédiatement le foulard. Quand le vieil homme a voulu se rebiffer, elle lui a d'abord tiré une b-balle dans un bras, puis dans l'autre, puis dans le genou. Elle l'a torturé ! Où avez-vous appris à tirer aussi bien, madame ?

Quatre balles, et chacune a fait mouche. Pardonnez-moi, mais il est d-difficile d'imaginer Gauche courant derrière vous autour de la table avec une jambe transpercée et les deux bras en bouillie. Après le troisième coup de feu, n'y tenant plus de douleur, il vous a donné le foulard, et vous avez alors achevé le malheureux en lui plaçant une dernière balle au beau milieu du front.

— *Oh my God*[1] ! s'écria Mrs Truffo en guise de commentaire.

Mais maintenant une autre question préoccupait Clarice :

— C'est donc elle qui a le foulard ?

— Oui, acquiesça Eraste.

— Insensé ! Délirant ! Vous êtes tous fous ! cria Renata (ou bien Marie Sanfon ?) en partant d'un rire hystérique. Oh, Seigneur, quelle absurdité !

— C'est facile à savoil, dit le Japonais. Il n'y a qu'à fouiller madame Klébel. Si le foulald est sul elle, tout est vlai. Si elle ne l'a pas, c'est que monsieur Fandoline s'est tlompé. Dans paleil cas, chez nous au Japon, on s'ouvle le ventle.

— En ma présence, jamais des mains d'hommes ne fouilleront une dame ! déclara sir Reginald en se levant d'un air menaçant.

— Et des mains de femmes ? demanda Clarice. Mrs Truffo et moi-même fouillerons cette personne.

— *Oh yes, it would take no time at all*[2], accepta volontiers la femme du docteur.

---

1. Oh, mon Dieu !
2. Oh oui, cela ne prendra que très peu de temps.

— Faites de moi ce que vous voulez, dit Renata en joignant les mains telle une victime vouée au sacrifice. Mais après vous mourrez de honte...

Les hommes allèrent attendre à l'extérieur, tandis que Mrs Truffo fouillait la prévenue avec une incroyable habileté. Elle se tourna vers Clarice, secoua la tête.

Clarice s'alarma en pensant au pauvre Eraste. Etait-il possible qu'il se soit trompé ?

— Le foulard est très fin, dit-elle. Laissez, je vais chercher moi-même.

Palper le corps d'une autre femme avait quelque chose d'étrange et de honteux, mais Clarice se mordit la lèvre et examina soigneusement chaque couture, chaque pli de ses vêtements, et jusqu'au moindre volant de ses dessous. Le foulard n'y était pas.

— Il va vous falloir vous déshabiller, déclara-t-elle d'un ton ferme.

C'était affreux, mais plus affreuse encore était l'idée qu'on puisse ne pas découvrir le foulard. Quel coup pour Eraste ! Il ne le supporterait pas !

Renata leva docilement les bras afin qu'il soit plus facile de lui retirer sa robe, puis elle demanda timidement :

— Au nom du ciel, mademoiselle Stamp, ne faites pas de mal à mon enfant.

Sans desserrer les dents, Clarice entreprit de défaire sa robe. Elle en était au troisième bouton quand on frappa à la porte et que retentit la voix joyeuse d'Eraste :

— Mesdames, vous pouvez arrêter vos recherches ! On peut entrer ?

— Oui, oui, entrez, cria Clarice, reboutonnant rapidement la robe.

Les hommes arboraient un air énigmatique. Ils se placèrent en silence autour de la table et, en un geste de magicien, Eraste fit surgir sur la nappe le morceau de tissu triangulaire, qui se déversa en un arc-en-ciel multicolore.

— Le foulard ! s'écria Renata.

— Où l'avez-vous trouvé ? demanda Clarice, se sentant au comble de la confusion.

— Pendant que vous fouilliez madame Sanfon, nous ne p-perdions pas non plus notre temps, expliqua Fandorine, l'air satisfait. L'idée m'est venue que cette p-prévoyante personne pouvait avoir dissimulé cette preuve accablante dans la cabine du commissaire. Ne disposant que de quelques secondes, elle ne p-pouvait pas avoir caché le foulard bien loin. Et, effectivement, la découverte a été rapide. Après en avoir fait une boule, elle avait glissé le petit morceau de soie sous un coin du tapis. De telle manière que vous pouvez maintenant admirer le fameux oiseau Kalavinka.

Clarice approcha de la table et, à l'instar des autres, fixa, émerveillée, le bout de tissu qui avait coûté tant de vies humaines.

Par sa forme, le foulard rappelait un triangle isocèle. A vue d'œil, chacun des côtés devait mesurer à peine plus de vingt pouces. Le dessin stupéfiait par son bariolage primitif : sur fond d'arbres et de fruits de toutes les couleurs, un être mi-oiseau mi-femme à la poitrine proéminente et ressemblant aux antiques sirènes déployait ses ailes. Son visage était de profil, ses longs cils recourbés encadraient le petit trou figurant l'œil, au contour brodé d'un fil d'or d'une extraordinaire finesse. Clarice se dit que, de toute sa vie, elle n'avait jamais rien contemplé de plus beau.

— Oui, c'est incontestablement le fameux foulard, dit sir Reginald. Mais votre trouvaille prouve-t-elle la culpabilité de madame Kléber ?

— Et le sac de voyage ? prononça doucement Fandorine. Vous vous rappelez le sac de voyage que nous avons d-découvert ensemble dans la chaloupe du capitaine ? Parmi diverses choses, j'y ai trouvé une cape que nous avons plus d'une fois vue sur les épaules de madame Kléber. Le sac de voyage a été ajouté aux autres preuves matérielles. Sans doute y trouvera-t-on d'autres objets appartenant à notre b-bonne amie.

— Qu'avez-vous à répondre à cela, madame ? demanda le docteur en se tournant vers Renata.

— La vérité, répondit-elle, tandis qu'au même instant son visage se transformait jusqu'à en être méconnaissable.

Reginald Milford-Stoakes

... et dans l'expression de son visage s'opéra un changement qui me frappa. La brebis faible et sans défense accablée par le sort venait, comme par un coup de baguette magique, de se muer en louve. Ses épaules se redressèrent, son menton se leva, ses yeux s'enflammèrent d'une lueur menaçante, tandis que ses narines se mettaient à palpiter, comme si nous avions devant nous un carnassier – mais pas une louve, non, plutôt un félin, une panthère ou une lionne flairant l'odeur du sang frais. Instinctivement, je reculai. Plus personne ici n'avait désormais besoin de mon secours !

Ainsi transfigurée, Mrs Kléber lança à Fandorine un regard incendiaire, chargé d'une telle haine que même cet homme que pourtant rien ne semble pouvoir atteindre tressaillit.

Je comprends parfaitement les sentiments de cette étrange femme. J'ai moi-même complètement changé d'opinion à l'égard de ce méprisable Russe. C'est un individu ignoble, un fou malveillant doué d'une imagination monstrueuse et perverse. Comment ai-je pu éprouver pour lui confiance et respect ? C'est incompréhensible !

Seulement, je ne sais pas comment vous dire cela, tendre Emily. Ma plume tremble dans ma main tant je suis indigné... J'ai d'abord voulu vous le cacher, mais je vous l'écris tout de même, sans quoi vous auriez du mal à comprendre pourquoi mon attitude à l'égard de Fandorine a subi une telle transformation.

Cette nuit, après les turbulences et les émotions que je vous ai décrites plus haut, Fandorine et moi avons eu une conversation fort étrange, qui m'a plongé dans un état de rage et de douloureuse perplexité. S'approchant de moi, le Russe me remercia d'avoir sauvé le navire et, avec une fausse compassion, bégayant à chaque mot, il se lança dans une suite d'inepties inconcevables, monstrueuses. Voilà exactement ce qu'il me dit, je m'en souviens mot pour mot : « Je suis au courant de votre malheur, sir Reginald. Le commissaire Gauche m'a tout raconté depuis longtemps. Bien sûr, cela n'est pas mon affaire, et j'ai longuement hésité avant de me décider à aborder ce sujet avec vous, mais je vois à quel point vous souffrez et ne puis rester indifférent. Si je me permets de vous dire tout cela, c'est uniquement parce que j'ai moi-même dû affronter une telle douleur. Comme vous, j'ai été menacé de perdre la raison. Si j'ai sauvé et même affûté mes facultés mentales, cela s'est fait au prix d'un grand pan de mon cœur. Croyez-moi, dans votre situation, il n'y a pas d'autre issue. Ne fuyez pas la vérité, si terrible soit-elle, ne vous cachez pas derrière une illusion. Et, surtout, ne vous accablez pas de reproches. Ce n'est pas votre faute si les chevaux se sont emballés, si votre femme, alors enceinte, a été projetée hors de la calèche et s'est tuée. Ce drame est la rude épreuve que vous a réservée le destin. J'ignore à qui et à quoi peut servir un aussi cruel examen de passage infligé à un être humain, mais je sais une chose : il est indispensable de surmonter cette épreuve. Sinon, c'est la fin, la déchéance de l'esprit. »

Je n'ai pas compris immédiatement à quoi faisait allusion ce gredin. Puis j'ai saisi ! Il s'imaginait que vous, ma précieuse Emily, vous étiez morte ! Qu'alors que vous étiez enceinte, vous étiez tombée de calèche en vous blessant mortellement ! Si je n'avais pas été aussi scandalisé, j'aurais éclaté de rire au nez de ce diplomate à l'esprit dérangé ! Dire une chose pareille et alors même que vous êtes en train de m'attendre impatiemment sous le ciel d'azur d'îles paradisiaques ! Chaque heure me rapproche un peu plus de vous, ma tendre Emily. Désormais, rien ni personne ne m'arrêtera.

Toutefois, chose étrange, je n'arrive absolument pas à me rappeler pourquoi et comment vous vous êtes retrouvée à Tahiti, de surcroît seule, sans moi. Mais sans doute y a-t-il à cela quelque solide raison. Peu importe. Nous allons nous revoir et, ma douce amie, vous m'expliquerez tout.

Mais je reviens à mon récit.

Se dressant de toute sa hauteur (tout à coup, elle se révéla bien moins petite ; il est surprenant de voir à quel point le maintien et le port de tête sont déterminants), Mrs Kléber dit, s'adressant principalement à Fandorine :

« Tout ce que vous venez de raconter n'est qu'un ramassis de pures divagations. Pas une seule preuve, pas un seul fait concret. Uniquement des suppositions et des conjectures ne reposant sur rien. Oui, mon vrai nom est Marie Sanfon, mais pas un seul tribunal de par le monde n'a jusqu'à ce jour été en mesure de prouver ma culpabilité. C'est vrai, on m'a souvent calomniée, mes nombreux ennemis ont monté contre moi bien des machinations, plus d'une fois le destin lui-même m'a été contraire, mais j'ai les nerfs solides, et il n'est pas facile d'abattre Marie Sanfon. Je ne suis coupable que d'une chose : d'avoir aimé à la folie un criminel et un fou. Nous nous sommes mariés secrètement, et je porte son enfant

dans mon sein. C'est lui, Charles, qui a tenu à ce que nous gardions secret notre mariage. Si ma faute est un crime, eh bien, je suis prête à comparaître devant une cour d'assises, mais vous pouvez être certain, monsieur le policier improvisé, que tout bon avocat aura tôt fait de réduire à néant toutes vos chimères. Au fond, qu'avez-vous à me reprocher ? Le fait d'avoir passé ma jeunesse dans un couvent et d'avoir soulagé les souffrances d'autrui ? Oui, il m'est arrivé de faire des piqûres, et alors ? A cause des tortures mentales infligées par ma clandestinité, à cause d'un début de grossesse difficile, je me suis adonnée à la morphine, mais j'ai maintenant trouvé en moi la force de me débarrasser de cette pernicieuse habitude. Mon époux secret mais, ne l'oubliez pas, parfaitement légitime a insisté pour que je fasse ce voyage sous un nom d'emprunt. C'est ainsi qu'est né le mythique banquier suisse dénommé Kléber. Ce mensonge m'était très pénible, mais pouvais-je opposer un refus à mon bien-aimé ? Il faut savoir que je ne soupçonnais ni sa double vie, ni sa funeste passion, ni ses plans insensés !

Charles m'expliqua qu'en tant que second du bateau il ne lui était pas possible d'emmener sa femme avec lui, mais qu'il n'aurait pas non plus le courage de supporter notre séparation, qu'il se faisait du souci pour la santé de notre cher bébé et donc qu'il serait mieux que je fasse le voyage sous une fausse identité. Qu'y a-t-il ici de criminel, je vous le demande ?

Je voyais bien que Charles n'était pas dans son état normal, qu'il était en proie à une sorte de fièvre mystérieuse, mais, bien sûr, même dans mes pires cauchemars, je ne pouvais imaginer que c'était lui qui avait commis le monstrueux crime de la rue de Grenelle ! Et pas un seul instant il ne m'est venu à l'esprit qu'il pouvait être le fils d'un rajah indien. Cela me fait un choc de savoir que mon futur enfant est pour un quart indien. Pauvre petit, fils d'un dément ! Il ne fait aucun doute pour moi que, dans les derniers jours, Charles n'était plus maître de lui-même. Un homme psychologiquement équilibré aurait-il tenté de couler le bateau ? Cet acte est de toute évidence le fait d'un malade. Il va de soi que j'ignorais tout de ce projet délirant ! »

Là, Fandorine l'interrompit et, avec un odieux petit sourire ironique, il demanda : « Et votre cape soigneusement pliée dans le sac de voyage ? »

Mrs Kléber, non, miss Sanfon, c'est-à-dire madame Reynier... Ou madame Bagdassar ? Je ne sais pas comment il faut l'appeler. Bon, disons Mrs Kléber puisqu'on y est habitué. Donc, elle répondit à son inquisiteur avec une grande dignité : « Manifestement, mon mari avait tout préparé pour notre fuite et s'apprêtait à me réveiller à la dernière minute. »

Fandorine ne lâcha pas prise. « Pourtant vous ne dormiez pas, dit-il avec une mine hautaine. Alors que nous longions le couloir, je vous ai aperçue. Vous étiez vêtue des pieds à la tête et aviez même un châle sur vos épaules. »

« Oui, une angoisse inexplicable me tenait éveillée, répondit madame Kléber. Je sentais en mon for intérieur que quelque chose clochait... J'avais une étrange sensation de froid et n'arrivais pas à me réchauffer, c'est pour cela que j'ai mis un châle. C'est un crime ? »

J'ai été ravi de voir le procureur bénévole perdre de sa superbe. L'accusée poursuivit avec une calme assurance : « Quant au fait que j'aurais torturé l'autre fou, monsieur Gauche, cela dépasse toute imagination. Je vous ai dit la vérité. La cupidité avait fait perdre la boule à ce vieux crétin, qui m'a menacée de mort. Je ne sais pas moi-même comment mes quatre balles ont pu faire mouche. Mais c'est un pur et simple hasard. C'est sans doute la Providence qui a guidé ma main. Non, monsieur, de cela non plus vous ne sortirez rien. »

De la suffisance de Fandorine il ne restait plus trace. « Permettez, dit-il, commençant à s'inquiéter. Mais vous avez quand même bien trouvé le foulard ! C'est vous qui l'avez caché sous le tapis !

— Encore une affirmation gratuite, le coupa Mrs Kléber. Le foulard, c'est évidemment Gauche qui l'a caché après l'avoir dérobé à mon mari. Et, nonobstant toutes vos basses insinuations, je vous remercie, monsieur, de m'avoir rendu mon bien. »

A ces mots, elle se leva tranquillement, s'approcha de la table et prit le foulard !

« Je suis l'épouse légitime du non moins légitime héritier du rajah d'Emeraude, déclara cette surprenante femme. J'ai mon certificat de mariage avec moi. Dans mon sein, je porte le petit-fils de Bagdassar. Oui, feu mon mari a commis une série de crimes très graves, mais quel rapport cela a-t-il avec moi et avec notre héritage ? »

C'est alors que miss Stamp bondit de sa chaise et essaya d'arracher le foulard à Mrs Kléber.

« Les biens meubles et immeubles du rajah de Brahmapur ont été confisqués par le gouvernement britannique ! déclara ma compatriote de la manière la plus résolue, énonçant une vérité à laquelle il est impossible de ne pas souscrire. Ce qui signifie que le trésor appartient à Sa Majesté la reine Victoria !

— Un petit instant ! intervint notre brave docteur Truffo, bondissant à son tour. Bien qu'italien de naissance, je suis citoyen de la France, dont je représente ici les intérêts ! Les trésors du rajah constituaient la fortune personnelle de sa famille et n'appartenaient pas à la principauté, en conséquence, leur confiscation est illégale ! Charles Reynier a volontairement choisi de devenir citoyen français. Il a perpétré un crime d'une extrême gravité sur le territoire de son pays. Selon les lois de la République française, un tel forfait, commis de surcroît dans une intention crapuleuse, est puni par la confiscation au profit de l'Etat de tous les avoirs personnels. Rendez le foulard, madame ! Il appartient à la France ! » Et, d'un geste belliqueux, il attrapa un autre bout du foulard.

S'ensuivit une situation de pat, dont le perfide Fandorine tira profit. Avec la ruse byzantine propre à sa nation, il dit d'une voix forte : « C'est une question sérieuse qui exige d'être débattue. Permettez-moi, en tant que représentant d'une puissance neutre, de confisquer temporairement le foulard afin que vous ne le mettiez pas en charpie. Je vais le déposer ici, à une certaine distance des parties en conflit. »

Tandis qu'il prononçait ces paroles, il s'empara du foulard et alla le poser sur une desserte latérale se trouvant du côté du salon protégé du vent, où les fenêtres étaient fermées. Plus tard, vous comprendrez, bien-aimée Emily, pourquoi je vous donne tous ces détails.

Ainsi la pomme de discorde, triangle bariolé étincelant d'or, reposait désormais sur la desserte. Debout, dos au foulard, Fandorine semblait jouer à la fois le rôle de sentinelle et celui de garde d'hon-

neur. Hormis lui, nous nous regroupâmes tous autour de la grande table. Ajoutez à cela le frémissement des rideaux du côté exposé au vent, la lumière blafarde de cette journée maussade et le balancement irrégulier du sol sous nos pieds. Je vous expose maintenant la scène finale.

« Personne ne prendra au petit-fils du rajah Bagdassar ce qui lui appartient de droit ! déclara Mrs Kléber, les deux mains sur les hanches. Je suis ressortissante belge et l'affaire sera jugée à Bruxelles. Je n'aurai qu'à promettre qu'un quart de l'héritage sera versé au profit des organismes belges de bienfaisance pour que les jurés se prononcent en ma faveur. Un quart de l'héritage, cela fait onze milliards de francs belges, le revenu national du royaume de Belgique durant cinq ans ! »

Miss Stamp lui éclata de rire au nez : « Vous sous-estimez la Grande-Bretagne, ma chère. Vous ne croyez tout de même pas que l'on permettra à votre pitoyable Belgique de décider du destin de cinquante millions de livres ! Pour une telle somme, nous construirons une centaine de puissants cuirassés et nous triplerons notre flotte, déjà la première au monde ! Nous mettrons de l'ordre sur toute la planète ! »

Une femme intelligente, miss Stamp. Effectivement, la civilisation n'aurait qu'à se féliciter qu'une somme aussi fantastique vienne emplir les caisses de notre Trésor. La Grande-Bretagne n'est-elle pas le pays le plus avancé et le plus libre du monde ? Et les peuples auraient tout à gagner à vivre selon le modèle britannique.

Mais mister Truffo s'en tenait à un autre avis. « Ce milliard et demi de francs français permettra à la France non seulement de se remettre des conséquen-

ces tragiques de la guerre contre l'Allemagne, mais également de créer l'armée la plus moderne et la mieux équipée de toute l'Europe. Vous, les Anglais, vous n'avez jamais été des Européens. Vous êtes des insulaires ! Les intérêts de l'Europe vous sont étrangers et incompréhensibles. Monsieur de Périer, jusqu'à il y a peu second lieutenant du capitaine et actuellement commandant du Léviathan *à titre provisoire, ne permettra pas que le foulard tombe aux mains des Anglais. Je vais immédiatement faire venir monsieur de Périer afin qu'il place le foulard dans le coffre de la cabine du capitaine ! »*

Puis tous élevèrent la voix ; c'était à qui crierait le plus fort. Complètement déchaîné, le docteur eut même l'outrecuidance de me frapper à la poitrine, tandis que Mrs Kléber envoyait un coup de pied dans la cheville de miss Stamp.

Alors Fandorine prit une assiette sur la table et la fracassa contre le sol. Tous le fixèrent avec effarement, et le rusé Byzantin déclara : « Nous ne résoudrons pas notre problème de cette façon. Vous vous êtes beaucoup trop échauffés, mesdames et messieurs. Je propose d'aérer le salon, l'atmosphère est quelque peu étouffante, tout à coup. »

Fandorine s'approcha alors des fenêtres fermées et entreprit de les ouvrir les unes après les autres. Quand il tira vers lui les deux battants de celle qui se trouvait au-dessus de la desserte où était posé le foulard, il se produisit quelque chose de tout à fait inattendu : pris dans le courant d'air, le fin tissu ondula, frémit et brusquement s'éleva dans les airs. Sous les cris de l'assemblée, le triangle de soie traversa le pont, vacilla par deux fois au-dessus de la balustrade comme en signe d'adieu puis, descendant en un mouvement harmonieux, il partit vers le lointain. Comme ensorcelés, tous les présents suivirent des yeux cette course lente jusqu'à ce qu'elle s'achève quelque part au milieu des vagues paresseuses et moutonnantes.

« Comme je suis maladroit, prononça Fandorine dans le silence de cimetière qui s'était abattu sur le salon. Tout cet argent à l'eau ! Désormais ni la Grande-Bretagne ni la France ne pourront dicter au monde leur volonté. Quel malheur pour la civilisation ! Sans compter que cela faisait bien un demi-milliard de roubles. Cette somme aurait suffi à la Russie pour éponger l'intégralité de sa d-dette extérieure. »

Ensuite, voici ce qui se passa.

Mrs Kléber émit un son insolite, une sorte de sifflement chuintant qui me donna des frissons dans le dos. Elle saisit le couteau à fruit et, avec une agilité indescriptible, elle se jeta sur le Russe. Inattendue, l'attaque le prit de court. L'épaisse lame d'argent fendit l'air et s'enfonça dans la chair de Fandorine juste sous la clavicule, mais, semble-t-il, pas très profondément. La chemise blanche du diplomate se teinta de sang. Ma première pensée fut : il y a tout de même un Dieu, et il punit la canaille. Abasourdi, le méprisable Byzantin se jeta de côté, mais la furie écumante de rage n'avait pas l'intention d'en rester là. Serrant plus fortement le manche de son couteau, elle leva le bras, prête à porter un nouveau coup.

C'est alors que le Japonais nous étonna tous, alors qu'il n'avait pris aucune part à la discussion et s'était jusque-là discrètement tenu à l'écart. Il bondit pratiquement jusqu'au plafond, cria d'une voix perçante et gutturale à la façon d'un aigle et, avant même d'avoir atteint le sol, de la pointe de sa chaussure il frappa Mrs Kléber au poignet. Même au cirque italien je n'avais jamais vu pareille acrobatie !

Le couteau à fruit alla voltiger plus loin, le Japonais atterrit en position accroupie et, grimaçant de douleur, Mrs Kléber recula, tenant de sa main gauche son poignet meurtri.

Mais elle n'était pas pour autant décidée à renoncer à ses sanguinaires desseins ! Son dos ayant touché la pendule (je vous ai décrit ce monstre), elle se plia brusquement en deux et souleva le bas de sa robe. J'étais déjà étourdi par le tourbillon des événements, mais là, c'en était trop ! J'aperçus (pardonnez-moi, chère Emily, de vous parler de cela) sa cheville gainée de soie noire et un volant de sa culotte rose, mais l'instant suivant, Mrs Kléber se redressa et, dans sa main gauche, surgi d'on ne sait où, apparut un pistolet. Très petit, à double canon, incrusté de nacre.

Je n'ose pas vous répéter mot pour mot ce que cette personne déclara à Fandorine, d'autant que vous ne connaissez sans doute même pas de telles expressions. Le sens général de son propos, particulièrement énergique et expressif, revenait à dire que « l'infâme dépravé » (j'emploie un euphémisme, car Mrs Kléber s'est exprimée plus grossièrement) paierait de sa vie sa vile manœuvre. « Mais, pour commencer, je vais mettre hors d'état de nuire ce serpent jaune venimeux ! » cria la future mère et, avançant d'un pas, elle tira sur mister Aono. Celui-ci tomba à la renverse et se mit à gémir sourdement.

Mrs Kléber fit un pas supplémentaire et dirigea son petit pistolet droit sur le visage de Fandorine. « Je ne manque effectivement jamais ma cible, mur-

mura-t-elle entre ses dents. Et je vais loger un plomb entre tes deux jolis petits yeux. »

Le Russe se tenait debout, sa paume pressant la tache rouge qui s'élargissait sur sa chemise. Je ne peux pas dire qu'il tremblait de peur, mais il était blême.

Une grosse vague fit tanguer le bateau plus fortement, et je vis l'hideuse et colossale Big Ben pencher, pencher et... s'abattre droit sur Mrs Kléber ! Un bruit sourd de bois dur sur le crâne, et la turbulente femme tomba face contre terre, écrasée sous le poids de la tour de chêne.

Tous s'élancèrent vers mister Aono, qui gisait, la poitrine transpercée d'une balle. Il était conscient et faisait des efforts pour se redresser, mais le docteur Truffo s'accroupit près du blessé et, le prenant par les épaules, l'obligea à rester allongé. Après avoir coupé son vêtement, le médecin examina l'orifice par où était entrée la balle et fronça les sourcils.

« Ce n'est pas glave, prononça doucement le Japonais entre ses dents serrées. Le poumon est tlès légèlement touché.

— Et la balle ? demanda Truffo, inquiet. Vous la sentez, cher confrère ? Où est-elle ?

— Il me semble que la balle est logée dans mon omoplate dloite », répondit mister Aono et, avec un sang-froid qui me remplit d'admiration, il ajouta : « Dans la paltie inférieule gauche. Vous allez devoil cleuser l'os. C'est tlès difficile. Je vous plie de m'excuser pour ce désaglément. »

C'est alors que Fandorine prononça une phrase énigmatique. Se penchant sur le blessé, il dit doucement : « Eh bien, Aono-san, votre rêve est exaucé ; désormais, vous êtes mon ondzin. Les cours gratuits de japonais n'ont, hélas, plus lieu d'être. »

Toutefois, il semble que mister Aono ait parfaitement compris ce charabia, car il étira ses lèvres blanches en un pâle sourire.

Quand des matelots eurent emmené sur une civière le gentleman japonais, soigné et pansé, le docteur s'occupa de Mrs Kléber.

A notre immense étonnement, il apparut que le coffre en bois ne lui avait pas fracassé le crâne mais seulement fait une bosse. Tant bien que mal, nous parvînmes à extraire la criminelle assommée de sous le célèbre monument londonien et à la transporter jusqu'à un fauteuil.

« Je crains que l'enfant ne survive pas à un tel choc, soupira Mrs Truffo. Pourtant le pauvre petit n'est pas responsable des crimes de sa mère.

— Il n'y a rien à craindre pour l'enfant, lui assura son époux. Cette... singulière personne possède une telle vitalité qu'elle accouchera sans aucun doute d'un enfant en parfaite santé et, de surcroît, facilement et à terme. »

Avec un cynisme qui me choqua profondément, Fandorine ajouta : « On est en droit d'espérer que l'accouchement aura lieu à l'infirmerie de la prison.

— Penser à ce qui sortira de cet être fait peur, dit miss Stamp avec un frisson.

— En tout cas, sa grossesse lui épargnera la guillotine, fit remarquer le docteur.

— Ou bien la pendaison », plaisanta miss Stamp, nous rappelant la virulente discussion qui avait en son temps opposé le commissaire Gauche et l'inspecteur Jackson.

« Le maximum dont elle soit menacée est une petite peine de prison pour avoir attenté à la vie de

monsieur Aono, prononça avec amertume Fandorine. Et encore, on lui trouvera des circonstances atténuantes : l'émotion, le choc et, comme toujours, le fait qu'elle soit enceinte. On ne pourra rien prouver d'autre, elle nous l'a brillamment démontré. Croyez-moi, Marie Sanfon sera bientôt de nouveau en liberté. »

Curieusement, aucun de nous ne parlait du foulard, comme s'il n'avait jamais existé, comme si, dans le sillage du morceau de soie aux couleurs vives, le vent avait emporté dans le néant non seulement les cuirassés britanniques et la revanche[1] *française, mais également cette griserie maladive qui enveloppait les esprits et les âmes.*

Fandorine s'arrêta près de Big Ben renversée et désormais tout juste bonne pour la décharge : vitre brisée, mécanisme hors d'usage, panneau de chêne fendu de haut en bas.

« Merveilleuse pendule, dit le Russe, confirmant une fois de plus que les Slaves, fait universellement reconnu, sont totalement dénués de goût artistique. Je vais sans faute la faire réparer et la prendre avec moi. »

La puissante sirène du Léviathan *retentit, sans doute pour saluer un navire venant à notre rencontre, et je me mis à songer que bientôt, très bientôt, dans quelque deux à trois semaines, j'arriverai à Tahiti et vous retrouverai, ma petite femme adorée. C'est l'unique chose qui ait un sens et qui soit importante. Tout le reste n'est que fumée, brouillard, chimère.*

---

1. En français dans le texte.

Nous serons ensemble et serons heureux, là-bas, sur cette île paradisiaque où toujours brille le soleil.

Dans l'attente de ce jour de félicité,
celui qui vous aime tendrement,

Reginald Milford-Stoakes

Impression réalisée sur CAMERON par

BUSSIÈRE CAMEDAN IMPRIMERIES

GROUPE CPI

à Saint-Amand-Montrond (Cher)
en août 2001

N° d'édition : 6923. — N° d'impression : 013757/1.
Dépôt légal : août 2001.

Imprimé en France